U0526986

理想，还需要吗

韩少功谈话录

韩少功 著

海南出版社
·海口·

图书在版编目（CIP）数据

理想，还需要吗：韩少功谈话录 / 韩少功著.
海口：海南出版社，2025. 8. -- ISBN 978-7-5730
-2211-0

Ⅰ．I253

中国国家版本馆 CIP 数据核字第 2025T7T825 号

理想，还需要吗——韩少功谈话录
LIXIANG，HAI XUYAO MA——HAN SHAOGONG TANHUA LU

作　　者：	韩少功
策划编辑：	刘　逸　廖畅畅
责任编辑：	廖畅畅
封面设计：	@Mlimt_Design
责任印制：	郄亚喃
印刷装订：	炫彩（天津）印刷有限责任公司
读者服务：	张西贝佳
出版发行：	海南出版社
总社地址：	海口市金盘开发区建设三横路 2 号
邮　　编：	570216
北京地址：	北京市朝阳区黄厂路 3 号院 7 号楼 101 室
电　　话：	0898-66812392　　010-87336670
电子邮箱：	hnbook@263.net
经　　销：	全国新华书店
版　　次：	2025 年 8 月第 1 版
印　　次：	2025 年 8 月第 1 次印刷
开　　本：	880 mm×1 230 mm　　1/32
印　　张：	10.25
字　　数：	260千字
书　　号：	ISBN 978-7-5730-2211-0
定　　价：	68.00元

【版权所有，请勿翻印、转载，违者必究】
如有缺页、破损、倒装等印装质量问题，请寄回本社更换。

目录

出版者的话	I
上编　文本深处	1
用语言挑战语言（对话张均）	3
《马桥词典》：地方性与世界性（对话崔卫平）	16
一本书的最深处（对话季亚娅）	30
次优主义的生活（对话芳菲）	64
测听时代修改的印痕（对话王威廉）	73
人生的辽阔与文学的丰盈（对话何立伟）	97
直面人类精神的难题（对话王雪瑛）	109

中编　文明广角　　　　　　　　　　　　　　141

我们需要一种什么样的人文视野（对话刘复生）　　143
人们不思考，上帝更发笑（对话孔见）　　170
文学不是天堂的入场券（对话蒯乐昊）　　181
一种世界观的胜利（对话张西）　　195
科技时代的人文价值（对话吴国盛）　　204
AI和作家，谁将掌握未来文学命运？（对话傅小平）　　221
强者不过是把不如意的生活过得有滋有味（对话黄秋霞）　　232

下编　域外坐标　　　　　　　　　　　　　　239

昆德拉在中国的再生长（对话许钧）　　241
差异、多样、竞争乃至对抗才是生命力之源（对话高方）　　250
20世纪的遗产（对话阿西斯·南迪）　　261
一个棋盘，多种棋子（对话罗莎）　　277
中国及东亚文学的可能性（对话白池云）　　296

出版者的话

韩少功是中国当代一位重要的作家,在国内外屡屡获奖,其《爸爸爸》《马桥词典》《山南水北》等,数十年来一直保持长销的热度。他在翻译、理论、编辑出版等方面也多有建树,成就引人瞩目。特别是自首倡"文化寻根"以来,他始终活跃在思想文化前沿,甚至一次次触发文学圈内外的"思想风暴"(多位评论家语),锐锋直指文化和社会的重大议题,是一位几无异议的"作家中的思想家"。

他的思想既表现在文章里,也散见于各种谈话。文章与谈话都是交流工具,而后者通常更简约、明快、通俗易懂、直截了当。考虑到这一点,经作者本人同意,我们精选了他的一部分访谈、对谈的记录整理稿,汇为一册,意在为作者的思想轨迹完整复盘,为读者提供另一种交流方便。

不难看出,这本书不仅透露出作者对文学写作的各种个人经验和精细体会,也展示了作者对历史、哲学、道德、科技、自然、现实生活、知识生产、中国道路等诸多领域的辽阔视野和深入思考，看似随意的漫谈或聊天，实则道术兼济，学承中西，雅俗互证，遍地开花，不失为一份思悟的大餐。更重要的是，就像很多评论家指出的那样，这些鲜活的思悟并非掉书袋，而是充盈着作者数十年来任职、兼职、挂职、移居乡村的实践活血，以行动者和实干家的人生底蕴为支撑，堪称一个现代人"知行合一"的"心身之学"。

为了突出重点和避免重复，这里的部分文稿只是对原稿的节选。对有些标题也做了相应调整变通。在此一并说明。

2024 年 3 月

文本深处

上编

想得清楚的写成散文，
想不清楚的写成小说

用语言挑战语言

时间：2004 年 3 月
对谈人：韩少功
张均（批评家，中山大学中文系教授）

张均：韩老师，您好！评论界一般将您的创作划分为三个阶段，1930 年到 1982 年是为伤痕阶段，1985 年至 1987 年是为寻根阶段，90 年代以后的《马桥词典》和《暗示》则开创了一个新的阶段。在 80 年代您可谓"潮流中人"，到 90 年代您却创造着潮流。不知您是否认同这种划分及评价？

韩少功：每种划分都只是为了讨论方便，不可避免地有所简化。对此我们不必苛求。

张均：您是以对极左的批判登上文坛的。您早期的控诉叙事极富诗意，《飞过蓝天》《风吹唢呐声》都异常凄美，但经过 1983、1984 两年短暂的"沉默"之后，评论界却感觉到您似乎放弃了这种可贵的元素。南帆就察觉到《爸爸爸》《女女女》等小说中抒情排比句少了，而粗陋的字眼多了。是否存在这种转变呢？

韩少功：一个作者根据题材的不同，以及当时心境的不同，确实会有不一样的表达。我觉得写作有两种，一种是用脑子写的，一种是用心写的。诗意就是动心的美。但诗意又有多种表达方式，就像同样是画家表现爱情，有的画一个大大的红嘴唇，有的可能画一张忧郁的风景画。你可以说它们都有诗意，都是美，但它们又是很不一样的东西。所以我主张宽泛地理解诗意，不仅仅把诗意理解为多愁善感，甚至理解为催泪弹式的煽情。

一般来说，凡是动心的写作都含有诗意，包括一些看似冷静甚至冷峻的作品。我在 1985 年以后的写作，大概由于年龄的关系，显得比以前要冷静一些，要心狠一些，但自己觉得还不是心如枯井。比如《归去来》对一个陌生山村和知青岁月的感怀，比如《爸爸爸》对山民顽强生存力的同情和赞美，包括最后写到老人们自杀，写到白茫茫的云海中山民们唱着歌谣的迁徙，其实有一种高音美声颂歌的劲头。也许是一种有些哀伤的颂歌。很多评论家认为《爸爸爸》是一幅揭露性的漫画，但有个评论家李庆西写文章，觉得这里面有"崇高"。还有一个法国批评家，认为我的批判里其实有温暖，并不像有些同行那样阴冷。我为此感到很欣慰。

张均：您是寻根文学的发起人之一，但您似乎不太愿意别人把您归为寻根作家？

韩少功：寻根关注的只是一点，而创作作为一个整体，是由很多因素决定的，不可能因为一个观念就产生一系列作品。"寻根文学"的提法把事情简单化了。其实当时我关注的问题不限于寻根，比方说"八五新潮"，关注现代主义，关注确定性、独断论、理性主义本身的弊端。那以前，我们的作品中的因果关系很明晰，世界是由好人和坏人、进步和落后组成的。"八五新潮"就是要打破这种因果链。当时出现了那么多不合逻辑的句子，从某种意义上说，是在语言形式上对逻辑霸权的怀疑与挑战。在新潮之前，我还写过一篇借用"二律背反"的文章，还与一位评论家发生过争论。我认为二律乃至多律是正常现象，是辩证法的应有之义。当时王蒙先生也介入争论，表现得比较开明，说有规律但也允许有例外。我比他激进，认为例外就是律外之律，是我们还未认识的规律而已。

《爸爸爸》这一类作品的主题多义化，就与这种认识观的变化有关。很多评论家从寻根的角度谈论这些作品，当然没什么不对，但主题多义化并不是中国文化传统的专利，在外国文学中也很多见。所以寻根的话题之外，还有其他的元素，有其他的资源和动力，没法都归结到"寻根"这顶帽子下来。同样观念下的作家其实有很多不同，不同观念下的作家其实有很多相通，这是文学的正常现象。

如果我们把某个观念当作唯一标准，并以此去划分流派和阵营，可能就会产生很多勉强。我们必须明白，概念只是一些临时性的约定，不是事实本身。事实要比概念丰富得多。

张均：丙崽是迄今为止您的创作中最受重视的人物形象，他与其他诗意象征物似乎不太一样。而且，小说结尾时寨中老人服毒死去，青壮年含痛远走他乡，唯独丙崽被遗留在山寨里。他显然未能参与山寨的将来。不知您当时是怎么考虑他的性质和将来命运的？

韩少功：丙崽这个人物是有生活原型的。我在乡下时，有一个邻居的孩子就叫丙崽。我只是把他的形象搬到虚构的背景，但他的一些细节和行为逻辑又来自写实。其实，我对他有一种复杂的态度，觉得可叹又可怜。他在村子里是一个永远受人欺辱、受人蔑视的孩子，使我一想起就感到同情和绝望。我没有让他去死，可能是出于我的同情，也可能是出于我的绝望。我不知道类似的人类悲剧会不会有结束的一天，不知道丙崽是不是我们永远要背负的一个劫数。你可能注意到了，我写这个小说的时候，尽力抹去了时间与空间的痕迹，因此我的主人公不死是很自然的。他是我们需要时时面对的东西。

张均：看来史家对您是有所误读的。丙崽这一形象受到高度评价的原因是在于他对阿Q形象的复活，但您的理解与国民性概念其实不太一样。您写丙崽含有从丙崽自身出发的意图，而国民性批判写作的一个很大特点是不太让对方发言，比如我来表现你，你就不能发言，鲁迅表现阿Q，阿Q是不能发言的。

韩少功：有些评论家是从国民劣根性、民族文化弊端这方面来讨论《爸爸爸》的。他们的关切和思考，不能说没有道理，但我对有些概念一直比较犹疑。比如说"国民性"吧。你说非黑即白的两极化思维是"国民性"，但能说其他民族文化里没有这种东西？为什么只说它是"国民性"，不说它也有"全球性"和"人类性"？丙崽说的那两句话，确实是刘再复分析的"两极思维"。中国在好长一段时间里确实是这样的，不是好人就是坏人，不是无产阶级就是资产阶级。但放开来看，这种思维病态是普遍存在的。比如布什总统眼下讲"邪恶轴心"和"自由世界"，有些恐怖主义者讲"圣战"与"魔鬼"，不管这些说法是否有宗教色彩，也都是两极化的。那么，这仅仅是中国人的国民性吗？

张均：《马桥词典》完全摆脱了国民性批判的写作经验。如果说丙崽尚未摆脱被"观看"的处境，《马桥词典》则完全呈现了马桥人独立自在的主体世界。为什么会发生这么大的改变？

韩少功：一个作者发生变化的原因，无外乎几种。比如说生活本身的推动。1988年我到海南,生活变化很大,开始忙于一些报纸、杂志和学校的工作,包括想着怎么维持几十个人的生存,在生存的前沿摸爬滚打,有了一些新的感受和观察。又比如说知识和观念的推动。从80年代后期到90年代,我因为工作的关系,也因为个人的兴趣,涉猎了历史、哲学等方面一些新的知识,知识配置发生了变化,对社会与人生当然也可能产生新的视角。此外,审美疲劳也常常是作者们求变的原因。常常是没有什么道理好讲,写到一定的时候就不想写了,不想照老一套写了。有人说你的《爸爸爸》不错,但再写十篇《爸爸爸》又有什么意思?

这样,由各种因缘推动,90年代中期就出现了《马桥词典》。应该说,从这本书开始,形式主义的试验已经降温,象征、神秘、野生之类的审美冲动也可能有些减弱,但小说与非小说的文体杂交,使自己突然有一种豁然开朗的自由感,有一种甩掉现代主义这根拐杖的冲动。现代主义在中国是有功绩的,但依我看,也害惨了不少盲从者。形式玩过了头,就成了一些有滋有味讲废话的人,成了一些不装弹的F-16,唰唰唰倒是飞得让人目眩,但只是一些高科技风筝,在读者心里没有炸点。学我者生,似我者死。我们必须从"死"路上走出来。

张均:《马桥词典》给人的突出印象,是您对人生变得非常宽容,兼容并包,不再认为自己与真理相伴,不再批判,而尽量让生活以原生面目出现,其实马桥世界里的那些人生在以前《飞过蓝天》《风吹唢呐声》等作品中,您是很有信心给予批判的。

韩少功:作者的价值判断也不是完全没有,即使不表现为直抒胸臆,但也可能深深隐藏在对材料的选择和安排之中。只是作者对这个价值判断要非常谨慎,要敢于怀疑和放弃各种先入之见，严防它们在写作中的抢步和误导。这有点接近昆德拉的意思：道德在小说中总是迟到的。

所谓伤痕文学和改革文学，其社会政治批判自有它的功能，自有它的功绩，但光有那个是不够的，因为它完全没有办法涵盖生活的复杂性，就像一把尺子可以量长度，但没法量温度，没法量出重量和色彩。我们需要很多把尺子，或者说很多价值判断的坐标。比如《马桥词典》里那个懒汉马鸣，如果光用社会政治批判这把尺子，他就只能永远留在评价之外。你说他是值得肯定还是需要否定？恐怕是很难说的。但不少读者觉得这个人物很有味道。"味道"是什么意思？"味道"是不是隐含着意义？

如果我们一时说不清这个意义的所在，只能说明我们已有的意义系统有缺陷，有问题，不能说明别的什么，尤其不能证明我们可以有理由对这个人物视而不见。你说这里表现了一种包容性，但严格地说，包容不是糊涂，不是来者不拒，不是放弃隐含着价值判断的选择和加工。"包容"常常只是价值坐标发生变化的通俗说法。

张均：您对当代文学新的贡献在此开始凸显出来，实际上它包含一种"用语言来反抗语言"的卓越努力。

韩少功：广义地说，作者们追求言外之意，意外之象，都是在"用语言来反抗语言"，只是没有理论的申明罢了。

张均：您挑战了以前革命时代那种讲故事的方法和价值论，不赞成对与错、好人与坏人的简单两分，其本身又是具有革命性。但"用语言反抗语言"，是不是也针对着五四传统？

韩少功：五四已经成了一个传统，当然是一个很复杂和丰富的传统，甚至是一个有内在矛盾性的传统。全盘西化是五四的传统之一，民族自强也是五四的传统之一，两者之间有交集也有对抗，这就要看你怎么说。

好像是艾略特说过一段话，大意是：最好的创造顶多体现于作品的40%，另外60%必定是继承前人。我们对于五四传统恐怕也是这样。我们从五四传统受益，但儿子肯定不会重复老子，也不应该重复老子。比如五四新文学的初期，无论内容还是形式都相当欧化，我的《马桥词典》是力图走一个相反的方向，努力寻找不那么欧化，或者说比较接近中国传统的方式。

文史哲三合一的跨文体写作，小说与散文不那么分隔的写作，就是中国文化的老本行。这次《马桥词典》在美国出版，有些英语读者觉得很新奇：小说可以这样写吗？有评论家说：如果你对西方小说产生了厌倦的话，那么就应该读一读《马桥词典》。可见，现代小说从西方进入中国以后，我们也可以让中国的文体遗产重新复活，甚至向西方逆向流动。如果五四新文学开启了一个有创造力的传统，那它就不可能永远是一条单行道。

张均：在对人的理解与对人性的关注上，当然是有继承，但《马桥词典》可以说是第一次，至少是第一次这么成功地用中国语言讲述了中国故事，革命与启蒙用的多是西方语言。

韩少功：第一次说不上。现代汉语在晚清以后有一个逐步成熟的过程，这个过程到现在还在继续，远远没有结束。启蒙主义的"革命"也好，启蒙主义的"发展"也好，多是源于西方话语体系。这一过程的另一面，就是现代汉语受到西方语言的强度影响，其中包括我们接受了很多外来语，也接受了它们的语法体系。但这个体系是否适合我们的汉语，有时是需要打个问号的。陈寅恪就说过，《马氏文通》其实不通。他觉得很多汉语现象，没法用英语语法来解释和规范。

我们当然不需要排斥西方的语言成果,拿来主义的开放态度,应继续坚持。但我觉得在这个"向外看"之外,还有一个更重要的任务是"向下看",就是要进一步向底层人民大众学习语言,汲收他们的语言成果。这同样是五四新文学的一个经验,也是现代汉语继续发展和丰富的重要条件。

人民大众的语言是非常有生命力和表现力的,是一种语言的资源宝库。就说最近那本胡兰成的《今生今世》吧,很明显,如果说他的境界可疑但语言还不俗,那么他的写作完全得益于吴语。吴语资源支撑了他的语言创新,形成了他的特点。这正像鲁迅、沈从文、老舍等作家,正像明清时期的四大文学名著和其他很多小说,也都是借助了很多方言资源,丰富了汉语写作。比较而言,五四以后有些洋腔、学生腔、党八股的写作,是无根之木,是五四新文学中的糟粕。

张均:《马桥词典》语言看似简单,却特别纯熟、地道、有味,《爸爸爸》就多少有些学习痕迹。但这涉及的还只是"用语言反抗语言"的语法、句子层面。如果把语言泛化一点理解,它也可以指一种语言系统和一套叙事方式。您更有意义的挑战应该是在叙事方式方面。我想《马桥词典》会因此在90年代文学中占有一个非常重要的位置。

韩少功:你的过奖让我有些上头了。你提到的"语言泛化"倒是一个可以深入的话题。我读过一本英文书。它讲的是英语语法。有意思的是,这本书居然把叙事方式,包括现实主义、浪漫主义、自然主义、现代主义什么的,包括主题、体裁、风格、虚构什么的,都当作自己的研究对象,都列为阐释的条目。这会让我们的很多教授愤怒。在我们的教育和研究体系里,文学与语言是分得很开的,语法和修辞也是井水不犯河水。讲修辞的老师决不讲语法，讲语法的老师决不讲修辞。

其实，我倒是觉得那本英文书更有道理。从本质上说，语法与修辞能分得开吗？语言与文学能分得开吗？比如从文言文到白话文，比如从"文革"诗到朦胧诗，你的思想感情变了，叙事方式变了，语言肯定会跟着变，新的语法与修辞现象就会随之而来。这个过程反过来说也是一样。

张均：《马桥词典》前后一批作品，还大量写到了走鬼亲、飘魂、石磨子打架一类的事情，使小说显得生气勃勃，您希望读者以怎样的方式接受这类描写？

韩少功：什么是荒诞？什么是正常？往往因人而异，取决于我们头脑中的观念。我们理解中的荒诞，在另外一些人看来可能完全正常。比如说一个精神病人去读《狂人日记》，可能会觉得狂人并不狂，倒是我们这些正常人疯傻无比。

以前有很多人，觉得中国山水画是写意，但亲身体验过中国乡下云雾山水的人，可能觉得这种画完全是写实，几乎就是照相。以前还有很多人，觉得卡夫卡是玩荒诞，但李陀告诉我，他到过捷克，碰到很多让人哭笑不得的事情，进而了解到那里杂乱的法律制度遗产以及很多人奇特的行为方式，才发现卡夫卡并没有太多的虚构，很多时候不过是原原本本的纪实。

这就是说，我们常常被洗脑了，被一种生活经验和观念意识洗脑了，就容不下多种多样的"真实"和"正常"了，动不动就用"荒诞"、"神话"来打发理解之外的事物。你说到了马桥的石磨子打架，可能觉得这不过是荒诞神话。但这只是你的看法。马桥人会怎么看呢？他们长期以来就生活在这样的传说里，长期以来就相信这种传说，这就是他们认定的"真实"和"正常"。你若是把这些东西都抽掉了，他们的心态和感受，倒是不真实和不正常了。

人类中心主义、理性主义、科学主义、进步主义是一些有色眼镜，把很多丰富的生活现象过滤到盲区中，值得我们小心对待。很多时候，文学就是要使很多不可理解的东西变得可以理解，使很多无声和失语的东西进入言说。这就是发现的责任。

张均：《马桥词典》还有一个迹象，是"人"变小了，知识分子变得更小了，变成了一双眼睛。而在您早期的作品中，知识分子叙述者的控制力量很强大，但现在这双眼睛退出了，除非碰到底线的东西才予以评价。您为何将知识分子声音削弱，压到一个最低的限度？

韩少功：中国现代知识分子一直有两个意识形态的包袱，一个"革命"的意识形态，一个"发展"的意识形态，分别从法俄和英美两条路线而来。它们在五四以后对知识分子世界观形成起了一些建构性的作用，对中国文化传统的改造与重建也发挥了重要的功能，但它们也常常成为一种束缚，在文学上，明显表现为那种对生活充满自信的、说教的、真理在握、普救众生的姿态。这类意识形态对生活的解释往往失误。

有些伤痕文学作品为什么缺乏生命力？不能说作者不真诚，无体验，或者不敢讲真话。不，问题是他们的真话也一讲就错，真话也一讲就假，以致中国经历了"文革"这样一个大事件，却没有很多好作品来表现。原因不是别的，就在于中国的作家们把意识形态的包袱背得太重。不管是要为"文革"辩解，还是要彻底否定"文革"，一写就简单化，就概念化和模式化，无法让读者心服口服。

我们说，一个人完全跳出意识形态是不可能的，但我们要尽量把它的负面效应降低到最低限度。对各种流行的和强势的观念要敢于怀疑。即使是面对真理,也要"好而知其恶",所谓"知水之害才能用水之利"。一个人的知识是非常有限的。把知识用得最好的时候,往往是人们对知识充满警惕的时候。

张均:这也可能是有些朋友对您还不够满意的地方,比如张承志和南帆。南帆曾希望您不要仅仅停留在平常心、包容心上,而要有更多肯定性的、建构性的精神。我想他是看到了我们正处在一个重建信仰的时代,需要一些好的作家走到前面去,对时代有所回答。

韩少功:应该是这样。我愿意为此努力。当然,信仰重建不仅仅是写几个正面人物和英雄人物,给读者树立一个道德样板。事情没有这么简单。用道德样板来重建信仰,容易变成重新造神,包括造英雄之神和造人民之神。我们不能回到这条老路上去。至于新路该怎么走,还得靠实践来回答,很难由我们坐在这里来规划。

张承志写荆轲,写黑人领袖X,写各路精神英雄好汉,是一种很值得注意的尝试。但我现在还只能写一些比较复杂的人格。比如《暗示》里的那个老木,几乎是个混蛋,但他一喝醉酒就变得非常纯真和热情,酒后真言倒是一句也不混蛋。这种复杂人格,也传达了道德信息。说实话,我非常想结结实实地写出一些感动读者的英雄,但我不知道自己的能力够不够,不知道生活能否成全我。

张均:《暗示》出来之后,评论界感觉到解释的困难。有人认为它是《马桥词典》的延续,因为《马桥词典》探讨的是词语与词语在交换中的转变,《暗示》探讨的是具象与具象在社会、人生中的传递,两者有自然的延续。但也有人认为是否定和超越的关系,因为具象具有消解语言的倾向。不论怎样,《暗示》都是部非常丰富的作品,您是否可以解释一下?

韩少功:写完《马桥词典》之后,感觉有些东西没有写完,当时就想写另外一本书,但想法模糊,不知道怎样动手。《马桥词典》的关注点是生活怎样产生了词语,词语反过来怎样制约生活,制约我们对生活的理解与介入。但这一点显然不够,因为还有言外之意。绕开语言我们仍然可以得到意义,信息的传播不一定要依靠语言。这成了我写《暗示》的聚焦点。我必须重新回到生活中来,看一看我们的回忆、感受、想象、情感、思想是怎么回事,看一看具象是如何隐藏在语言里,正如语言是如何隐藏在具象里。

你知道,从英国到美国,文化研究往往是在人和语言的两元框架里思考。《暗示》呢,考虑的则是人、语言、具象这样一种三边关系,差不多是我做了一件不自量力的事情。

在文体上,这本书同样是打破小说与散文的界限,甚至走得更远。说实话,我也对这本书的体裁定位十分困惑,不知道它是什么东西。也许就是"一本书"吧。闲着的时候,给自己写"一本书"看看,大概也很不错。从发行以后的情况来看,许多读惯了小说的人,包括对我的创作有所了解的人,说对这种文体完全不适应,说读不懂你这本书里的意思。但也有一些低学历的人,包括一些退休老太太,一些青年学生,说这本书完全不难懂,甚至非常好懂。这让我想起一个作曲家朋友,他写了一首儿歌,里面有很多半音,同行很不理解,觉得很难唱。后来他让小孩儿来唱,只带唱了三四遍,小孩儿就全唱会了。道理很简单:小孩儿们没受过多少音阶训练,脑子里没有全音、半音这些陈见,反而很容易接受他的曲子。

张均:《暗示》的启示意义不仅在文学中,而且在学术研究中也会存在。讨论一个关键词、一个形象的生成与转换,将是现代文学研究一个新的生发点。

(原载于《小说评论》2004年第6期)

《马桥词典》：地方性与世界性

时间：1998年12月
对谈人：韩少功
崔卫平（批评家，翻译家，北京电影学院教授）

崔卫平：坦率地说，我对诸如"方言"、"地方性"、"地域色彩"这一种东西有一种不知所措的感觉，实际上我们关心的还是普遍性的问题。如果一个东西据说仅仅是有关"方言"或"地方性"，那我为什么要阅读它？但我看了《马桥词典》之后，感到那种由"方言"、"地方性"所代表的物质性（卡尔维诺语）已经得到了转化。如果说那种物质性的东西是"重"，那么"重"的东西已经分解离析为"轻"。

韩少功：我从80年代初开始注意方言，这种注意是为了了解我们的文化，了解有普遍意义的人性。如果没有这样的目标，"方言"、"地方性"就很可能成为奇装异服、奇风异俗、异国主义或东方主义的猎奇，那正是我不以为然的东西。

这本小说中有一个词条："梦婆"。如果我们懂点外语，比如把"梦婆"与英文的 lunatic 联系起来，隐藏在方言中的普遍人性，或者说人类的普遍文化经验，就浮现出来了。马桥人用

"梦"描述精神病,英美人呢,用"月(luna)"作为精神病这个词的词根,都是注意夜晚与精神状态的联系。这是偶然的巧合么?再比如"火焰",在马桥方言中是非常抽象的概念。说你"火焰"高,说我"火焰"低;说读了书的"火焰"高,说得了病的"火焰"低;等等。这些说法是什么意思?

崔卫平:小说中那个部分扑朔迷离,很精彩。将"火焰"这个十分抽象的概念用于口语,是马桥人思维中古老而又活跃的一面,几乎是不受限制地从人性的"外部"一下子跳到了人性的"内部",表达了一个很深入的视角。

韩少功:这是我们共同语中的一块空白。至少五四以后有所西方化的汉语,还没有一个特别合适的概念,来对译这个"火焰",来描述这个词所指的一种状态。在这个意义上,方言虽然是有地域性的,但常常是我们认识人类的切入口,有时甚至是很宝贵的化石标本。当然,方言也是有区别的,其中没有多大意思的一部分,肯定会逐步消亡。

崔卫平:这样一种隐伏和连带着生活更为内在和普遍意义的方言,也是我们更为通用的语言的一个意义来源,也就是说,它们会将某些意义源源不断地带到我们的共同语中来,照亮生活或人性的某个侧面。

韩少功:对待方言和共同语,我没有特别的偏见。共同语中也有糟粕,也有精华,方言中同样是如此。我唯一的取舍标准,是看它们对探索和表达我们的人生有没有帮助。

崔卫平:马桥这种方言,与你出生地长沙所使用的语言差别大不大?

韩少功:应该说差别相当大。我在大学上语音课的时候,看全国方言地图,发现就湖南这一块的色标,特别复杂和零碎,不像西南官话覆盖了云贵川陕一大片，北方话也覆盖了华北、东北一大片，闽南语和粤语各据一方，其势力范围也不小。湖南是"十里有三音"，这可能与地理、历史的诸多条件有关，比如人的流动和交往，在湖南那个多山的地区，在历史上有太多障碍。

崔卫平：你对语音很敏感。这么多的发音差异在中文的书写形式中被大大地抹杀了。比较起北方话和南方话如闽南话来，统一的中文书写形式似乎有些"文不对题"，难以覆盖幅员辽阔的众多人的生活方式、思维方式以及环境特色，也难以传达它们之间的差异。

韩少功：语音先于文字，是比文字使用更早的物质载体，是不是更深地介入了语义的积累和实现，这至少是一个可以研究的问题。长沙方言中的"吃"，音 qia，是两千多年前的上古音，而中古才有 qi，即《水浒传》一类小说里的"喫"。至于读 chi 的"吃"，出现已经是很晚近的时候了。qia 和 qi 为什么在有些方言中保留得这么顽固？虽然我们的书写"吃"，早已统一这么多年了。从另一方面看，语音似乎更有人民性，而文字总是受文人和官府干预太多。

秦始皇说要统一文字，很快就统一了。中国政府说要推行简化字，很快就推行了。但这些运动不会消灭闽南语音或粤语音。有些专家还证明：在语言传播中，声音是比文字更重要的记忆手段。我们自己大概都有过这种体会：字忘了，音还记得。

崔卫平：从想象力的方面来说，启动小说灵感的可能是视觉想象力，也可能是听觉想象力。有些小说家可能对声音及其差别更有天赋，声音更能触发他们的联想。定居于加拿大的捷克语小说家可沃莱斯基，用英语在加拿大或美国的大学里讲福克纳，却始终用捷克语写他的小说。在他看来，比较起捷克语来，英语是一种"令人无望的缺乏性感的语言",他自己也"从来没有一个说英语的情人"。他列举了 mary 或 maria 这一类词的捷克语发音,有十几二十个吧,弄得很复杂,其中每一个都表达了不同的亲密状态,不同的心情,不同的柔情蜜意。所有这些东西在译成英语的时候,都可能丢失了。

韩少功:马桥语言中也有这样的现象。比如"他"与"渠",在马桥语言中是有很大差别的,但在普通话中就都成了"他",没有差别了。

另一方面,汉字表意而不表音,其实声音不光是载体和形式,本身也是很重要的内容。用书面文字写出来的"你这个东西",在不同的语音表达下,可以表达完全是愤怒或蔑视的情绪,也可以表达很亲切友爱的情绪:"你这个东西呀。"经过书面文字的过滤,这个短语中的大量情绪内容就损耗了。

崔卫平:回到《马桥词典》上来。这部小说并不是用方言语音写成的,马桥人的发音仅仅提供了一个想象力的起点。你是在用更为通用的,当然也是文学的语言钩沉出不为人知的马桥语音,尤其是揭示出其中包含的人性内涵、人类生活的某个侧面。换句话说,是让被通用语言"遮蔽"的另一种沉默的语言发出声响,当然也是一种沉默的生活得到展现。

韩少功:当然,写小说得用文字,而用文字来描述声音,还是有很大的局限性。但这还是可以尝试的。正像用声音来描述景象,也是可以尝试的,《高山流水》就是一例。的确,语音背后所隐藏着的社会、历史、文化,所沉淀的思想、情感、故事、想象,都需要人们将其挖掘出来。做这个事就得像当侦探,从蛛丝马迹中发现故事、命运、社会历史。

崔卫平:说到挖掘,我好奇地再问一个"庸俗"的问题:这里面的事情以及所收集的词语是不是都是真的？我一边阅读一边不停地想：这些东西是真还是假？我当然知道有关小说的起码常识，但无法消除自己的迷惑，因为它看上去的确"亦真亦幻"。

韩少功：真真假假吧。也有些煞有介事的词，是我瞎编出来的，比如"晕街"。不过这种虚构得有一定的现实生活根据，也大体符合语言学规律，读者才可能接受。中文中有"晕车"、"晕船"、"思乡病"，对应英文中的 carsick, seasick, homesick。这样，不管是根据中文还是英文的造词规律，杜撰一个"晕街"，大概也是合理的。

崔卫平：这样听起来更让人放心。否则那么多好玩的说法和事情都被你撞上了，会让人感到嫉妒的。

韩少功：这个新词其实也出自生活经验。我就见过好些农民不愿进城，不敢坐汽车，闻汽油味就呕吐，见到汽车站就绕着走。一个小农社会很容易有这种生理现象，长期的社会生活方式，可以改变一个人的生理机能。

崔卫平："被改变"的其实是我们，是我们适应城市了。

韩少功：对，是我们克服"晕街"了。

崔卫平：有个英国人说过，"小说就是以道听途说的方式传播知识"。你这本小说里确实有很多知识性的东西，那种特定生活、地理环境、历史遗存，包括人们的劳动和生活用具，尤其是那些光怪陆离的人性表现，至少部分满足了人们与知识有关的好奇心。

韩少功：在我的理解中，小说也是创造知识，只是这种知识与我们平时理解的知识不大一样。小说的功能之一就是要挑战我们从小学、中学开始接受的很多知识规范，要叛离或超越这些所谓规范。我以前说过，把女人比作鲜花，其实女人与鲜花有什么关系？一个是动物，一个是植物，这种比喻不是瞎搅和吗？但文学就是这样，每一个比喻，都是挑战现存的知识定规。而且最精彩的比喻，往往构成了对知识定规最剧烈的破坏。这也就是钱锺书先生说的：本体与喻体的关系越远越好。

为什么要"远"？这不光是修辞技术的问题，还是知识哲学的问题。小说不接受科学的世界图景，要创造另一种世界图景，包括在女人和鲜花之间，在什么与什么之间，重新编定逻辑关系。

崔卫平：这是另一种知识，"伪知识"，艺术的知识。我感觉到《马桥词典》对现存知识破坏最大的，是对人们头脑中时间概念、是对人们通常的时间概念的质疑。刚开始几页，读到摆渡老人追那几个不付钱的知青，"不觉得快慢是个什么问题"，令人感到存在着一种异样的眼光。还有"马鸣"，用我们的话来说，是一个完全没有"现实感"的人，土改、清匪反霸、互助组、合作社、人民公社、"四清"、"文革"这一切，对他都无效，都不是他的"历史"；而马桥的其他人也都有自己奇特的、令外人无比困惑的"现实感"。这一点在《马疤子（以及一九四八年）》和《一九四八年（续）》表现得更为清楚。马桥人用"长沙大会战那年"、"茂公当维持会长那年"、"张家坊竹子开花那年"、"光复在龙家滩发蒙的那年"等不同说法，来表明公元纪年1948。时间成了人们破碎的感知中的片断记忆。尤其是父亲刚刚被平反的光复，在家中，与十二三岁的儿子，为一个瓶盖而打架，因为对于爷爷来说特别重要而漫长的半辈子，在儿子看来完全是虚无和空白。这个细节极为深入地揭示了"时间的歧义性"，时间的断裂和变形。哪有匀质和匀速以供人们共存共享的统一的时间？不过是一种脆弱而虚幻的时间感觉罢了。

韩少功：所谓统一的时间，客观的时间，对物质世界有效；但人们对时间的感觉，是千差万别和变幻不定的——这可以说是我们"主观的时间"。这种时间总是与人的感受联系在一起。农民对时间最强烈的感受可能来自季节，春夏秋冬，四季循环。这大概可以解释，为什么农民比较容易接受佛家、儒家那些或多或少的"生命循环"和"历史循环"说。"元（初始）"和"完（结束）"，作为两个完全不同的时间概念，在马桥人的发音上完全一致，也暗示了这种时间观。

相反，在现代城市里，我们更多地会感到时间是一条直线，昨天是脚踏车，今天是摩托车，明天是汽车，这是不能回头的，一直在进步。

崔卫平：其实不光是马桥人，我们自己也都有对时间各自的把握，回头看，有些时间是有意义的，有些时间则毫无意义，时间并不像它表面上呈现给你的那个模样。你在书中说了一句非常像现象学经典的话："时间只是感知力的猎物。"

韩少功：时间是我们能够感受到的时间，因此也就是我们对生活的感受。所以我们很难说植物人有时间，虽然他还没有死。

崔卫平：如果从这个角度去看时间，看人生，我们就可以从时间中获得解放，摆脱它一分一秒的压力，并且从时间中解放出来的，不仅仅是我们，还包括所有的事物，包括你那些描写对象。你"野心勃勃地企图给马桥的每一件东西立传"，你说："起码，我应该写一棵树。在我的想象里，马桥不应该没有一棵大树，我必须让一棵树，不，两棵树吧——让两棵大枫树在我的稿纸上生长，并立在马桥下村罗伯家的后坡上。"这样的表述读起来既迷人又令人困惑，有不止一种的互相缠绕在内，我指的是你《编撰者说明》中谈到的"语言与事实"之间的缠绕。到底是树顺着你的笔尖一直长到了罗伯家的后坡上,还是罗伯家后坡上的树一不小心长到了你的稿纸上呢?而且从此就在稿纸上继续生长,期望着与罗伯家后坡上的树在另外一个时空里重新相逢?请谈谈你所理解的"语言与事实"的关系这个永远令人头痛的问题。

韩少功:语言与事实的关系,是一个危险的游戏,一个非常美丽的游戏。小说的长与短,成与败,都在这里。严格地说,任何事实用语言来描述之后,就已经离开了事实。事实到底在何处?你可以逼近,但没办法最终抵达。既然如此,那我们就没有"事实",而只有对事实的表达。或者说,各种对事实的表达,也就是我们能够有的"事实"。长在稿纸上的树,就是小说家眼里实际上有的树。皮兰德娄早就让他的剧中人物寻找他们的作者,语言界面与事实界面给打通了。

崔卫平:对于虚构的小说来说,事实本身甚至并不重要,重要的在于它提供了一个话题,可以从不同的角度展开谈话,借此可以打开不同的人身上不同的侧面。

韩少功:对,提供了一个借口。现在新闻媒体每天都报道大量的事实,所谓记录事实已经不是小说的优势。我们看到,现在更多的小说不再是事实在前台,而是作者站到了前台,像主持人一样接替了演员的角色。这是强迫读者把注意力从事实转向对事实的表达,从"说什么"转向"怎么说"。当然,这是小说形式的一种调整,也会带来新的问题,比方说作者老是站在前台抢风头,是不是也会令人生厌?你就那么中看?

崔卫平:在作者身后,总是应该有一些类似"硬件"的支持。对写作者来说,更靠近的事实是自己写下来的句子,句子是真实的。而这些句子一方面借助于和一般所说的"事实"的关系，另一方面是句子和句子之间、正在写下的句子和以前写下的句子以及未来将要写下的句子之间若显若隐的关系。你在使用语言的时候，这两方面的"度"都把握得很有分寸，非常讲究克制或者自律。

韩少功：其实，积二十多年写作的经验，我现在充其量只知道什么是坏的语言，所谓好的语言却常常短缺。这里有两种倾向我比较警惕：一种是语言与事实之间只有机械僵硬的关系，语言没有独立而自由的地位；另一种是语言与事实之间完全没有关系，语言独立和自由得太离谱，泡沫化的膨胀和扩张，一句话可以说清楚的事用三句话来说，用八句话甚至八十句话来说，甚至把矫揉造作胡说八道当作语言天才……

崔卫平：变成能指的无限滑动。

韩少功：就是这个意思。我曾经称之为"语言空转"，就是说这种语言没有任何负荷，没有任何情感、经验、事实的信息的携带。德里达曾有个著名的公式：The sigh is that thing。他在 is 上打了一个 ×，在 thing 上打了一个 ×，表示他的怀疑。

这当然是对的，任何语言或符号都不是事实本身，都是可以质疑的，可以"另择"的。但可不可以因此就把 thing 取消掉？如果取消掉了，我们凭什么辨别什么是有效的语言？什么是无效的语言？靠什么尺度来判别这种语言好，而那一种语言不好呢？

有的作家说：没有这种尺度。这当然是自欺欺人。读者手里还是有一把尺子的，他们随时可以判断出哪种语言是"空转"，是华而不实。

崔卫平：无论如何，小说提供直观的对象。在有些人那里，对象被取消了，只剩下"直观"直观，失去了来自对象的控制。

韩少功：语言自我繁殖，从语言中产生语言，像是摆脱了地心引力的飞扬，这其实不可能。既不能抵达事实，又无法摆脱事实，就是小说的命运和小说必须面对的挑战。没有地心引力，跳高有什么意思？正是因为有了地心引力，跳高才是一件有意思的冒险。大家都可以一步跳到月球上去，那就不算什么本事了，也没有奥运会了。

崔卫平：卡尔维诺另外用了一个词是"确切"，以无限的耐心达到最为精确的曲线，即最为精确的形象的出现。他称有一种危害语言的时代瘟疫，表现为认识能力和相关性的丧失，表现为随意下笔。

韩少功：如果说小说有道德的话，"确切"、"精确"、逼近真实等就是小说的道德要求。现在一谈道德似乎就是谈为民请命，或者"五讲四美"，其实世俗道德和审美道德并不是一回事。很多图解化的道德说教小说，实际上是缺乏小说道德的，甚至是虚伪和恶劣的。鲁迅先生描写阿Q入木三分，这就是小说道德的经典体现。比较而言，他笔下的赵太爷、钱太爷、假洋鬼子倒有点理念化和卡通化，虽然鲜明表达了鲁迅在社会生活中的道德立场和道德批判，但得分不可能太高。如果这些串串场的角色成了小说的主要人物和主体部分，小说的道德品级就会大成问题了。幸好鲁迅没有这样做。他很懂得在小说中节制自己的道德义愤，恪守和保护艺术的道德。

崔卫平：还有文体呢。谈谈文体吧。《马桥词典》最能引发人兴趣及引起争论的是它作为小说文体的耳目一新。完全可以说，一个小说家在文体上的布新是他能够对小说所作的最大贡献了。

韩少功：这太高抬我了，而且很危险。我有一次说"尝试"，都曾被几个批评明星痛斥为贪天之功，罪不可赦，因为据说我这本书是"抄袭"、"剽窃",是"无论形式或内容完全照搬了"别人的东西,因此我没有权说"尝试"。为此轰轰烈烈还闹了两年多呢。而你还敢说"耳目一新"?这不是又是在韩某人操纵下做"广告"?所以你最好说"耳目一旧",因为这本书的文体也可以说十分"旧",至少可以"旧"到古代笔记小说那里去。

崔卫平:坦率地说,在我眼里,说某件作品是好的,如果它不包含已有的好作品的某些特点,则是不可能的,不可依赖的。关于中国的笔记小说你怎么看?

韩少功:古代笔记小说都是这样的,一段趣事、一个人物、一则风俗的记录、一个词语的考究,可长可短,东拼西凑,有点像《清明上河图》的散点透视,没有西方小说那种焦点透视,没有主导性的情节和严密的因果逻辑关系。我从80年代起,就渐渐对现有的小说形式不满意,总觉得模式化,不自由,情节的起承转合玩下来,作者只能跟着跑,很多感受和想象放不进去。我一直想把小说因素与非小说因素做一点搅和,把小说写得不像小说。

我看有些中国作家最近也在这样做。当然,别的方法同样能写出好小说,小说不可能有什么最好的方法。不过"散文化"常常能提供一种方便,使小说传达更多的信息。说实话,我现在看小说常有"吃不饱"的感觉,读下几十页还觉得脑子"饿"得慌,有一种信息饥饿。这是我个人的问题,对别人可能无效。

崔卫平:"信息"和"信息量"是你常用的词。《马桥词典》给人的印象的确不是"全景式"的而是"全息式"的。"全景"是人为地把全部事物连成一片,放到一个所谓的"统一整体"之中去。而"全息"是允许事物与事物之间有裂缝,允许有些事物消失,从此断了线索,但这并不排除它继续对全文产生一种隐蔽和潜在的影响。

韩少功：这至少可以成为小说的多种样式之一吧。小说没有天经地义一成不变的文体，俄国文学那里，就不把小说与散文分得很清楚，体裁区分通常只作"散文"与"韵文"的大分类，小说与散文都叫作散文。我觉得还可以分粗一点，都叫"叙事"行不行？都叫"读物"行不行？这样，至少可以方便作者汲收更多非小说的因素，得到更多随心所欲的自由。远景、中景、特写随时切换，随时可以停止和开始。

崔卫平：当然是你本人从这种文体中得到了享受和解放，读者也才能从中得到相应的享受和解放。像那种长长短短的条目，结尾处说掐就掐，欲言又止，有一种很有力的感觉。然后又在下面的什么地方又出现了同一个人物的这条线索，也有一种复调旋律的效果。人物出场也很奇特，没有什么铺垫，比如"复查"这个人物，直到第二次出现他的名字时，我才到前面去找他第一次是如何出现的，你说得轻描淡写，好像叙事者"我"认得这个人，我们也就都必须天然相识似的。

韩少功：哦，这是小孩子们很普通的方式。他们以为别人跟他们一样，因此说什么，大多没头没脑，不讲前因后果。小胖的妈妈你们怎么可能不认识呢？诸如此类。我经常在小孩子那里受教育。

崔卫平：诸如此类叙述上的"小动作"在这部小说里经常遇到。说着自己独特方言的马桥人对外界事物有他们独特的反应和视角。比方他们统统用着"碘酊"这种城里人都不用的医学术语；小人物复查居然要推翻圆周率，修改举世公认的 π；支部书记本义的话中时不时夹杂着"本质"、"现象"一类官话，而且用得莫名其妙，令人喷饭。

我想说的是，尽管你看上去抱着一种严谨的修典或"田野调查"的兴趣，但叙述的语体仍然有一点"疯癫"的味道，说说停停，东岔西岔，从马桥人的"甜"字说到美国、西欧、日本以及瑞典等北欧国家的资本主义，今天飞速发展或花花绿绿的外部世界仍然作为马桥人的参照，对小说家来说，是这两者之间的互相参照，造就了语言、语体上许多奇特的和喜剧性的效果。说是一本"词典"，在我读来也像一部游记，而且是18世纪英国小说家斯特恩《多情客游记》的那种，有点轻松，浪漫而且五光十色。

当然，如果说"疯癫"，你是我看到的做得最为克制的，最不露声色的。其中还有许多闪光的诗意片断，有时忽然像划一根火柴那样照亮古老而暧昧的生活，但这种"火焰"转瞬而逝。"入声的江不是平声的江。沿着入声走了一阵，一下走进了水的喧哗，一下走进水的宁静，一下又重入喧哗，身体也有忽散忽聚的感觉，不断地失而复得。"这已经是不经意的诗意的流露，而进入一种优美的境界。但你做得那么隐蔽，像偶然"现身"一样。

韩少功：应该说，诗是小说的灵魂，一本小说可能就是靠一个诗意片断启动出来的。小说家们写顺了，"发力"了，都会有你说的"疯癫"和"诗意"，大概也就是尼采说的"酒神"状态。小说家像乒乓球运动员一样，有的远台发力，有的近台发力，有的左边发力，有的右边发力，路数不一样。但发力以得分为目的，没有球了还张牙舞爪花拳绣腿势不可挡，就可能"疯癫"过头了，让人讨厌了。因此小说还是要讲究艺术的节制，作者要低调，要平常心。以前说"过犹不及"，其实我很同意一位前辈作家的说法：小说里宁可"不及"，不可"过"。我在这方面有过深刻的教训。这不光是技术问题，更是对读者的诚实。

崔卫平：你小说中的议论与散文中的议论风格也不一样。后者是在路面上走，脚踏实地，据理辨析，感性和理性之间有一种恰当的平衡；前者是在水面上走，脚下没有现存的路，时时得应付意想不到的局面，有一种眼花缭乱的效果。

韩少功：有这样大的差别么？这对我的心理打击很大。当然，理论性的随笔在本质上确实离文学比较远，而小说更多面对着一些说不清的问题，即文学的问题，用一位朋友的批评来说，是面对"自相矛盾"、"不知所云"的困境。我这位朋友把这两个词用作贬义词，而我觉得这种批评简直是对小说家难得的奖赏。小说天然地反对独断论，这也是小说的道德。不"自相矛盾"，天理不容吧？倒是如果一味地"确知所云"，那一定完蛋。曹雪芹又要拆天又要补天，苏轼又要出世又要入世，都是自己同自己过不去。

崔卫平：总之，集合了这么多不同的风格元素，而它们之间的比例搭配也十分和谐，《马桥词典》的文体已经非常成熟。无论如何，这是20世纪中国现代小说的最重要收获之一，并且它很难被他人模仿，这从另一方面说明了它的独特性。唯一不利的是，它对你自己的下一部小说构成了挑战，能说说你下一步的打算吗？

韩少功：谈自己以前的小说，谈自己以后的小说，都是使我十分为难的事情。谈以前的小说，像是吃了的东西又呕出来观赏把玩；谈以后的小说，像是起床后还没有梳妆，衣冠不整就要见客。这样说吧，下一部小说我想研究一下"象"的问题，就是image的问题。比如人们在办公室谈话与在卧室里的谈话效果大不一样，比如沙发与太师椅怎样成为意识形态的符号。我觉得这里面有小说，或者说有一些以前小说家们重视得不够的东西。

崔卫平：听上去很精彩。对image的研究也代表了你所说的"小说家具有侦探般的兴趣和野心"。非常想早点读到这部新作，也预祝它的成功。

（原载于《作家》2000年第4期）

一本书的最深处

时间：2008 年 3 月
对谈人：韩少功
　　　　季亚娅（评论家，《十月》主编）

此书之先

季亚娅：非常遗憾，我觉得这本书应该在汨罗八溪峒您的山居之地来读。因为这本书和您的乡间生活直接关联，它们之间可以说是一种生活方式和一个作家创作的关系。您早年有些非常精彩的文章如《在小说的后台》《主义背后的人》，说的都是这种从一种生活方式了解作家作品的读解方式，即所谓的知人论世。但这种阅读法被文学史忽略了。最近有一本书叫作《一个人的文学史》，是一位文学编辑以亲历者的身份讲述先锋文学发展的历史，我觉得它最重要的也是提供了这些方面的补充。我们的文学史写作漏掉了文本外作家存在与生活方式这非常重要的一部分，这样的文学史有问题啊。能请您就阅读的方法先谈谈吗？

韩少功：这个问题是有争论的。像美国的"新批评"，是反对这种办法的。他们会说，文本就是一切。文本本身有传播、解读、衍生、繁殖自己的规律。而且他们还认为对人的了解是不可能的，至少是不可能穷尽这种了解。这个当然有一定道理。

不过事情有另外一方面。人为什么要写作？其实就是一种与他人对话。找一个人聊天，就是广义的口头文学，用书面文字记录下来，就成了我们平时所定义的文学。这种对话在不同语境下，或者在不同习惯下，有些东西是说出来的，有些是没说出来的——需要我们通过还原语境的办法，予以有限的猜测。如果我们以为文字是一切，我们就会丢掉很多在文字中的沉默之处，或者是在文字间隙之中的东西。有些时候，沉默本身就是意义，空白中还有内容。这没说出来的什么，通过上下文的联系，气味一样向我们笼罩过来，弥漫开来。这些东西往往同样重要。

当然，一个人要绝对了解另一个人，是天真的梦想。就是同一个词，我们对它注入的情感色彩、经验底蕴都不一样，完全理解便有困难。但是文字毕竟是生活感受的表达，尽管是一个不无简化的表达。为了尽可能探寻文字的意义，对于写作者的了解就必不可少。因为在不同的写作者那里，相同的文字有时候意义不同，反过来说，不同的文字有时候反而表达出相同的意义。而这一切必须根据文本以外的生活处境、生活经验等等，才可能最大化地探知。举一个例子：索罗斯炒股时说"安全第一"，和一个初入道的股民说"安全第一"，两个词的实际意义其实并不一样，或者说所负载的生活经验并不一样。所以说还是要知人论世。

季亚娅：先问两个大的问题，前一个是阅读方式，这第二个问题与学问和思考方式本身有关：离开了图书馆我们不会思考吗？在您 2002 年的作品《暗示》的索引中，您提出了一个非常重要的问题——"心身之学"。您说"学问的生命，在于对现实具有解释力"，只有实践中产生的思想才值得信赖，思想则要落实到行动上。这就是所谓"知行结合"。我觉得这是理解您全部思想的一个索引。在某种程度上,《山南水北》这本书的写作本身也是回应那个问题：一种从具体人生经验和当下现实境遇中发现问题的思想方法。这是您一种非常重要的思考方法，也是您区别于很多学院的教授或者文学批评家的所在。

韩少功：这个问题尤其在当代特别重要和尖锐。你知道，相比古代，当代读书人是数以千万倍地增长。我们的教育很发达，也许要不了多久，一般孩子都至少是本科生。他们有的到三十岁、四十岁，甚至五十岁才开始工作。在很长一段时间内，他们就在书本里面过日子。这在古代是没有的。古代人同文字打交道的时间是非常有限的，除了极少数贵族。大约一百年前，北大有多少学生？整个中国能有多少大学？

季亚娅：以前的教育是精英教育，那是不同的。

韩少功：对啊，其他的问题我们不说。我要说的是人和书本打交道的时间大大增多了，何况我们现在的印刷量、出版量如此的大。在50年代，可能一年就出几本小说，而现在呢，每一年有几千本。这带来一个问题，如果我们仅仅从书本上得到知识或了解世界，知识的原生性就会大大削弱。知识当然可以而且应该传播，但鹦鹉学舌、东施效颦、人云亦云等就是传播的陷阱，就是知识复制过程中的危险所在。到底是书本生产知识，还是实践生产知识？随着生活方式的改变，很多人可能一辈子就待在狭小的书斋或者写字楼，通过媒介了解外面的世界。

季亚娅：还有一个问题，现代社会专业化的分工，使我们不可能从实践中了解全部的知识。

韩少功：对啊，如果只是通过媒介和符号去了解世界，这里面难道没有问题吗？有些教新闻的教授可能一辈子也没当过记者，经济学教授可能一辈子没有炒过股票或做过生意，道德伦理学教授可能一辈子也没做过什么善事，政治学教授可能一辈子也没造过反，也没当过官员，那他们知识的可信性在哪儿呢？所以说……

季亚娅：所以您提倡"心身"之学？

韩少功：对。第一，有些知识不一定可靠。第二，即使是可靠的知识，但横移和照搬到另外的语境之下，也可能失效，至少是弱效。因此再正确和再高明的知识，也需要我们在实践中去激活，去检验和筛选，去发展和丰富，否则"读书破万卷"也可能只是出一个书呆子，徒有"口舌之学"。

当然，三百六十行，我们不可能全面进入，这个在古代也是如此。但有一些问题是每个人都必须面对的。比如说生老病死，比如说世道人心，比如说自己和他人的关系，包括与亲人、邻居、同事、公众的关系。这主要是指社会人文方面的事务。现在我们很多人就是坐在电脑面前和虚拟世界打交道，与周围世界的真实关系完全切断了。那么你的赞颂或者憎恶，其根据何来？仅仅是在书本世界里流浪与折腾，虽然也能夸夸其谈，但各种激烈的态度后面空空如也。

季亚娅：有一个问题本来想放在后面来问的，听到这句话有感触就先说了：在报社时了解到农村土地私有化的一些谈论，和北京的一些朋友说起，他们会非常愤慨地表明立场，但我就想，为什么你们就不下来看一看呢？天天坐在咖啡馆里高谈阔论。这对您刚才的话是一个补充，就是说立场仅仅是表明一种立场而已，背后空空如也，对实际生活一点帮助没有。

韩少功：我们这里也有一个教授，在人大、政协两会期间很激烈地要求取消户口，消除城乡二元差别。这种愿望是好的。但我想说，要做到这一点，城市居民享受的低保就必须覆盖所有农村居民，这要一大笔钱；其二，城市的高中普及也要覆盖所有乡村，取代乡村目前的初中普及，这又要一大笔钱；其三，城市人口还要与乡村人口享有同样的土地分配……这三个起码的差别不消除，你的建议岂不是空喊？我这样一说，他就懵了。其实他根本不知道所谓二元差别的具体含义，也从未考虑过这些实际问题，仅仅做出一些道德姿态。

季亚娅：您说的其实是对实际问题我们要有具体的解决方案，我最近看到《天涯》上有您一篇《民主：抒情诗与施工图》，这个方案也可以叫作"施工图"对吧？

韩少功：那篇文章，来源于我单位内部推行民主的一些体会。那时我们几乎搞"群众专政"，每个季度全员无记名打分，奖金、晋级都与打分结果挂钩。这对提升效率产生了很好的效果。但后来也发现，一旦碰到某些对外事务，比方说有钱了，要不要请外面的专家来开个研讨会？要不要支持某些社会公益事业？……到了这时候，民主就不大可爱了。大部分人都会反对：干吗呀，我们的钱干吗不分掉啊？肥水为什么要落外人田？在这里，你就会发现，民主对内与对外的功能不大一样。历史上那么多民主国家，对内能肃贪除庸，对外却好战，就像两次世界大战中的情况那样。有意思的是，这篇文章发表后，我发给国外的一些朋友看，有些老外觉得新鲜，也觉得它有道理。那么我就想，他们研究民主多年，怎么就没想到这一层？也许，他们没机会在一个具体的社会细胞里把民主这东西真格地玩一遍，只是在理论里转，只知道哪个大师怎么说，哪个前辈怎么说。这样的理论就很可能缺血和无根。

历史记忆的苏醒

季亚娅：好，下面我们来看《山南水北》，这是一本非常好玩的书，有很多来自实际生活的最精妙的智慧。我们都觉得您是很少有的对我们这个时代保持共时状态的作家，或者说对于我们所处的时代您保持少有的清醒。作为一个诚恳的读者，我的阅读方法是将这些文章从内容上进行简单归类，从全书的语境以及您一贯的创作脉络中入手，争取找出文本背后那些"沉默的不曾言说的东西"。

第一篇是《扑进画框》，可能是因为"第一"这种编排，我会努力地从中找出理解全书的一些线索，也许这种方式本身有问题。这一篇文章我发现了全书的几个主题。文章开篇您写到对八溪峒最初的观感。"这支从古代射来的响箭……我今天也在这里落草？""我感觉到这船不光是在空间里航行，而是在中国历史文化的画廊里巡游"。这里有两个非常有意思的问题：您好像把自己的回归放在一个中国历史文化的大的时空背景里，而在这样的背景下回归是一个朝向文化传统的游历。是不是有这一点？而且这个传统首先指的是文化中非正统的那一部分，因为您会说："我今天也在这里落草？"我想起《马桥词典》里您描述到罗国的反抗传统，还有90年代您的散文《人在江湖》里描写到"江湖"这个词与汨罗的关联，您是否再次在强调这些被压抑的或者反抗官方的传统？此文中您提到的第二个传统是劳动的传统："融入山水的生活，经常流汗劳动的生活，难道不是一种最自由和最清洁的生活？接近土地和五谷的生活，难道不是一种最可靠和最本真的生活？"于是，我从这两个维度来理解您为什么要回到八溪峒，我不知道我这样的理解是否准确，或者因为它放在第一篇而有所夸大？或者还有其他未曾言说的意义？

韩少功：如果没有这片湖水，这段议论肯定不成立，是这片湖水触发我的想象，这里面有一定的偶然性。但是也许这个偶然的后面也有一定的根由，比如对江湖好汉的造反有一种隐秘的向往之情。

季亚娅：就是"不服周"吗？

韩少功：湖南人说的"不服周"，原义是古代的楚人不服周天子，就是一种挑战精神。张承志说过，什么是艺术？艺术就是一个人对全社会的挑战。在这个意义上，文学家不挑战，那简直就是不务正业。

季亚娅：为什么对劳动感兴趣？您这本书还有一组和劳动有关的文章，我挑出来都在这儿说一下：《开荒第一天》您写"坦白地说：我怀念劳动"。《月下狂欢》，"劳动的欢乐，完全可以从贫苦中剥离出来"。《欢乐之路》，您写到修路的劳动场景与群体欢乐，"我不愿落入文学的排污管，同一些同行比着在稿纸上排泄。我眼下更愿意转过背去，投身生活中的敞亮和欢乐"。还有《认识了华子》写一个好炮手，《也认识了老应》写一个好挖土机师傅。这两篇文章您讲的是劳动给人的面子和尊严。特别是《开荒第一天》，您谈到了劳动与知识的关系。您说："……一个脱离了体力劳动的人……会不会成为生命实践的局外人和游离者？"而这一点，和《暗示》中以"体"为知识和认识的基础一脉相承。我想请您谈谈劳动与知识的关系，为什么您会有这样的想法，而这样的想法在今天有什么意义？

韩少功：上帝给了人一个大脑，也给了人一个躯体，人就是应该劳心和劳力结合，或者说有一种平衡。现代社会体制把人分割成劳动的阶级和不劳动的阶级，或者说，劳动本身又是有等级的，最下等的是黑领，次下等的是蓝领。虽然这种等级制已经延续了几十个世纪，甚至我们没办法改变这个现象。

但是没法改变是一回事，你觉得它是否合理，是否有美感，是另外一回事。我一直认为，一个理想的生活方式应该实现人的全面发展，包括劳力和劳心的并举。

季亚娅：您这个好像与马克思谈到共产主义社会很类似，和某些乌托邦社会的理想也很相像。

韩少功：对，还有毛泽东时代的学工学农。这个可以另作分析。但劳动确实是我们生存的第一天职。基督教徒当年说：最好的祈祷就是劳动。新教教徒在宗教改革以后，乘着"五月花号"海船到达新大陆，都是怀着这样一种信念。一个人可以不去拜神，但不能不劳动。后来的美国人特别爱劳动，干什么都喜欢自己动手。这不像有些中国人，只要有一点小钱，就会尽可能雇用仆人，自己裹小脚，留指甲，穿长袍，都是不便劳动的装束，是贵人和假贵人的时尚。

季亚娅：我总结一下：第一，您是对劳动等级差别中的不公特别反感……

韩少功：这是一方面。第二，劳动有利于增强人的务实态度，这是认识论方面的意义。第三，劳动有利于创造人的生命美学，这是审美方面的意义。您想想，一个小白脸，看起来总是不那么顺眼吧？四体不勤、五谷不分、弱不禁风、哎哎哟哟那一类，我就很讨厌。我在文章里面写过，有科学家推测人以后会变得像章鱼一样，有一个大脑然后有很多触须来按电脑键盘就可以了。这不是很可怕吗？

何况，我们的劳动从来没有消失，只是被掩盖了，由其他人来承担了。只是这种承担常常被掩盖，好像我们成天不干活也可以活得很好。

季亚娅：这个说得很好。还有您在书中谈到的劳动的欢乐，可以把人从苦难中拯救出来的那种欢乐。

韩少功：最美味的享受其实是在劳动之后，是以劳动为前提的。你看现在有些孩子，当小皇帝，长大了还是"啃老"，衣来伸手，饭来张口，他们幸福吗？肯定不那么幸福，对幸福的感受非常浅，非常稀少。最好的美食，肯定是在饥饿之后。最好的休息，肯定是在劳累之后。而这些幸福是很多吸血虫享受不到的。

季亚娅：好像是这样。那接下来我要检讨这种提问方式，好像是我要强调和突出某些方面——《开荒第一天》中写到的"体"与"认"的关系到底是什么？而且您从前有一篇写墨子的散文，认为墨家的知识是从劳动中得来的。这是否是另一种知识等级的重新建构？劳动中所得来的知识就一定比书本的知识高吗？

韩少功：知识的源头一定在实践之中。异想天开和闭门造车的知识，偶然也有，比方说欧洲有人提到先验论，说化学元素周期表中的某些元素就是推导出来的，不需要实践。数学上也有这种情况，比如虚数就是纯逻辑的产物，与物质世界并无对应关系。但这些演绎成功的例证，无不以大量归纳为前提，演绎只是归纳的延伸和衍生，间接知识只是直接知识的延伸和衍生。康德一辈子待在一个小城里，似乎实践范围有限，但他所依托的自然科学和社会人文科学成果，都是他人在实践中获取的。他站在别人的肩膀上才能向上跳，才能关起门来推导他的理论体系。

季亚娅：还有"华子"和"老应"那两篇，虽然您会用一种幽默反讽的笔调来写他们的"有面子"，但骨子里还是很强调劳动本身带给人的尊严感……

韩少功：对，尊严。那些小人物似乎不值一提，其实他们同样掌握着丰富的知识。只是我们常常在知识中建立等级，以为一个股评家或投资家的知识很高明，而把一个乡间的炮手的知识看得一钱不值。但事情是经常变化的啊，美国通用电气公司的老总韦尔奇来演讲，门票炒到一万块钱一张。但他的公司眼下大亏损，90%的公司亏损，那他的知识还值不值钱？其实，知识的价格并不等于价值，一个炮手的知识并不比一个股评家或投资家的低。文学家为天地立心，关心恒久的价值而不是一时的价格，因此以平等之心对待天下众生，包括很多小人物那里被人歧视、忽略、掩盖的知识。

季亚娅：下面是《回到从前》，这个标题我觉得可以视为理解全书的关键词。我注意到一句话"多年以前多年以前多年以前走过的路"。我想问，这条路是什么？

韩少功：它是乡下那条我们以前经常赤着脚在早上或者夜晚走过的土路。因为在你年轻时经历过它，它就可能在你的心里烙印得非常深……文章中有些句子不一定出于预谋，有时是跟着感觉走，写到哪里算哪里。三个重复的"多年以前"是突然从脑子里蹦出来的，那就认下吧。

季亚娅：其实您知道我问您的是什么，然后您就会告诉我这就是那条乡村的土路。我本来还是给您预备了几个答案的：在2001年法国的一次演讲里，您谈到您是一个逆行者，在现代化和城市化的进程里，您会掉头去寻找一些东西。比如说传统啊，您一直在说的公平与正义啊。我这种读解方式当然也值得反省，那条路当然也可以是那条土路。但在本文中，三个"多年以前"本身就构成了一种修辞上的隐喻结构。

韩少功：写作有时是没什么道理的，兴之所至，信马由缰。一个作者在写作之初可能会有提纲，但写作时要放松，要随机，不能完全按照提纲去写。

季亚娅：但我们之前谈阅读方式时也说道：一定要回到整个上下文，甚至文本内外来理解一句话。这句话和这篇文本中的另外一些东西构成了一个大的语境。我可以谈谈我的感受吗？您在《欢乐之路》中讲到一个观点，在历史叙事中常会有一些被忽略掉或者隐藏掉的"细节"，我们在阅读的时候，尤其是我这种书呆子，常常会读不出那些不曾言说的细节是什么。比如您在《回到从前》中提到"再次逃离的冲动"。我记得很多年前，您离开湖南到海南时，曾撰文说到自己是一次逃离。"再次逃离"和"多年以前的路"显然构成了一个隐喻群。那么，您能结合"逃离"来谈谈这条"多年以前的路"吗？"再次逃离"背后的原因又是什么？

韩少功：我这个人，有点不安分，总是向往一种比较理想的生活。三十多岁时我从湖南来到海南。那时候我觉得内地的生活有一些沉闷，机关里衙门习气太重。我觉得海南岛像一片美丽的新大陆，"生活在别处"么。那时从长沙到海口要两天，坐车又坐船，颠颠簸簸的，有流落天涯的浪漫。那时官方许诺一个充分自由的经济特区，还许诺开放市场经济和民间独立办媒体。那不就是一个"自由天国"吗？但从90年代，再到现在，你又会发现，现实同样是很严峻的，市场体制下既有解放，也有罪恶。最让我感慨的，还是这些年知识界的变化。

原来我以为，经过80年代新启蒙运动的思潮洗礼，知识精英已经足够成熟。但是后来你会发现，也就是几个蝇头小利，市场的钱，或官场的钱，或西方的钱，就会搞得很多知识分子没心没肺，摧眉折腰，不说人话，总是用堂皇语言来包装自己的投机取巧。怎么就这样啊？以前大家坐在一起还经常谈谈哲学和文学，但现在与一些作家、记者、教授吃饭，都是言不及义，插科打诨，谁不谈钱谁就是犯傻，所以很多次吃饭回家，你都会觉得索然寡味。这个时候你肯定会有一些反思，有对自己的不满。

美化和妖化造成了历史盲区

季亚娅：您在这篇文章中还这样说，您不相信上帝，因为他"数十个世纪以来一直推动我们逃离但从不让我们知道理由所在和方向所在"。我从中看到的是一种最为深刻的怀疑。您在80年代就宣称自己是一个怀疑主义者。前几天我看到韦君宜写的一篇文章，说到马克思和女儿的对话。有一句：您最喜欢的格言？马克思回答说：怀疑一切。韦君宜说，怀疑是否是革命者的本质？我想问您的是：怀疑在您这儿意味着什么？怀疑是否意味着一种永远批判的姿态？

韩少功：怀疑对我而言，就是寻找生活中的问题，用这些问题去检验我们所热爱、所尊重的知识。我经历过"文革"，在那时尝试过怀疑。那么在一个全球化和市场化的新体制下，怀疑同样是我们思想创新的动力。世界文明史五千年，少说也有三四千年了，有制度和思想的各种变化，但据《全球通史》的那位美国作者说，几乎每一个时代都是20%的人口占有80%的财富。至今还没有一种力量来解决这个问题。那么上帝存在吗？甚至还可以再问：理想是否可能？这不能不让我们有点沮丧，就像我在那篇文章中说的：如果有上帝，他从来只是变换不公，而不是取消不公。

但是如果我们放弃怀疑，放弃批判，放弃追求，我们以前的一切就都成了无事生非。有些伤痕文学描写"文革"时党支部书

·理想，还需要吗·

记强奸女知青，知识分子非常愤怒。但现在老板强奸女员工，搞得公司里三宫六院的，很多知识分子倒觉得没什么，还说嫖娼和二奶都是时代进步的表现。那么你们当年何必愤怒？你们最为憎恨的强奸什么时候合法化了？

季亚娅：和您谈了这么长时间，我一直听到您谈到一个词，就是不公不公不公。您是否觉得文学是解决这些不公的一个媒介。

韩少功：文学解决不了什么，但文学可以有限传达一种情绪。但传达这种情绪，与没有传达这种情绪，是有区别的。觉得应该有这种情绪，与认定不应该有这种情绪，也是有区别的。我们不必夸大文学的功能，但如果没有文学，这个世界可能更糟。

季亚娅：宗教呢？

韩少功：宗教，哲学，都没有最终解决这些问题，只是说以宗教和哲学进行的反抗，从来没有停止过。我有一次说到"次优主义"，意思是如果我们没有理想的生活，我们可以在不理想的生活中间找到一种不那么坏的生活。也就是说，我们不能实现最优，但可以争取次优。

季亚娅：最大的问题是，很多人觉得不平等既然是一条铁律，他就会觉得这是理所当然的，然后怀疑也不需要了。

韩少功：怀疑和反抗也是一条铁律呵。如果没有这第二条铁律，第一条铁律就可能更烂，更恶，更残酷，这就是怀疑论者的积极和肯定。

季亚娅：下一篇我挑出来的是《残碑》。我会觉得它是对革命战争历史的另外一种讲述。在这本书里牵涉到这个主题的还有一些，有一篇叫作《老地主》的，我觉得它讲述的是革命伦理与乡村人情伦理的对应和区别。《最后的战士》，被历史遗漏的战争的另外一些真相。《当年的镜子》，关于革命记忆的另一种书写。《另有一说》，抗日史中被隐去的细节。我想问您的是：现在似乎有一种重写革命史的文化现象，如《集结号》《历史的天空》《亮剑》等等。请您谈谈对这种现象的看法以及原因。

韩少功：以前有些文学作品对历史粉饰太多，把历史描写得干干净净，容易培养历史幼稚病。就像我在《欢乐之路》一篇中撰写的公路碑文，其实把很多东西"隐"而不说。小孩子看了一些革命电影，觉得革命很好玩，扮家家一样。这是歌颂英雄吗？实际上是贬低了英雄，因为轻而易举就能胜利，那算什么英雄？

其实，历史不是那么干净的，总是带泥带沙、带血带泪的，有很多残酷与痛苦。历史人物经常不是在对与错之间选择，更不是在全对与全错之间选择，而是要面对"两害相权取其轻"一类难题，所以才艰难，才手上有血。

季亚娅：您是说因为以前的描写太干净了，所以会有这些重写？可是这种重写它会不会也同样是一种简单化的改写与过滤？

韩少功：这是另外一个方面。在冷战以后，有些人一窝蜂接受西方意识形态，对革命大加妖魔化，走向了另一种粉饰、曲解、简单化。似乎天下本无事，革命是一些烂崽和恶魔出来捣乱。其实，在当时的革命以前，天下太不太平了，满世界都太无人性了。翻翻当时的湖南的报纸吧，到处都是民不聊生，生不如死，南军打过来，北军打过去，都是烧杀掳抢奸，人口急剧地减少——这在地方史料里都有充分的记载。在这种情况下，能不革命吗？不抓枪杆子还有什么活路？红色的割据是其他各种强权割据多年以后才出现的。

光是一条，军队不扰民，就足以让共产党在各种割据中脱颖而出，最终赢得民心。对革命大加妖魔化的人，为什么不去说说这些情况?当然,革命也会充满着很多悲剧因素。因为社会运动可能失控,可能走弯路。覆巢之下,岂有完卵。手术刀一下去,不但割掉一些坏细胞,同样也可能伤害正常的肌体。

季亚娅: 您是说,当时左翼思潮受到支持,肯定是有它很多原因。

韩少功: 想想看,当年在北大的教员中做过一次投票,评选当代最伟大的人。得票第一多的是列宁,有一两百票;第二多的是威尔逊,美国总统,只有几十票。但两者之间差距很大。那些投票者可都是自由知识分子啊,根本没有什么共产党员。为什么会有这种投票结果?这是妖魔化所不能解释的。

生命最重要的特征就是"有情"

季亚娅: 下面一组文章是关于自然这个主题的。如《耳醒之地》我觉得是远离城市生活之后所发现的那个无限大与丰富的自然。类似的还有《智蛙》《村口疯树》《月夜》《太阳神》《雷击》《CULTURE》《感激》《遍地应答》等等。这些都会涉及人与自然与宇宙与上帝的关系这个命题。这些文章中都使用一种非常感性的语言来描写您内心最细腻的感觉,因此我想请您用理性的语言进行概括。

韩少功: 唐诗宋词里就有很多山水与田园。自然是生命存在的一个基本条件,甚至就是我们的生命本身。如果没有这些动物和植物,没有一种生态网络,人肯定不是这个样子。那么对自然的取消,就是对人的取消;对自然的漠视,就是对人的漠视。

实际上,现代化一直在割断人与自然的联系,至少从感觉上首先切断这种联系。比如我们每天吃菜,但我们不知道这个菜是怎么生长的，似乎它们是从超市里或者冰箱里长大的。有些小孩一看见鸭子就只叫唐老鸭，一看见松树就只叫圣诞树。

季亚娅：我可以补充一个感觉吗？唐诗宋词里到处说到烟花烟柳，我就不理解，为什么是烟花烟柳了。后来有一次去北京植物园春游，有一个好大的湖，我放眼一看，果然就是那样，隔着湖岸看对面的桃花啊柳树啊，可不就是像烟一样淡淡浮着。然后我分析它有两个条件，一个要成片，一个要有一定距离，但是现在我们不可能这样去看。所以对这么平常的比喻都没法理解其妙处。

韩少功：还有一个简单的词：人烟。为什么有人的地方要有烟啊？现在很多小孩子不了解。现在都是用液化气，或者电磁炉，没烟了。有烟就要喊消防队了。这样，很多优秀的文学遗产已经不能进入现代人的感觉。然后，既然我们在生活中已经没有了自然，自杀性的开发也就顺理成章，对天地的友好与敬畏也就难以为继。大家觉得汽车是更重要的，水泥是更重要的，银行与股票是更重要的……一直折腾到空气、饮水、食品都毒化了，这才手忙脚乱。

季亚娅：有一个问题很有意思，您写到"草木有情"，如《蠢树》《再说草木》。之前即使是佛经，也不会把草木当成生命来看。但您写到那些植物居然能听懂我们说的话，会因为我们的赞美加倍努力生长，因为我们的批评一气之下不开花结果甚至自杀。哈哈，虽然很违背文学阅读的常识，但我还是想问，这是真的吗？

韩少功：很多东西我们不能用现有知识去处理它。你问的就属于不能处理的多余部分，或者溢出部分。这就是我理解的神秘。当然，科学也在发展，比如一些植物学专家会告诉你，我们

·理想，还需要吗·

在砍这棵树的时候，如果给周围其他树做"心电图"，会发现它们出现巨大的生理变化……

季亚娅：那我们以后该怎么对待它们？

韩少功：是啊，怎么对待它们，会是一个问题。它们虽然是植物，但也可能是有感觉的，与动物的区别，可能只在于没有两条腿，没有一张嘴。但实际上植物可能也有信息传播方式，可能很低级，或者"低级"这个概念并不准确，它们只是用另外的一种方式传递感受，进行联络，谁知道呢？至少释迦牟尼在当时肯定不知道这一点，所以把植物排斥在佛家的"有情"之外。

季亚娅：我们中国的古代神话是否意识到这点？经常会有老树成精的故事，这就是以人的情感来体验一棵树的情感了。

韩少功：对，文学经常做这样的事，以想象的方式弥补科学的某些不足。文学的功能有很多，孔子说到"诗"的功能时，最后一条是"多识于鸟兽草木之名"。那么诗也是一种科普嘛。文学没有禁区，向一切事物敞开，把能解释的和不能解释的、能理解和不能理解的和盘托出，因此它不会回避神秘。这本书里有一篇《瞬间白日》，描写黑夜突然明亮如昼。这件事我至今没法理解，请教了很多专家，也没法得到合理解释。但是我是当事人啊，毫无义务要建立一个禁区，把不能理解的事情都给排斥掉。

季亚娅：下面我挑出一组写动物的，这些都写得非常动人。您早年有一篇作品叫《飞过蓝天》，那里面的鸽子晶晶还是理想化的拟人描写。但现在不同，动物是和我们完全平等。在《忆飞飞》《诗猫》《山中异犬》《三毛的来去》中，动物的情与理，动物与我们之间类似亲情的关系都有非常动人的呈现。还有一类作品是《养鸡》《小红点的故事》，您观察到人身上某种和动物共通的天性，比如：鸡也有排外天性，"他鸡（人）即地狱"，这和人类的排斥陌生人的天性多么相似。

韩少功：人和动物虽然有明显的分界，其实两者的共同性比我们想象的要大得多。比如说有些成语，"垂头丧气"什么的，我以为是描写人的专用词，后来发现鸡呀狗呀都是这样，它们情绪不高的时候都是垂头丧气。还有"趾高气扬"的情况也是。人身上的动物性比我们想象的多。

季亚娅：有一篇我认为其实是动物主题中最好的：《待宰的马冲着我流泪》。这篇其实您只写了标题，其下通篇留白。如果说《很多人》是有意味的沉默，这一篇就是有意味的空白。这些空白它是什么？

韩少功：有时候文字苍白无力。我们再自信，也都会觉得自己嘴笨，表达不了。

季亚娅：那是否和禅很像？那些不曾言说的东西可能比言语本身更重要。

韩少功：说出来就不是禅。

在文本中演练"心身之学"

季亚娅：有一组我称之为反对教条主义的文章。这其实是文本中无处不在的您的知识观，它听起来很枯燥，但是与文本结合起来却是妙趣横生。《哲学》，农民很害怕书生下来和他们讲理论。农民的理论就是：干部多吃多占就好像牛偷吃了禾，鸡偷吃了谷，虽然不是什么好事，但也不是什么大事。《蛮师傅》说，蛮干也比空谈好。因为实际生活中蛮干往往有很多无奈，比如少钱。您说，"就是一个同胞，如果不熟悉乡村这些年的变迁，要会心于老篾匠的比喻和概括也决非易事。正像我们不曾亲历西方历史过程，要读懂他们的各种理论，大多只能一知半解"。这还是强调亲历对于历史以及知识与理论的重要。关于这一点还是要请您做一个总结，因为它一直就在您的思想脉络里。

韩少功：任何知识，都是对现实对象的一种简化表述，只是有时简化得多，有时简化得少。如果要是说完整地表达我们对一个事物的认识，那几乎不可能。我们谈论一个杯子，从最开始的颜色、质地、款式到它的分子结构原子结构亚原子结构，可以无限谈论下去，写一本厚厚的书也谈不完。所以有时候我们只能简化，只能对于任何知识都要抱一种审慎态度。我们知道它是有用的，但是它又是片面的，几乎是瞎子摸象的产物。

以前，我认为信神信鬼是迷信，说给母亲做了一件棉袄就会被雷公放过，这怎么可能呢？但到了乡村以后，我才注意到某些迷信的合理性。那个地方几乎无处躲雷，人们也没钱来安装避雷设施。你怎么办？黑格尔说，存在的就是合理的。孝子不遭雷打，是人们面对雷电时的自我安慰。人们没钱购买科学，但自我安慰的权利还是有的吧？给自己壮壮胆，还是必要吧？这其实也是心理医生常做的事情。

季亚娅：是啊，这正是我的下一个问题。您从"亲历"和"体认"中理解了这些被称为传统伦理的东西……

韩少功：很多看似怪力乱神的东西，其实是有社会学和心理学的根据的。藏区很多人为什么宗教感那么强？在那样环境严酷的雪域高原，经常是几十公里内都找不到人，更不用说找到医生了。那么人生了病怎么办？牛羊生了病怎么办？所以他们只能求神。即便神不能治病，但他们因此获得了精神调理，有什么不好呢？批评者既然不能随时给他们空投医生和药品，那么相对于一味的指手画脚，是迷信还是"科学"更符合他们的某种需要？

季亚娅：下面我把《鸟巢》《守灵人》《中国式礼拜》这三篇文章放在一起来谈。其中，《鸟巢》是从动物生态学来看人的伦理观的形成，"不孝有三无后为大"是生物界的普遍规律。《守灵人》谈中国人的祖宗观念。《中国式礼拜》谈到传统乡村中国的伦理约束机制。中国人认同祖宗和西方人认同上帝相类似。您说：一旦祭祖的鞭炮声不再响起，那寂静会透露出更多的不祥。这里的思想方法其实和上文所说的类似，就是我们在这种亲历中非常贴心贴肺地理解了这些东西。

韩少功：什么叫传统？什么叫文化？这些就是。欧洲人承接游牧传统，把一个亲人埋在这里，其余亲人就走了，赶着马车到别处寻找水源和牧草。所以他们对祖先不会有我们这样强烈的感情和意识，也不大讲究"游子悲乡"、"落叶归根"之类。

我在书中用了一个词：定居。定居者生活在祖先的包围之中，很容易产生一种特殊文化。祖先天天盯着你，你能肆无忌惮地伤天害理吗？中国人，主要是汉区的人，没有发育出西方的那种宗教，而是所谓"慎终追远"，建立了祖先崇拜，祖先与神鬼多位一体，构成了最重要的约束机制。做事要对得起祖宗。自己挨骂不要紧，祖宗挨骂则万万不能，一定动刀见血。中国人的观念就是这么来的。

季亚娅：类似的篇目还有《一师教》。为什么宗教会在农村盛行？您分析的原因，不仅是因为它是一杆"公平秤"，还因为生病了可以不求医与躲避人情债。这些合情合理的分析，源自对一种最底层生活的了解与贴心贴肺的描摹。

韩少功：教条主义的知识精英最喜欢想当然，不去深究实际生活中隐藏的道理。

季亚娅：这是教条主义者的视而不见，他们根本看不见

·理想，还需要吗·

这些。

韩少功：现在医药费居高不下，传教者说入教可以百病自消，肯定会有吸引力。当然，其他原因也不可忽视。比如大家心灵无依，灵魂空虚，人际关系冷漠，需要找到一个寄托，需要某种归宿感和团体的安慰，这也会促进宗教的发展。

季亚娅：下面一组牵涉到乡村自己的运行逻辑：《老逃同志》讲述的是乡村生活的义道，全村人给客居的逃兵养老送终。《垃圾户》讲述的是狡猾与信用不可思议的结合：某困难户不惜胡搅蛮缠盖一个较为便宜的房子，竟是为了省下钱还赌债。他竟会把还不还赌债的信义看得比房子重要，为此不惜得罪所有帮他盖房的人。如何理解这种价值标准的轻重之分？

韩少功：人都是丰富的存在。一个小人物，哪怕是一个庸人，甚至一个坏人，都未见得像我们想象的那么简单。一个坏亲戚，不见得是一个坏邻居。一个坏领导，不见得是一个坏父亲。这种五花八门的多面体因人而异。一个合格的作家，看事物起码应该比常人更看到多一点，哪怕多不了多少。

季亚娅：义道产生的原因是什么？如何结合生活方式来分析？

韩少功：按照一般的说法，中国人特别容易一盘散沙，但有些奇怪的是，中国人又是人情味特别浓的群体。比方几个中国哥们儿一起聚餐，可能都抢着埋单。但欧美人会非常习惯于 AA 制。一些中国人又特别擅长窝里斗，三个和尚没水喝，似乎不像欧美人那样擅长建立组织与制度。这是一种特别复杂的文化心理状态。如果我们要讨论国民性的话，与其谈谈阿 Q，还不如谈谈这些东西。这里面隐藏了很多中国特有的文化基因。

像《老逃同志》里的情况，一个无人照顾的孤老，在西方只能交给教会组织或者社会福利机构，但中国在有类似机构以前，只能靠民间传统来解决问题。这种传统在从前经常表现为祠堂制度、会馆制度等，比方我是湘潭县的，到北京、上海、武汉、长沙等地遇到困难了，就找那里的湘潭会馆，求得一些帮助。如果有人考上大学了，又没有钱上学，那他也可以求助于宗族，等着祠堂里开会议事，各家各户都伸一把手，凑钱让穷孩子读大学。

季亚娅：很多书里提到，社会主义制度建立之后这些东西消失了。

韩少功：如果我们按照西方的眼光，只承认国家、党团、工会、教会这一类组织的合法，而会馆、祠堂这一类宗族组织就是不合法的。其实，很多农民并不习惯西方式的组织，比方孩子没钱读书了，他们不会去找党团或教会，还是去找各位宗亲。这样，简单地说中国农民缺乏组织能力是不公平的，是强压着一群鸡做鸭叫，然后责难它叫得不像。要知道，中国以前某些会馆、祠堂、行帮、票号等等，也曾组织得极其严密和效率惊人。这些组织不是没有弊端，中国人建立民族国家和公民社会，确实需要向西方学习，但我们应该用辩证法的态度，平实看待合理中的不合理，不合理中的合理。

季亚娅：下面一个问题是《面子》，这个很好玩。

韩少功：这里牵涉到怎么认识中国的乡土社会，有点像田野调查。《面子》也是这样一个问题，中国人好面子，面子有好的地方，有不好的地方。面子原来外国人翻译成尊严，后来他们也觉得不对。现在我看到有的西方文本干脆用音译，叫作 mianzi。

季亚娅：《欢乐之路》有一个非常生动的细节。村里的三明爹病得快死了，一听说修路，捐了 1000 元钱，理由居然是，修好了路，他可以在阴间向住在早就修通了公路的长坡乡的两位亲家炫耀。这要放在50至70年代，一定会把这样的原因隐去，大力宣传其美德。

韩少功：面子是中国人的精神文化要素，经常比钱财还重要。有些经济学家说，人性铁律就是利益最大化。我对这一点略有保留，至少认为它不够全面。宗教徒就算不上利益最大化，是心灵慰藉最大化吧？小孩子也算不上利益最大化，是好玩最大化吧？还有一些农民盖那些不实惠和不合用的小洋宅，不过是面子最大化，倒是让自己的不方便最大化了。当然你可以说，面子也是利益的一部分。但是这里的利益观，取决于特定文化制约：在一种文化里面，这种事是有面子的，但在另一种文化中，这种事恰好是没面子的。所以铁律不铁，因文化而变。如果经济学家把利益最大化当作铁律，就很可能要犯普遍主义和本质主义的错误。

多义的乡村工作指南

季亚娅：接下来是某一类特殊的农村题材文章，它们是《开会》《非典时期》《非法法也》《气死屈原》《兵荒马乱》《各种抗税理由》，和上一类田野调查式的作品明显不同。它们应该来自农村基层工作者的最实际具体的日常工作经验。我会把它们和赵树理的"农村工作指南"的那一类小说相比较。而且我认为，在中国农村现代化历史进程的不同时期里，最为了解中国农村以及农民心理的作家，恐怕就数你们二人。

我在毕业论文答辩时，有老师问到"知人论世"到底是怎么回事，我举了《开会》的例子。如何禁码，在我们看来这个没办法解决的难题，贺乡长用了一个在农村的价值观里比天大的理由

——您不能骂我娘,轻轻松松占据了道德优势,难题也就迎刃而解。对于这一类的书写我非常感慨。赵树理的写作有很明确的意识形态诉求,他知道他要做什么,他是要给人当成"农村实际工作指南"。您的创作意图呢?您同意这个判断吗?

韩少功: 我不赞成作家自居老师,把写小说当作写教材。但做社会工作要了解人,与作家了解人有一定的相通之处。从政者最好要懂一点心理学和文化学。

有些读书人下乡,对农民只会讲大道理,经常是讲不通的。有时候小道理比大道理管用,"歪道理"比正道理管用。我发现能干的农民,或者乡村干部,都有这个普遍特点:善于讲"歪"理。只是"歪"理并不全歪,实际上是歪中有正,隐含和运用着一些重大的潜规则。比方说,那个贺乡长不讲政策讲母亲,迅速掌握话语优势,就是巧妙利用了中国农民的孝道,利用了中国农民的某种思维定势——这还不是天大的道理?

季亚娅: 还有《非典时期》,非典时期乡人放鞭炮祭瘟神,理由是礼多人不怪,贺乡长号召大家讲科学:"你要是命里有寿,不放鞭炮也不会死。你要是命里没有寿,放再多的鞭炮也白搭。"乡长的这番科学道理很让农民信服。这和《开会》那篇有点像,都可以看成是《农村工作手册》的。只是因为你本身的学养以及对于整个时代的清醒判断,乃至作家中少有的世界史眼光,使这种理解与温情中透露出另一种思辨的清冷味道。《非法法也》讲到的是法律之外的天理人情。疑似违章操作或第三者肇事,导致二人在水田触电而死。但贺乡长找供电公司做替罪羊,争取高额赔偿,理由是既可挽救死者的家庭,又避免了第三个家庭的崩溃。法理大不过人情!如此通达狡黠又智慧,哪里是书呆子想得到的。还有《气死屈原》《兵荒马乱》《各种抗税理由》等等。

·理想，还需要吗·

韩少功：西方的法律制度移植到中国以后，会产生一些排异现象，很多本土潜规则并不会立即退出历史。我翻《宋史》《明史》的时候，发现中国古代法律非常有意思，比方说"刑不上大夫"，并不是说当官的可自动免罪，而是说死罪也不杀你，让你去自杀，以免坏了君臣之礼。又比方说亲人做伪证，当然是罪，但可以免刑，因为亲人不做伪证，那还有人味吗？还谈什么孝悌之礼？这些都是中国的特点，是在法律与人情之间尽可能平衡与调适，与西方的法制大为异趣。

季亚娅：但我们经常在一些小说里看到相反的描述，大义灭亲。例如您写过一篇小说叫《兄弟》，讲述父亲举报儿子的悲剧性故事。

韩少功：现代中国人不讲宋律和明律了嘛，不讲孔子了嘛。孔子在《论语》里说过：有人偷了羊，儿子去举报他，这在你们看来是正直，在我们那儿就不一样，有人偷了羊，儿子替他隐瞒，这才是我们的正直。在孔子看来，如果亲人不包庇亲人，那还像话吗？

《老地主》一篇里有一句话：新派人物往往注重理论和政策，但是农民不一样，更愿意记住一些细节。从这个意义上来说，农民思维方式差不多是文学的方式。农民擅长直观，擅长形象记忆，擅长以日常的言行细节来判断人物。而且他们为什么不大习惯理论与政策？因为理论和政策很容易把生活简单化，比如如果用私田数量标准来一刀切，划定"地主"或"富农"——这在农民看来就太简单了。农民在判断人物时几乎都有文学家的眼光。

季亚娅：接下来是《口碑之疑》。它提出的第一个问题是，修路带给村人的正面与负面的影响。这个似乎正是现代化两面性的隐喻？我记得您在汨罗乡干部的培训班上曾经讲过。

韩少功：辩证法是中国人的一碗饭，男女老少都会用，甚至用得不露痕迹，比如说"有一利必有一弊"，"坏事变好事"，"塞翁失马"，"因祸得福"，等等，这种成语和俗语比比皆是。

季亚娅：这篇文章中第二个问题很好玩，农民期盼自己村的大学生毕业后在财政局、交通局等部门工作，到处都有自己的人。这个说的是我们的社会是一个巨大的人情伦理社会吗？

韩少功：人情社会的负面效应就是不讲是非，大乱法度。这正是我们现实的一部分。你觉得匪夷所思，但这对于书中的人物来说，这是顺理成章的，合情合理的，逻辑性很强的。

季亚娅：接下来讲述的是"口碑"的可疑，是历史本身丢失的和隐藏的那些东西。从这个"口碑"的可疑出发，回头我们就会想到历史上的很多判断，也是很可疑的。如果我们不是亲历者，也找不到亲历者，那么是否永远无法知道可疑叙事背后的真相？

韩少功：任何真相都是无法穷知的。所谓了解从来差不多都是一知半解，既取决于史料的有无多少，又取决于我们使用史料的立场与方法。在生态意识强化之前，我们说贞观之治或文景之治，大多都会将其归结为执政者的美德与才智。在生态意识强化之后，我们才会注意到这些大治都有一个先决条件，即人口因战争而大量减少，人口与资源的关系大大缓和。这就是不同的眼光可以看出不同的历史真相。

季亚娅：下一篇讲述的是农村土地问题：《疑似脚印》。这篇文章的上半部分是您应法国一个文化项目之邀而写作的，名曰《土地》，记录下一位失去土地的农民对土地的感情。但后半部分您有一个非常重要的补充：其实这同一个人是非常愿意离开土地从事别的营生的。现实生活总是以这样复杂的方式在呈现吗？

韩少功：人的感情与理智并不是时时统一。主人公对土地有深厚的感情，但在理智层面完全可能背道而驰。这一篇的前半部分，与后半部分实际上构成了一种紧张和对峙。这也是表达作者必要的自疑。

季亚娅：这篇文章中提到农村土地使用，这个现实问题您怎么看，或许这个问题与文学的关系不大，我应该去请教这方面的专家？

韩少功：文学的价值判断通常是迟到的。文学不需要那么快地对现实做出简单明了的判断，其首要责任要把现实的丰富性和复杂性呈现出来。认识问题就是解决问题的开始，而文学比较擅长这个开始，其余的事由理论家来做可能更好。上帝的事交给上帝，恺撒的事交给恺撒。文学最需要做的，也许是显现生活的多义性。

季亚娅：下面我把两篇文章放在一起，我认为它们是结合乡村经验对"科学"这个命题的反思。《船老板》，他把自己的巫术称为科学。《卫星佬》，科学技术的乡村普及版，这一篇非常有意思。虽然您说所有的总结都会遗漏掉一些东西，但有的东西还是会呈现得更清晰。例如科学的神话或者它本身的意识形态。虽然我现在很不愿意用这样的词来表达。

韩少功：科学是这个时代的强势话语，而且在这一个世纪以来逐步进入到乡村，和乡村的诸多细节发生关系。船老板热衷于巫术，但喜欢借用科学的名义，你在这里可以看到科学的威力多么强大。另一方面，科学的本土化是一个很生动的过程，"卫星"与"杀猪"的结合不过是事例之一。这里是无知，还是智慧？是野蛮的糟蹋，还是天才的创造？确实耐人寻味。

季亚娅：从前有一种赤脚医生制度是否与此类似？

韩少功：那也是科学本土化和本土科学化的一种互动方式。志在普及科学的人最应该了解这一切。

季亚娅：船老板真用巫术帮主人找回了那只鸡？

韩少功：是真事，我也无法理解。生活中总会有一些无法了解的谜，等待未来科学的破解。有些巫术也是这样。据说现在很多老师在考试前让学生大喊三声"我是最棒的"，然后再去考试。这种所谓心理暗示，恐怕也是一种现代巫术吧？如果它确实有效，用用也无妨，不必计较老师教唆学生吹牛撒谎。

回到文学本身

季亚娅：我们可以过渡到下一个问题：关于文学本身。您的书里有一篇叫作《十八扯》，就是记录乡村夜间的闲聊，它们和事实啊逻辑啊完全没有关系，只要故事本身好听就行，和拉美魔幻现实主义那样飞扬生动的想象很相似。我觉得这一篇可以牵涉到文学本身的一个起源问题。

韩少功：人们讲话有时候不在于讲出什么道理和事实，只是找个乐子，满足自己对惊叹、想象、愉悦、紧张等的需要。在这种情况下，准确和逻辑就不是最重要的。就像一个孩子，还没准备考博士，没准备建功立业，干吗要懂得那么多数理化和文史哲？那是到了一定层次以后，才能享受的快乐。当他还不能体会逻辑美和概念美的时候，他一定更喜欢童话。《十八扯》就是农民的成人版童话。

季亚娅：还有一篇，我觉得和这一篇正好相对应。上一篇您说的是文学的游戏本质，这一篇《窗前一轴山水》，说的是文学艺术现实主义的根源。您从窗前山水与中国水墨画笔墨意蕴的关系衍生开来，认为所有我们不了解的艺术创造后面，一定都有着某种现实的因由。这个和上一点是什么关系？

韩少功：这两点并行不悖，就是说真实与虚构互相渗透，各有其用。即使是荒诞的《十八扯》，它内在的逻辑亦有真实的一面。比如说，某头牛是人的转世，看来荒诞不经，但人们对转世者的同情，含有现实中真切的感情因素，也折射出现实中真切的时代背景……那故事是怎样讲的？

季亚娅：某女人偷吃包谷挨批自杀了，这头牛的耳朵上似有耳洞，所以他们认为是这个女人转世。

韩少功：对，人们对她有愧疚之心，这种感情是真实的啊。真中有假，假中有真，在艺术中尤其是如此。我们因事立言，有时候会把真实感受的重要性多说一点，有时候会把艺术虚构的重要性多说一点，不过是从两个角度看这个杯子，并不是在说两个杯子。

季亚娅：这是一个很大也很重要的问题：您在这本书里，是以一种怎样的姿态来面对乡村和传统的？您和乡村的关系是怎样的？例如，我们经常会说到启蒙主义者与乡村的关系，民粹主义者与乡村的关系，但我觉得您和他们都有不同。在本书中，我看到您有时候是一个扶贫义工，跟着村干部出谋划策——因而您了解《开会》那样精彩的智慧。有时候您是一个在土地上的劳动者，与瓜果蔬菜发生关联，当然也会有很多知识分子式的个人思考时刻。您怎样处理您和乡村之间的距离？您是一个旁观者、亲历者或实际工作者？本书中乡村社会所呈现的多层次，有可能正是因为"我"观看的角度不同。

韩少功：我与乡村是一个对话的关系。我是经历了另外一种文化熏陶和训练的人，重新回到乡村。静观也好，参与也好，都是对话的方式。我不喜欢居高临下的启蒙者姿态，但也不喜欢大惊小怪的玩赏者姿态。对话需要"同情的理解"，也需要善意的批评。更重要的，知其然还要知其所以然，这才是有深度的对话。

严格地说，这甚至不仅仅是一本关于乡土的书，同样是一本关于都市的书，乡村不过是观察都市的一种参照。在当代社会，"他者"是一个旧问题也是新问题。我们能不能理解他者？怎样才能理解他者？比如帝国如何理解殖民地？基督徒如何理解穆斯林？穷人如何理解富人？男人如何理解女人？城里人如何理解乡下人？……现代人正陷入过于膨胀的自我，对各种"他者"日渐盲目，最终也带来了对自我的盲目。其实这都是生活中产生的道理，不是什么高深学问。

季亚娅：在乡村传统这些大主题之外，我会看到本书中有很多个人时刻。我指的是知识分子式的自省、思辨或诗情的时刻。它们游离在现实空间之外，与乡村有关又无关。如《雨读》《时间》《你来了》。《你来了》很有意思，你在文中一直在转述一个来访者对于情感和人生的看法：情感是自伤的利器，情感总在期待回报、收入欣慰；因此终了只有两条路，成魔或者成圣——魔圣皆无情，不期待交换。可是在结尾的时候，你说他其实对你这儿的一切都不感兴趣，关心的只是他自己的谈话。这是不是一种反讽？是说他对身外的事情也是很"无情"的？

韩少功：这是一个特别容易让人放弃的时代。我们有时候会觉得，怎么做也对这个世界无能为力。如果我们放弃的话，我们所有的写作和表达都毫无意义。这个时候我们需要另外一种东西，比方说信仰。信仰是不怎么讲道理的，也是不怎么讲感情的，有点没心没肺一意孤行。比如出家人还能儿女情长吗？还能顾及毁誉恩仇吗？但信仰也有好坏两分：一种是成魔，一种是成圣。

季亚娅：可是信仰里还有一个很重要的因素是它的"情"啊。如果信仰里面没有"情"，信仰如何持续？

韩少功：这里讲得有点深了。最高远的信仰是化大爱为无情，是化火为冰，是化帛为铁，绝无多愁善感。也许这种无情，正是对深情和激情的一种最好保护方式，有点像曾经沧海难为水吧。当然这是我个人的看法，你可以不同意。

季亚娅：您文中的那个来访者，问了这些问题之后，他还是对您周围的事情不关心……他已经意识到了这些问题，为什么还是不关心呢？您这里是否有一种微讽的意味？

韩少功：这里没有讽刺。他是一个高人，一个江湖上飘摇而过的影子，完全是目中无人四大皆空的状况。他不需要了解生活是怎么样的。

季亚娅：但是一个文学家必须要了解。其实"个人时刻"和我之前问的有多少个"我"是相关的。

韩少功：当然，我们都离不开世俗生活，但很多时候我们会有孤独的时刻，有面对自己灵魂的时刻。尤其在乡村漫长的黑夜，有些闪念会油然浮现在心头。这其实是好事，就像练气功，偶尔开了"天门"。

季亚娅：最后一组文章，其实也和情感这个主题有关，但与个人时刻有一些差别。我会把本书的最后一篇《在天空》放在这一组的第一篇，它说，记忆是生命的本质，是每个人的贴身之物，这可以视为对这一主题的概括。我选的文章有：《相遇》，在一个特定的地点与时刻里看到了当年的我，轮回的命运与时光；《老公路》，一段路的青春记忆。我想问的是这段人生对您而言意味着什么。如果我们抛开那些大的词,比如说知青、上山下乡、"文革"等等,就谈谈那些剩下的非常个人层面的东西。比如说,您会在《秋夜梦醒》讲到旧家具所唤醒的记忆,那些深藏在内心最隐秘处的过去的那些人,因为忘记和丢失了他们,所以我们总是在固执地寻找,在一些往日的印迹与物品中寻找。

韩少功:刚才我们说到无情,其实我有很多牵挂,所以根本做不成圣人。就像很多人又想出世又想入世,总是两难。文学也好,哲学也好,甚至科学也好,最后都会面对一些悖论。在这里,自我解围地说一句:也许不能抵达悖论的文学就不是好文学?《红楼梦》是悖论。屈原、苏东坡也是。雨果既是革命党又是保皇党,托尔斯泰既是贵族立场又是平民立场,就是自己和自己过不去。

季亚娅:如果说这个悖论也包括您,它在何处呈现?

韩少功:比如印在这本书封底的这一段话:"那些平时看起来巨大无比的幸福或痛苦,记忆或者忘却,功业或者遗憾,一旦进入经度与纬度的坐标,一旦置于高空俯瞰的目光之下,就会在寂静的山河之间毫无踪迹,似乎从来没有发生过,也永远不会发生。"如果就从字面上看这是很虚无主义的,但是你读过我这本书以后,你会发现我不是一个虚无主义者。相反,哪怕是一件微小的东西,一个卑微的人物,在我看来都是很伟大的。这里就有一个悖论存在。每一个生命都微小如尘,但你应该把他们或者它们看作上帝,看作伟大的永恒与无限。

季亚娅:我刚才说不用大词,现在想问问大词:"文革",还有"知青",我们应该如何理解?《墙那边的前苏联》中那些老歌似乎唤起了革命与青春的情感记忆。

韩少功:个人感受的记录而已,没什么微言大义。一部个人史和一部社会史有很大的区别，后者并不是前者的同比放大。一个人爱唱样板戏，可能有个人原因，并不意味着他或者她就一定怀念"文革"。

季亚娅：您以一个乡村生活参与者的身份书写这些生活，有一种对于乡村生活逻辑最为同情的理解，对于万物有灵的关爱，有一种奇异的想象力和超越庸常的精神光辉，但这种超越又不是通常知识分子的精神高蹈，而是非常诚恳低调而亲和。

韩少功：从乡村出来的人有两种态度，一种是把乡村当成一个神话以充作精神寄托，另一种是把乡村当作不堪回首的往事大加厌恶。这两种不同的反应，甚至可以在一个人身上交替出现。事实上，乡村既不是牧歌也不是噩梦。如果它在人们视野里出现这样两极化的夸张，那原因只是一个，就是我们对它的无知，对它的心虚，还有人格分裂时故意拿它说事的居心可疑。

季亚娅：原来我会固执地按照自己的原来的思路来读解。例如有人会高度赞美这个劳动的从前。但是您的意思其实还是把这些当成一种个人的东西。

韩少功：文学当然是从个人感受出发的，但这种个人化不是自恋。一个富含社会内容的个人，与一味自恋与自闭的个人，不是一回事。比如说到劳动，为什么我会强烈地感受到这一点？这后面当然有社会和时代的诱因。很久以来，在很多人眼里，劳动不再光荣了，尽管主流宣传强调荣辱观，包括提倡以劳动为荣，但不管是从企业法还是会计法来看，劳动不参与分红，只有资本才能享受利润。这一整套法权体制，与主流宣传是有差别的。这就是劳动重新成为问号的社会背景。

季亚娅：理解本书，还要理解生活方式对一个作家的重要，即个人的生命体验与有意识的"修炼"如何影响到一个人的学问与文学。这点您能再谈谈吗?

韩少功:一个作家出道,最开始是写经验与感受;待到经验和感受释放得差不多了,就写学识和技巧;待到常识和技巧也玩完了,就得写人格和灵魂——或者这样说吧,新的经验和感受,新的学识和技巧,常常需要一种精神去催生。这种精神往往就扎根在一种生活方式中。鲁迅说,血管里出来的都是血,喷泉里出来的都是水,大概就是这个意思。有些作家走一段以后就走不动了,觉得自己没电了,原因往往不是他们没有才华,而是他们缺乏内敛和蓄聚,缺乏顽强,或者利益之外不再有兴奋点,失去了精神的动力和方向。

(节选自《芙蓉》2008年第2期)

次优主义的生活

时间：2007 年 1 月
对谈人：韩少功
芳菲（作家，《文汇报》记者）

芳菲：世事大多在因果之中。你每年有六个月在乡下，选择这样生活已经七年了。你觉得让你到乡下定居的因是什么呢？是什么时候播下的种子呢？如果我把你对城市生活的批评看作缘，而不是看作因的话。

韩少功：我喜欢在野地走一走，在地上干点活，同农民说说话。我觉得这样的生活特别惬意和充实。也许这是知青经历留下的心理痕迹在起作用，当然也不一定。说到当年下乡，我并没有太多委屈感，因为几亿人当时就是那样生活的，知青只是过了一小段。有些人一写到下乡经历，就自比落难贵族大号小哭。我不以为然，虽然我也反感那个时代的政治恐怖和荒唐宣传，并不赞成强制的上山下乡。

芳菲：那你现在乡下的日常生活包括些什么内容呢？生活的节奏靠什么形成？我看到《山南水北》里你挑粪，嘿，不好意思，吓了一跳。

韩少功：劳动，出一身汗，有益身心啊，不是更绿色的健身活动吗？一般来说，化肥只能被作物吸收 30% 左右，其余的都沉淀下来破坏土质。所以我从来不用化肥，只用农家肥。如果地上没活，我就会读书和写作。同农民聊天也很开心。有些农民比较嘴笨，但有些农民很会说话，一张嘴就是脱口秀，而且有特别的思维方式，我会听得哈哈大笑。

芳菲：呵呵，看你的一些记述我也大笑过，像讲到村里几个党员自发到你家来聚会，为了谢谢你为村里做的好事，商量将来把你埋在哪里的那段，我一边笑一边感动。

韩少功：农民读书少，很少用抽象概念，说话大多用形象性细节，可以说有一种形象依赖。他们说一个人好或者不好，不会像人事部门那样写鉴定，不会像有些知识分子那样说一个方面又一个方面，通常只会说两三个细节。这种方式被文学家听了，会觉得它很文学化；被哲学家听了，会觉得它很"后现代"。比方说一个人懒，他们不会说"懒"，可能会说："他从不知道家里的锄头、粪桶在哪里，成天搬着个屁股到处坐。"坐就坐吧，他们会强调"搬起屁股"。为什么要有这个强调？他们并不知道，但在下意识里，他们觉得这样表达才充分，才够味。农民讲话，很多意思在那个"味"里面。

芳菲：不过，在我们一般人的潜意识中，对乡村的理解大致有几个"局"在妨碍着。首先就是 80 年代寻根文学造成的"局"。前段时间我看到阿城在《八十年代访谈录》中说，"寻根"这个词当年是韩少功提出来的，但是你寻着寻着又把这个根给否定了。你认为呢？

韩少功："寻根"当时并不是一个声音。因为《爸爸爸》等作品，我被理解成一个批判者，但批判之外的同情或赞赏，可能就无法抵达读者那里。也许任何时代都有读解定式,作者没有太多自我解释的自由。阿城说的"根",似乎限指传统文化传承,在这一点上我没有不同意见。但传统中有贵族传统和平民传统的区别,还有种种其他区别,不能一锅煮。比如那种等级制,那种人上人的优越,那种贵族老爷式的旧梦玩赏,就是传统中糟糕的部分,倒是被我很警惕。我看重文化,更看重文化后面的灵魂。

芳菲:所谓文化后的人与灵魂,你是怎样看出来的?

韩少功:比如印度人过很多节日都不吃饭,这种习俗不是没有来由的。你可以想象他们为什么不吃,想象他们过去的命运、处境以及人际关系。这就是看到文化后面的生态、生活以及灵魂。又比如你看到宫廷和城堡,你可以欣赏那些器物的精美,想象自己如何当少爷、老爷,但你也可能在欣赏之余不大高兴得起来,因为你知道精美后面有很多男女奴隶的悲苦命运。这是参观旧物时不同的感受态度。

芳菲:一般人印象中"寻根"的否定性性质,其实也是与这一百年来的乡村运势相关联的一个结论。鲁迅的《故乡》可能代表一个世纪以来我们对乡村的基本情感框架:批判的,又有眷恋。这个情感也是有一个普遍的社会情绪和认识在后面。用梁漱溟先生的话来讲,就是:晏阳初对中国乡村"贫愚弱私"这个看法"不高明","缺乏哲学头脑"。他认为不是贫的问题,而是"贫而越来越贫"的问题,中国农村社会是"向下沉沦"的问题,"向下沉沦,走下坡路"。一定要把走下坡路扭转为走上坡路。他这个观察你觉得还到家吧?

韩少功:我赞成梁漱溟的说法。现代化就是工业化和都市化,是生产要素向核心地区不断集中。这一过程可以让一部分乡村搭车,比如让郊区农民受益。但大部分乡村在一般情况下也可能更边缘化和依附化,所谓"走下坡路"。这是一个繁荣伴随着衰败的过程,曾体现为人为压低农产品价格等等,即计划经济时代的榨取;也表现为农民工廉价出卖劳力等等,即市场时代的榨取。农村青年靠父母出钱读了高中,读了大学,但读完就被城市吸收了。这只是乡村的失血现象之一。眼下工业反哺农业,加大财政支农力度,充其量只是抽血以后适度还血。制定更重要的止血之策,需要反思现代化的基本理念和体制,但这样做可能要求过高,现在也言之太早。

芳菲: 在这种运势中你去农村,有没有想过自己的角色呢? 是拯救者,还是逍遥者?

韩少功: 我总感觉到自己无能,为农民办的实事很少。看很多政府机构和非政府组织,也是做形象工程多,实效可疑。但不管怎么样,短斤少两地做,拖泥带水地做,多少会有一些作用。就算失败了也可以积累经验。比如我写下这本《山南水北》,也许可让一些比我更盲目的人,少一点想当然。但很多时候我非常自疑。比如我帮助一个农村孩子上了大学,但这孩子倒可能在大学里学坏了,没学多少知识,但学会了穿名牌、进馆子、说假话……那么对于他的家庭来说,对于社会来说,这种帮助值不值?

芳菲: 如果说农村整个处于一个沉沦、一个没落的文明轨迹中,我觉得就给认识其中人和灵魂的状态带来难度或障碍,对生活于其中的自我也带来困扰。

韩少功: 当然,文学不是富贵病,不是商业暴利,不是只在富裕人群里产生。国家不幸诗人幸,这是一句老话,至少有一大半道理。东欧、拉美都曾经是沉沦状态,但都有过文学的丰收。也许生存压力越大,人性才展示得越裸露和越深刻,就越有认识价值。连集中营里都有宝贵的文学资源,为什么一个相对贫困的农村就可以被作家们轻率地删掉?

芳菲：你认识了些什么呢？而这些认识能给你带来安宁吗？这也涉及我想说的第三个局：陶渊明"衣沾不足惜，但使愿无违"的文人式田园理想。你怎么认识陶渊明？他的理想你认为有什么积极性和消极性？

韩少功：陶渊明为官场不容，只好到农村待一待，但这种挫折也许成就了他。梁漱溟不是这样的。他更有担当，是主动关切多数人的命运。单就这一点而言，我觉得梁漱溟更可贵，更应成为我们的楷模。可以说，梁漱溟肯定是不安宁的，因为他看到了那么多难题。但梁漱溟肯定又是安宁的，因为他从书本到现实，从上层到底层，摆脱了以前那种蒙住眼睛的自以为是。自我欺骗也会带来安宁，只是这种安宁不足取。

芳菲：可能我没表达清楚。我提这个问题不是想谈对他这个人怎么看，而是我觉得陶渊明方式已逐渐成为一种对文明方式的选择。正是在这个前提下——在一种文明是不是可能的前提下——我才想请你谈谈对他的态度。欣赏陶渊明是不是太不可能？是不是会做作？是不是太奢侈？是不是太贵族？

韩少功：我明白你的意思了。乡村耕读生活在眼下当然没有普遍意义。当一个现代陶渊明代价很昂贵呵，起码你不能是个上班族。考虑到农村医疗条件差，你还得身体健康。所以现代的仿陶渊明大多出现在旅游度假村，周围布景是古代，人生剧情却是现代。这是复制某种文明总会出现的扑空，就像人们模仿牛仔，模仿果农，模仿红军长征，只是偶然客串，不是真实的日常生活。这是文明体系转换的结果，也是城乡资源配置悬殊的强制结果。

但陶渊明是不是毫无意义了呢？不，文明演变方式通常不是切换，而是重组，是新中有旧、旧中有新。构成"陶渊明"这一符号的某些精神元素，比如亲近自然和独立超脱等等，不会随着农耕文明而结束。连欧美人也都这样，一窝蜂往城里搬，又一窝蜂往城外搬，不也是洋版本的"归去来"？我见到一些农村的退休老人，不愿随子女进城，在乡下做做农活、养养鸡鸭，外加吟诗作对。你很难说他们身上没有陶渊明的影子。

芳菲：《山南水北》的出版者宣传册页上写着一句话——他把认识自我的问题执着地推广为认识中国的问题。我觉得倒过来写可能更合适——他把认识中国的问题内化为认识自我的问题。

韩少功：我观察社会，从不认为文学有改造世界的魔力。我们有两千多年优秀的文学了，但世道人心好了多少？据说20世纪的战亡人数，不是比前19个世纪的总和还多？腐败与犯罪难道不是层出不穷？但这并不意味着文学可以不必关切社会，不意味着文学是一场文学才子们的自恋游戏。

也许这里有一个悖论：文学不一定使世界更好，但不关切世界的文学一定不好，至少是不大好。古人说，文学为天地立心。这颗心肯定不是成天照镜子照出来的。哪怕卡夫卡和佩索阿，他们的孤绝也不是来自娘胎，是在社会中磨砺的结果吧？所以我对有些同行蔑视社会，总觉得有点奇怪。

芳菲：你的选择、你的劳动，不论是耳目的醒来，还是和那些充满偶然性的邻人的友善相处，我觉得其中有一种领受过大自然教育的人的宽广心怀。

韩少功：人是大自然的一部分。古人说身体受之父母，其实每一个人都是受之自然。照整体主义哲学的看法，人只是大自然的一个器官，或一个细胞。把人从自然界连根拔起的生活，就像把一个胃从人体里割出来，加以特别的供养。那当然很危险，也很愚蠢。人们关切阳光、空气、水、土地等等，不过是相当于一个胃在关切人体的脑袋、心脏、手、足等等，谈不上什么博爱，差不多也是自利。

人们珍爱和保护自然，是一种识大体和可持续的自利。从某种意义上来说，这种态度是最高纲领的利己，同时是最低纲领的利他。天人合一式的圣贤态度，不过是从这里再往前走一小步。

芳菲：读这本书的大部分时候，我的精神平静淡泊，这平静淡泊大半是受你书中潜在的大尺度空间的影响。不过动过一次感情。我看到你书里出现了"上帝"，从最通俗的用法上很"木"地使用这个词，但慢慢到后来改变了。当读到你最后在秋夜梦醒时刻明白"上帝已经改头换面，已经失踪。但你知道上帝曾经到场，把你接入这样而不是那样的命运"时，竟然一下子哭了。

韩少功：听你这样说，我心里也难受。

芳菲：你应该高兴才是呵。

韩少功：我看不得别人哭。

芳菲：你突然让上帝有了生命。而我那时也得到对你这个人的一种真实感触，觉得你像一个五十岁的人了！我的意思是，一个真实的人，活到五十岁，不可能不感受到上帝和命运。而一个人形成自己的真实，也是非常不容易的。

韩少功：我的"上帝"是亦有亦无。我曾相信理性可以包打天下，科学足以解决一切问题。但事实并不是这样。比如很多事情是任何一个人无法完全把握的。这就是我们称之为"命运"的东西。比如不论我们如何知书明理，也常常有行动的犹疑，因为在复杂的因果网络里，善行可能带来恶果，恶行也可能带来善果。在这种情况下，理性主义非常脆弱，一不小心就滑入虚无主义，似乎人什么也不能做，怎么做都没有意义。

那么一个人怎样选择自己的行为？

从历史上看，把价值判断交给上帝，人类还是一直打打杀杀，欺骗和贪欲也没减少。这样，我更愿意接受一种没有上帝的上帝，把"神"看作一种人类的价值共约，来自人类的普遍生存经验。所谓人心，所谓良知，所谓神，是它的各种别号。测谎仪也许是一个有趣的例子。你看看，不管是什么人，一旦说假话，就难免仪器里的迹象大乱。为什么？因为有一种人类共同经验，通过从心理到生理的积淀，已经进入人们的血管、肌肉以及脏器，在那里伸张着价值标准。

对这样一种隐形和无处不在之物，我们叫它什么好呢？叫得通俗一点，叫"神"恐怕也是可以的。

芳菲：我其实不是希望让你谈上帝，而是希望你谈谈你现在精神到达的一个沉稳状态。

韩少功：这两者其实有关系。人只有把大局和终极的事儿想明白了，把人类社会的可能和边界想明白了，才会知道自己可以做什么、不可以做什么，哪些事情很重要，哪些事情不重要。一个人不慌，不手忙脚乱，无非是他知道有很多事不必去忙。

区别只在于：有些人要靠外力，靠孔子说的"怪力乱神"来做到这一点；另有些人靠自省，靠格物致知，也可以做到这一点。

芳菲：你在《山南水北》之前写了《暗示》，我对《暗示》的感受是你扫清了很多认识上的迷障，回归对具体实践的尊重，可能带来"一次健康的精神运动的肇始"。果然之后你就下乡了。我则还在偶尔想起这个问题，想所谓开始之后，又走向哪里呢？最近看到你们海南的萌萌，在她生前编的最后一本书《"古今之争"背后的"诸神之争"》的编者序中，有一个表达是"这支尾随的军队开始有了停下来的迹象",也让我想,停下来以后又怎么样呢?

韩少功:所谓"尾随",可能是指我们一个多世纪来对西方文化的学习和追赶状态。我们几十年的崇俄,再接上了几十年的崇美,几十年的造神,再接上几十年的纵欲。这个过程也许难以避免。但真正的学习和追赶应该是创造,不是"尾随"。人类现在十分迷茫,无论在东方、西方都是难题成堆,越来越多的人活得没劲,活得没有方向。也许我们确实需要一个开始。这个开始是恢复创造力,投入思想和制度的创新,催生新时代的孔子和耶稣、达尔文和马克思。这样说,并不是一味高调乐观。其实人都是很渺小的,做不了太多的事。但我们不能通向天堂,通向各种不完美社会中一种不那么坏的社会,还是有可能的。如果我们无法当圣人,实现各种不伟大人生中一种不那么坏的人生,还是可能的。这种低调进取的"次优主义",也许比较务实和可靠。

芳菲:谢谢你所有的这些回答。最后我还想代表一些朋友表达对你乡村生活的羡慕,应该是它比所有的言语都更好。但不知道更多的人选择你这种生活,是不是可能,是不是现实,是不是太痴心妄想了?是的,我们还会继续犹豫。

(原载于《南方周末》2007年12月)

测听时代修改的印痕

时间：2018 年 11 月
对谈人：韩少功
王威廉（作家，中山大学中文系副教授）

用量子方式同时穿透不同的点

王威廉：韩老师，您最新的这部长篇小说《修改过程》写了多长时间？

韩少功：去年年底开始动笔，写到三四月份，后来七八月份的时候做了一次较大的调整，尤其是惠子出场的那部分。

王威廉：就我读到的成书来说，我觉得惠子出场并对话的部分是一个亮点，我看到那儿的时候，感觉一下子虚构的尺度更大了，让这个虚拟的文本空间有了更大的纵深。

韩少功：原来有一场几个人物之间的争辩，不太有意思。讨论名与实的关系，还不如直接上惠子。

王威廉：我读《修改过程》的时候，它给我的第一印象就是它在叙事声音上特别出彩。一开篇就是对话，模拟一种民间的腔调，所谓的"花腔"，日常生活中很多这样的人说着这样的话。每个人都在努力说话，说着俚语、俗语、俏皮话和歇后语，这部小说呈现了当代这种众声喧哗的状况，是一种声音的狂欢。我觉得其中甚至充满了后现代的精神。

韩少功：写都市，写大学生，写 80 年代，调子可能得热闹一点。那个年代给我的印象就是充满各种声音。思想喷涌，众声喧哗，挤压耳膜。我想把这种感觉表达出来。

王威廉：《修改过程》从写上世纪 70 年代末一直写到了当下，描摹了 1977 年高考恢复后第一批大学生——"77 级"这一代人的命运轨迹。您在《日夜书》里写了当年知青的人生命运，《修改过程》似乎接续上了您对历史和时代的思考。

韩少功：是有一点连续性。知青是前一段，"77 级"是一部分知青的后一段。现在的大学生基本是应届生，但那时候往届生多，大龄生多，有农民、工人、士兵，带有成年色彩。那是特殊时期的一个现象，以前没有，以后恐怕也不会有。他们把社会和校园打通了，校园也是社会。

王威廉：确实，这些差异很大的人物放在一起，也成了这部小说的结构，类似于一个网状结构，这个人写完了把另外一个人引出来，通过几个主要的人物为这张网的结点，有了一个群像式的效果。

韩少功：这些人物的模糊印象在心中早就有了，然后小说用一根线把他们慢慢牵出来。但是有些地方要抓紧，不能跑野马回不来。现在人都很忙，读小说是很奢侈的一件事情，所以我也不想把它写得很长，尽量让大家可以一两天内就看完。另外留了些线头，在附录一，如果读者愿意的话，可以想象和引申出更多的情节。这相当于大故事套小故事，小说里有人在写小说，都有点像俄罗斯套娃。

王威廉：中国古典小说喜欢从这个人写到那个人，没有固定一两个主角,比方《儒林外史》的结构就是这样的,散点透视。您有这样的构思吗?

韩少功:没往这边想,但也可能顺手就这样了。

王威廉:这个文本在形式上很创新,表面上它就是一篇网络文本,是小说人物肖鹏写的,肖鹏自然是小说的叙事者。但是,作者也会经常出现,和这个叙事者争抢小说的走向和看法。这是一种元叙事、元小说的形态。

韩少功:布莱希特讲"间离效果",中国的曲艺也有很多这种"入戏出戏"的手法。有时候看似出戏了,穿帮了,其实是有意的。出戏和穿帮本身是演出的一部分。

王威廉:《修改过程》里面提到了布莱希特和"出戏入戏",探讨了小说与生活的关系。

韩少功:任何文体最好都是"有意味的形式",不是玩一个小花招。刚好,我对小说的功能和意义存有疑惑,对故事的真实性不那么确定,所以这种形式就有点必要了,对吧?生活修改了人,人修改了小说,小说又修改了生活,这是一个循环的过程,每个环节都可能漂移或溢出。大家最好都习惯这样,对文本抱一种有限的信任和有限的怀疑态度。这是一种必要的态度。

王威廉:说到信与疑,您作为一个资深小说家写作那么多年,在《修改过程》中其实就有一种怀疑精神贯穿始末,小说这种文体的可能性究竟如何,与现实的关系究竟如何,您都在思考。我想这思考并不是空穴来风,它实际上跟当下的文学生态息息相关,文学乃至人文学科在当下影响持续边缘化,那么我们今天如何来认识文学、认识小说,一直都反映在您的这个文本里面。

韩少功:所谓文青,所谓书呆子,都是抱着书本在实际生活中碰得鼻青脸肿的人，可见文学的风险性一直很高，尤其在当下这个信息爆炸的时代。老百姓以前说：书真戏假。其实书也容易假。这些假是怎么造成的，作者可以帮助读者撕开来看。进一步说，真和假是相对概念，让事实多飞一会儿，另类的真相就可能浮现。前不久很多人谈量子，一个量子可以同时穿透两个不同的点，哪一个是真？理解量子，需要新的思维方法。

王威廉：小说中有几章就是这样的，第12章和第20章，都分了A和B两部分，类似于平行宇宙。

韩少功：A和B之间互为倒影和底片。楼开富的老婆在A与B中都得了基因性的小脑萎缩症，但差别仅仅在于发病时间前后：早几年发，A就成立了；晚几年发，B就成立了。人的命运有时取决于某一个偶然性。一个时间节点的悄悄移动，有时就可能使庞大的真实轰然坍塌。

王威廉：所以您在书中探讨小说的哲学的时候，也提到小说对这种戏剧性的节点特别感兴趣，会围绕着节点做文章，但可能会淹没更广大的生活经验。这可能也是您写了很多散文随笔的原因，您想在笔下包容更广大的经验和信息。

韩少功：用传统那种起承转合的方式讲一个故事，当然也能写得很开心，很精彩，但有时对小说的生产机制及过程做一点拆解，做一点重新组合，也能让你对写作产生新的兴趣。

王威廉：是的，因此《修改过程》的文本形式是很复杂的。首先自然是模仿网络小说的形式，然后模拟了网友的跟帖和评论，还有网络编辑也出现了，说违规了，刚才删帖了。这是写出了一种网络的现实。肖鹏和惠子的哲学讨论也很精彩，谈到名和实的关系，谈到我们如果不把事实写出来的话，就什么也没有，是空白的。您在这里，用了好多空白的□□□，给人的视觉冲击很大。

韩少功：传统哲学一般都关注"事实"。其实，还有一个"可知事实"，与文字关系密切。没有文字这一种基本的认知工具，不被描述和记录、不可知的"事实"再多，对人也没意义。比如在"黑洞"这个词出现之前，在有关描述出现之前，黑洞对于人来说就是没有意义的，几乎不存在的。

王威廉：您说的这点把小说存在的意义从另外一个角度找回来了，很深刻。比方说，启蒙运动所谓的"照亮"，实际上就是语言对世界、对人的主体的一种照亮。

韩少功：把"事实"转化为"可知事实"，便是一种文本创建过程，广义的文学一直在参与其中。

王威廉：海德格尔的语言哲学里面辨析何为语言，语言就是可理解的那部分存在。因此，可以说，语言就是可知事实，是能够把握住的那部分存在。

韩少功：维特根斯坦也说，对我们的语言不能表达的，我们都要闭嘴。他说的很绝对，但我这里有温和的保留。面对不可知的事实，我们还是得假定它是有的。这是我和维特根斯坦的一个小小区别。

王威廉：可知的事实，也是人类的有限性所在，也体现了小说的怀疑精神。您一直对小说写作本身的意义存有怀疑，但是您又在写，又在努力记录下可知的事实。这种怀疑跟建构、建构跟怀疑反复出现，此消彼长，像不同的乐章在呼应，在《修改过程》一书里面体现得特别明显。

韩少功：我们经历了80年代，受到那个时代的影响。怀疑精神是一个很大的成果，但后来走得有点偏，从反抗独断滑向了沉迷虚无。只有解构，没有建构。只有破坏性和杀伤力，没有建设性。其实信与疑应是一种平衡关系，两手都要硬。四十年过去，我们回头来看，人们在思想上应该更成熟一点。

王威廉：您的思路贯穿在小说的创作中，我特别感兴趣，附录有两则，其中第一则就是以一个纪录片脚本的方式，把很多人物的命运和信息大规模纳入进来了。但是很有趣的是，护士小莲问肖鹏要光碟，他又说没有光碟，这便是一次建构与质疑的乐章。

韩少功：当时在《花城》杂志上发表时还没有附录二。我看到杂志后，觉得还可以再"修改"一下，便加了个尾巴。附录一太有"真实"感了，因此我需要把读者拉回来。护士小莲在第一章里已被"删"掉，我让她重新回来，暗示生活自有它的逻辑，在文学中是不那么容易被"删"掉的。生活与文学其实就是这样反复纠缠，互为无限的镜像反射。

王威廉：对，这样的话确实让小说的形式感更完善、更完整一点，也耐人寻味。写小说有放有收，还是落脚在"收"上比较有张力。

韩少功：附录一也过于抒情，像美声高腔，与正文风格有点游离。我想让调子降下来。

王威廉：就是说，这种怀疑的精神和建构的精神一直就在斗争，也是作者跟叙事的一种较量。您觉得在写作过程中，您作为作者跟叙事人肖鹏之间有没有一种斗争？

韩少功：我就是他，我也是他的对话者，有争辩的关系。避免独断主义一直是大难题，当下现实中为什么有那么多极端主义？有那么多一根筋和偏执狂？好像人类就是过不了这一关，搞着搞着又回去了，包括要回到各种神学原教旨了。文明要继续发展，看来还需要谦逊，需要对自己提问，打问号。小说也需要这种精神气质。如果一味地悲剧和喜剧,甚至一味地妖化和美化,一味地怒发冲冠和泪眼婆娑,也许会伤及智商和胸怀。

王威廉:小说的虚构力图达到艺术的真实,但读者会经常把艺术混淆成现实的真实,这是怀疑精神的欠缺,也是审美能力的欠缺。当然,质疑和审美之间也许有着更深的关联。小说人物是连接艺术与现实的关键,《修改过程》里面的几个人物给我印象特别深,比如说楼开富这个人物形象就很有意思。

韩少功:他是有原型的。我周围就有这样的一些人,出身比较卑微,在一个权力等级金字塔里拼命往上爬,其实也活得蛮艰辛。他们的所谓政治站位,其实相当脆弱,就如同马湘南,也是"双面人",甚至多面人。无论是街头闹事,还是推销党章,在他那里都是生意。后冷战时代的一大特点,就是一切都可以生意化,是最实惠也最虚无的,构成了一种流行人格,一种精神流行病。这种人生的"修改"危害深远。

王威廉:我们仇视的东西,极有可能是我们渴望而不可得的东西。楼开富确实比较典型。另外,说到马湘南,他的结局挺惨的,他的小儿子变成了一个完全虚无的人,崩塌了他的全部价值体系。

韩少功:不少成功者内心中最大的苦恼,倒不一定是生意做得怎么样,而是实惠之后的虚无,特别是周围人际关系的毒化、人生意义的黯淡。很多人最先尝到的苦果大多来自家庭,还有精神病,自杀或他杀,这种案例很多。

王威廉:马湘南的确是您说的这种人,这个人的身上有些令人难忘的点,但是最后成了一个最大的悲剧。因此,价值观的崩塌要比饿着肚子更加可怕。

韩少功:他老婆有个录音笔,这是很吓人的。在家庭这个最安全最私密的堡垒里，居然藏着一个定时炸弹。马湘南的大儿子是另外一种典型，非常精致的利己主义者，看上去也是成功人士，人畜无害，挺主流的。但那种人你会觉得冷冰冰，是个纸人、冰人，缺乏人味儿。现代化是不是正在造就这样的人格？

韩少功：可以说，他的小儿子是一种空心人。冷漠、自私与狭隘，正是物欲时代的几个关键词。马湘南再不堪，其实还是有老辈人的基本价值观在里边，所以他才会觉得那么痛苦，不堪忍受而自杀。这部小说的信息量很庞大，我注意到您之前说了很多次，就是很多人物和细节都有现实的原型，您的写作更加依赖于现实经验的层面。

韩少功：我写小说大部分都有原型依托，在那个基础上再去生发和变奏。这种情况多时占到60%，少时也有30%。我对完全的虚构有点怀疑。第一，写起来很费力。第二，还不容易写好。那种细微逼真的质感，仅靠凭空虚构，是写不出来的。

王威廉：原型自然是非常重要的，如何在现实中找到原型，还有如何从不同的人身上组装一个原型，都是很有学问和讲究的事情。但有些作家的确不太依赖原型写作。您这么说，我忽然觉得文学史上可以划分出两类作家：一类就是像您这类的，依靠原型写作，其实是带有回望总结性质的；另一类作家是向前看，带有未知色彩的。倒不是说他要写未来的小说，而是说他虚构了一个点之后，就开始以虚构的逻辑力量往前推进，比方说卡夫卡的《变形记》就很典型，主人公变成甲虫之后会怎样，作者也不知道，只能一点点往前推。

韩少功：在推的过程中间，要想写得特别逼真入微的话，也得有现实细节的支撑。成熟的读者会比较挑剔，他一嗅，看三两页，就知道这个东西真不真，就知道你能不能说服我，能不能取得我的信任。

王威廉：无论是经验还是想象，落实在写作上，真实的细节都是最重要的基石。在这基石之上，也许有的人擅长写情节，有的人擅长写人物，您的这部小说很显然是以人物为中心。

韩少功：我说过，人物是小说的净收入和硬道理。

王威廉：有一些小说用情节推人物，人物的成长和命运在情节中展开；您是用人物推情节，人物的活动带着叙事往前走。

韩少功：对，人物是纲，情节是目。有的小说家可以驾驭很多题材。历史能写，神话也能写，完全没有经过的生活他也能写。但他们有时候容易出现小毛病，缺乏细节的合理性，以及坚实的质地。比方有些警匪小说或电影，一个细节马虎，就会大倒人们的胃口。你起码得做足功课，在专业知识上下功夫。

王威廉：这属于虚构和经验的关系问题，一个作家的艺术能力往往就体现在这块。我们继续聊聊《修改过程》中的人物，有一个人物叫毛小武，他是一个有暴力倾向的人，您是怎么构思他的？

韩少功：他身上有一些动乱时期的那种野生习惯，即便来读大学了，也一直没有完全脱尽那种野性。这种东西不符合理性、文明的秩序，但可笑中有不可笑的东西，有民间的天道人心，有温暖底色。他在现代文明的精密体制里几乎处处碰壁，但没有这样的人，再精密的体制也一定会缺血，缺钙，一不小心就会坍塌。

王威廉：确实如此，所以毛小武喜欢用最直接、原始的方式去处理问题，他的确代表了那种野生的状态，这是和现在被文明规训过的大学生完全不同的地方。史纤这个人物也想请您谈谈，小说后半部分的时候，给史纤的笔墨还蛮多的。他是留在一个小地方，不像其他人去省城了，我觉得您在他身上也寄托了一种特殊的情感。

韩少功：成功人士毕竟有限，人生理想被生活绊倒的可能是多数，甚至有些人会成为一个转型时代的沉重代价。这不应该成为盲区。史纤是我很熟悉的那种农家子弟，一直在贫困和嘲笑中苦斗，满腔热情最后居然被骗子利用，构成了悲剧之一。他对新的时代显然过于信任了，缺乏应有的准备。但大多数被时代列车转弯时甩到车外的人，能有怎样的准备？我给了他一个平行并置的A、B章——如果他没有那次受骗，他可能就是B面，或是C面，是自己相遇的那个他人。这一类"如果"总是让我感慨万千。

王威廉：所以说，这部小说中的各色人物其实代表了中国社会转型时期方方面面的典型人物。无疑，他们首先是幸运的，能够成为恢复高考后的首届大学生，是天之骄子。但随后踏入社会后，每个人的经历是如此不同，说他们是成功者，他们似乎都充满了隐痛，说他们是失败者，他们似乎又在很多方面有所斩获。因此，在他们身上折射出了转型浪潮的复杂性。

韩少功：90年代的一些下岗者或失地者，本来是本分的草民，后来不幸沉沦，为盗，为娼，甚至贩毒什么的。可他们并不是天生的坏人，有他们的无奈。今年是改革开放四十周年，庆典的灯火辉煌处，想起另外那些人，我们可能会五味杂陈。

从民间情怀到一种文化诗学

王威廉：我觉得您一直有种民间的情怀，或说民间的视野。您有个中篇小说，叫《赶马的老三》，完全是用一个民间视角写一个乡间人物，特别精彩，其中流淌着一种来自乡野的智慧。

韩少功：有一次听批评家张莉发言，她说五四以来我们的知识分子都是一种启蒙者姿态，有一种俯视的同情，但是《赶马的老三》有一种平视角度，有欣赏和学习的态度。她这种看法深得我心，虽然我不一定做好了。我一直瞧不上精英主义，不喜欢他们的酸，他们的呆，他们的假兮兮和软骨病。要说精英，最优秀的精英无外乎是最善于向民众学习的。

王威廉：当年的寻根文学，您作为发起者之一，以大量的文本实践走向了乡野民间，那种态度一直伴随着您的作品，也构成了您的文化立场。像您在《马桥词典》里面就建构了一个民间的世界，一个被普通话屏蔽的世界。

韩少功：那些粗野无文的"沉默的大多数"，虽然没学过多少文史哲和数理化，没法用这种主流的语言来表达，但他们实践者的智慧，是从土地里冒出来的。有时讲不成正道理，只能讲成"歪道理"，但"歪道理"的内核特别通透，特别管用。"歪道理"就是一种被屏蔽、被压抑的文化，最活泼最原创的那种文化。几千年来的精英霸权之下，精英文化与草根文化断裂，其实有一种头重脚轻、无根无源、不接地气的危机。

王威廉：我觉得您特别敏锐的一点，就是在语言当中发现了这两种文化的冲突，遮蔽和反遮蔽的斗争。这就是权力和话语的最直接的体现。权力对生活的改造，从一开始到最终，都会体现在一种语言上的征服。但语言作为一种弹性极大的话语机制，又会呈现出多种多样巧妙的逃逸、迂回与反击。

韩少功：19世纪，从普希金开始，俄国文学家提倡"到民间去"。后来陀思妥耶夫斯基追念普希金的成就的时候，谈到了"人民性"这个词。那时候是一个比较新的词。陀思妥耶夫斯基的定义有三：一个是写"小人物"的底层生活；二是向民众学习语言，以及汲收其他民间文化资源；三是代表民众的利益。这后来成了很多作家的传统，一直到中国乃至东亚的"普罗文艺"。从那以后，克服精英主义是很多知识分子的自觉，无论左翼、右翼，都这样。像奥威尔，写《动物农场》和《1984》，英国人一直视他为左翼，因为他总是亲近和同情下层"小人物"。还有王朔，你恐怕很难说他是个左翼作家，但他身上也有"人民性"的世纪烙印，不信任精英主流，总是把街头巷尾的市井语言淘到小说里来。倒是现在，很多"文青"的语言越来越书面化、精英化了，包括好多假民歌都没法听，酸掉大牙。

王威廉：都说民间藏龙卧虎，确实隐藏着乡野的智慧。不过今天这种乡野智慧正在经受挑战，网络媒体的过度发达，在不断侵害那个生机勃勃的民间，各种各样的信息改变着民间固有传统文化。经常看到新闻，说是在老人的葬礼上表演艳舞，这都是乱象。甚至可以说，一种新的民间——网络民间正在生成。就小说《修改过程》来说，显然关注到了这一层。它本身是一个纯文学作品，但它又模拟了一个网络文学的世界，有纷繁的大众文化的现象在里面。实际上，作为艺术的文学跟作为大众娱乐的文学，现在已经基本分裂掉了，您是想在这部小说中整合这两者吗？

韩少功：没错，网络是新民间的重要部分。把网络文化说成"亚文化"可能太简单了。网上当然是鱼龙混杂，总体水准在相当程度上下滑，不过没门槛也有一个大好处，就是很自由，每个IP都可以做成自媒体，给创造者更多机会。比方说，我喜欢看跟帖，常常觉得比看正帖更有意思。

王威廉：您这篇小说里边就有跟帖的文本，很有趣。

韩少功：这些跟帖零零散散的，打的是游击战，大多来自匿名者和小人物，但说得非常直截了当，说得无拘无束，没有学院派和体制化那种俗套，见性情，见智慧。其中有些民间学霸还能说得特别专业，往往一针见血，砍瓜切菜，充满了文化的勃勃生机。怎样把这些资源利用好，滋养自己，充实自己，是值得琢磨的。

王威廉：看跟帖的人都因为看了正帖，已经有了一个共同的语境和背景，因此，跟帖的幽默和嬉笑怒骂大家特别会心。这种共鸣方式是特别好的。《修改过程》借鉴这种形式，其实贯彻了您一以贯之的思想立场，那就是对民间立场和智慧的发掘。《修改过程》相较于您之前的小说，形式更自由，更敞开。我甚至在阅读的时候能感到您在写作过程中也是处于一种特别自由的状态。网络世界里面那种声音的喧嚣与机智，体现在这部小说里面，我觉得是写出了一种当代性。

韩少功：小说越写越难写，面临的一个大问题是：你怎么调动自己的兴奋感？现在各式各样的小说太多了，不免有些拥堵。而且可能因为我年纪也大了，调动自己的兴奋感不容易，所以要找到新的感受，新的思考，新的样式，新的语言，需要同自己较劲，需要旺盛和敏感的学习能力。

王威廉：从这个意义上说，这部小说的"新"元素还是非常多的。如果熟悉您以前作品的人，第一次读这小说的时候应该还是会有些惊讶的，会说这种感觉怎么跟曾经的韩少功老师不太一样。不妨说，这部小说的特点就在于它在形式上的机智灵活。但跟您聊到这儿，会越来越清晰地意识到，这种灵活多变在根子上还是您一以贯之的探索及其呈现。

韩少功：我以前在短篇小说也做过一些类似的尝试。有一篇《801室故事》，就是没有人物的小说。还有一篇《第四十三页》，让两种时间发生交集。如今这个长篇无非就是把规模做大了一点。

王威廉：那两篇小说我都读过，确实是两个给人印象深刻的实验文本。在当代文学史上，您通常被归类为"寻根作家"，其实您的写作中一直有着很强的实验性和先锋性，而且这种先锋意识持续到了今天。反而是当年被命名为"先锋作家"的一些作家，今天的写作已经没有了这种实验意识。比如说，您在这部小说里边模拟了大众的声音，众生的声音，日常生活的声音，用俏皮、幽默来引人入胜自然是考虑的因素之一，但我觉得您这样一位有思想力的作家，肯定不会满足于此的，您肯定在其中暗含着一种反讽的东西。

韩少功：每一代人都须避免自恋，得有他者视角。我写《日夜书》，不愿意妖魔化这一代人，但也不愿意夸耀什么"青春无悔"。老年人需要自送一点温暖，当然可以理解，但是作为文学表达，80年代不能仅仅成为一种怀旧者的五彩梦。后来的很多代价，根子其实已潜伏在当年。在这个烟火气很重的世俗化国家，欲望是足够的。但在物质化大潮中，在传统与现代、西方与中国的猛烈对撞之下，很多人的价值观却是脆弱的，甚至混乱的。追求财富也好，追求权力也好，或者是追求放任和放浪也好……各有各的风险和歧途。人们最好都诚实地面对自己的过去。

王威廉：所以说修改过程是从被动修改到主动修改，这是校正自己，从而达到对人格的锻造和升华。这自然也是人和历史、时代的一种互动关系。

韩少功：我愿意通过写作，靠近每个人物内心中最柔软、最温暖的角落，但我也希望把真实撕开了给他们看。

王威廉：您写了那么多的典型人物，他们是您从生活中观察到的。但您自己的经验呢？您会把自己置放进小说当中吗？您觉得作者在写作中是需要更加敞开自己的经验，还是做一个冷静的观察者？这其实也涉及一个小说哲学的问题。

韩少功：作者内心中应该有两种标尺，或者两个人格：一是你对自己的最高期许，最崇高的精神标尺——没有这个标尺，文学就没有灵魂，没有上帝之眼；二是你对所有人有包容有理解，不能只有尼采式的孤高和愤怒。有些感受，统统摆到桌面上来的话，会吓坏很多人的。你需要节制和忘记，不时在两个尺度之间来回调整自己的心态。哪怕对一个混蛋，一个恶棍，你不仅需要一种知坏、拟坏的想象力，还得有慈悲心，把他们看作亲人。

王威廉：诗人叶芝也提到过，作者必须戴着文化的面具写作。确实，这种文化面具不是一种虚伪，而恰恰是一种超越作者个体的艺术真实。当我们从一个凡人变成写作者的时候，我们的确得克服我们的局限性，容纳更多的泥沙俱下的东西。同时，我们也要考虑说出来的话会造成什么样的结果。

韩少功：我在《山南水北》里面写过一段："我是一个不讨人喜欢的人，连自己有时也不喜欢。我还知道，如果我斗胆说出心中的一切，我更会被你们讨厌甚至仇视——我愿意心疼、尊敬以及热爱的你们。这样，我现在只能闭嘴，只能去一个人们都已经走光了的地方，在一个演员已经散尽的空空剧场，当一个布景和道具的守护人。"

王威廉：很真诚动人的一段话。

韩少功：忘了是哪个古人说的，恶人永远无法理解仁者，但仁者一定能理解恶人。在这个意义上，高可以容低，低却没法容高。仁者知恶也知善，要干两份活儿，智商得高一倍才行。一个合格的写作者得兼通多种心理世界，不能只有一个色调，把人都看扁，都看成灰暗的。

王威廉：这部小说里面您个人的经验多不多？您是一个冷静深思型的作家，但您的经验是不是不动声色地投射到了人物的身上？

韩少功：这样说吧，不光是自传性写作，作者在写人物时，多多少少都会把自己的一些经验投射进去，代入进去，都得设身处地，推己及人。因此，严格来说，每个人物都有我的一部分在那里面。

王威廉：有些作家，尤其是一些女作家，特别善于把自己的私人经验敞开，成为建构自身写作的资源。这也许是他们的一种优势。另外有些作家，像我，就很惧怕这样。相对于经验的真实，我似乎更用力于情感的真实。

韩少功：有人愿意裸露自己的身体多一些，有人不愿意，各有所好，有自由。有人则愿意展现自己的智商多一些，这方面也不妨悉听尊便。这就是说，敞开什么有自由，但完全封闭自己不大可能。哪怕是写历史题材，再多的采访、档案也无法弥补。人物活起来，是你作者"借尸还魂"，在那个人物里活起来了。至少有你半个自己在那里。

王威廉：作者和人物共同面对语境，构成了人物的命运，应该是这样的。作者和人物之间也有一种博弈，这是小说这种文体特别有意思的地方。您刚才提到一个作家应该有两个人格的问题，一个是最高的指标，一个是贴着人物、理解人物的指标，我就想到作家张炜提到他为什么写作，他说是为了一个"遥远的我"而写作。这也许源自一种巨大的孤独，很多时候，一个作家会感觉自己写的东西没人能够真正理解。

韩少功：我没仔细想过，但孤独应该是作者的寻常事。一千个读者有一千个哈姆雷特,其中有几个算得上知音?作者坚持表达,对自己要心肠硬一点,对各种反应不必太在乎。

王威廉:表达的意义首先是表达自身。我能感觉到,您也在坚持表达。我觉得您的小说中蕴含着一种文化诗学。这种文化诗学,我觉得它有一种来自文化深层的形式,然后您用来创造了笔下小说的形式。比如说《马桥词典》,文化的形式跟语言的形式是血肉一体的,语言的遮蔽,也就是文化的遮蔽。《马桥词典》打开了语言背后的世界,由此那个民间的世界也就被打开了。这种理路一直作为底色沉淀在您的写作中,跟其他作家的区别最大之处也在于此。《修改过程》也体现着这种理路,刚刚咱们已经聊到了不少。文本中还写到一个语言孤岛,那个地方因为唐代驻军而遗留下来了一种独特的口音,而破案的线索便是根据那个人的口音而发现的。这是一个很好的隐喻和象征。

韩少功:所谓诗学,是一种情感,一种温暖和建设性。如果连这点都没有了,虚无主义就可能到了海洛因毒瘾的程度了,强打精神,引吭高歌,也没用。

王威廉:这种温暖便是一种写作的关怀。《马桥词典》把被语言遮蔽起来的民间世界给重新敞开了,让我们看见了原来还有那样的一个世界、那样的一种文化。但实际上,在现实的层面上,封闭着的、不被照见的世界太多了,它们会因为久陷黑暗而消亡吗?还有一种极端情况是,那种异质性的世界被现实的主流彻底碾压而完全崩解,不再有另一种空间的可能性了。

韩少功:有一个常用的词,叫"异化"。人被异化成了一个个活动的消费品,确实值得警惕。但我们也不妨相信人类精神的自我修复能力。

新文明的诞生与当代的科技神学

王威廉：把生命的丰富性和可能性变成一种工具性，是现代社会最大的危机。在全球化跟地方性之间，您作为一个作家，是持有一种什么样的立场？我对此特别感兴趣。因为，全球化和地方性的博弈，其实也蕴含您的写作主题，那也是一种遮蔽与反遮蔽、敞开与保存之间的复杂互动。

韩少功：以前有人说：越是民族的越是世界的。但裹小脚、辫子军、长袍马褂也是民族的，能成为世界的吗？可见这个逻辑有问题。有些文化是迭代的，比如工业化改变了全球，哪个民族都得跟上潮流，人力车最终都得换成汽车。但有些文化不是迭代的，而是地缘的，比如再怎么工业化，有些人就是喜欢喝茶，不喜欢咖啡，就是喜欢麻将，不喜欢桥牌。这得话分两头说，不能一概而论，不能把纵横两个坐标混为一谈。以为全球化是同质化，将消灭文化的多样性，是一种误解。笼统地说全球化／本土化，常常是你中有我，我中有你。

王威廉：有一种复杂的缠绕。

韩少功：本土化的很多东西，该消失会消失；全球化的很多东西，该消失也会消失。文化是一种不断趋同又不断趋异的过程，文明的种子往往生发在异和同的紧张关系中。很多变化不经意间就会突然发生。比如全球化喊了这么多年，特朗普一上台，政治、经济上的"民族主义"的口号不又卷土重来？富人并不想同穷人过成一家子，没办法。再比如说，微信、脸书这些新科技让全世界连成一个网，更有利全球化吧？但恰恰是它们正在促进"圈子化"、"部落化"，在大大强化全球的文化分裂。很多海外移民对所在国完全封闭，不再在当地学语言，交朋友，甚至做生意，不再需要融入当地社会，完全活在自己的旧圈子里。在这里，社交媒体倒成了反全球化的利器。

王威廉：网络文化越来越实现了对个体的精准接触，反而在一定程度上削弱了公共文化和公共空间。

韩少功：我有一个亲戚在美国生活了二十多年，却天天在朋友圈里发湖南的消息，他简直像是没有在美国一样，对湖南的了解比我还多得多。这种例子太多。互联网眼下让很多族群越来越相互隔绝，要让很多人大跌眼镜的。

王威廉：您说的新文明的诞生，我听了很有感触。这两者的博弈或说角力，是在普遍性和地方性之间互相挖掘与激发，这确实是一个筛选和生成的复杂过程。现在很多社会科学因为它是基于概念化的理论框架去研究社会，其实是远离了这种混沌的过程。反而是文学本身因为它的感性、灵敏性以及巨大的敞开性，而在表现思想和现实的复杂性方面有着它的优势。我觉得作家应当承担起这样的文化使命。

韩少功：悲哀的是，现在很多作家都被洗脑了，被各种流行话语给洗脑了。比如说我们刚才谈到的微信，一件小事，也是一件大事，有多少作者意识到了？这些新现象比比皆是。作家本应该是以感性见长的，却大多麻木不仁，在学舌的几枚标签之外，在这主义那主义的几个框框之外，找不到新的惊讶、新的痛感、新的探索点。他们自诩"跟着感觉走"，其实很可疑。

王威廉：是的，很多人要么就是采用主流的说法，要么就是还停留在课本的知识概念里面。我认为他们应该也注意到了许多新现象，但他们无法深入地去理解，因而也就无法在写作中去真正触及。您说作家是以感性见长，这是自然，但思想力对作家也很重要，也许更加重要，是思想的能力决定了感受的角度、立场与方式。这种思想不是教科书里给定的命题和条目,而是一种涉及鲜活现实而不断生成的洞见。这个时代信息泛滥,却罕见强有力的思想。但是,泛滥的信息是急需思想力去穿透的,不然都是泡沫。您对很多作者的失望反而说明您对文学其实还是抱有很大的希望的。

韩少功:历史上出现过不同的情况。有时候是感性走在前面,比方说俄国 19 世纪末到 20 世纪早期,文学成了知识界的领头羊,其他学科都没那样辉煌。有时候是理性走在前面,像欧洲在 16 世纪后,先有现代科学、启蒙运动,才有后来现实主义的"文学即人学"风起云涌,是理性观念启发了很多作家的创作。但这一次,我不知道情况会怎么样。是感性走在前面,还是理性走在前面,还需要继续观察。

王威廉:这次的变化很复杂:有感性的成分,各种新的科技平台带来了新的感受、新的文化模式;又有理性的成分,因为这些变化的背后是科技理性的推动。

韩少功:好像是理论家们不大争气,我们作家也不大争气,都有些懵。旧的世界观在崩解,新的还迟迟接不上棒。尤其是互联网出现,与市场化相结合,造成了一波巨大冲击,把大家冲得晕头转向。技术的更新太频密,人们没回过神来,只是疲于应付,手忙脚乱。我们还没有一种从容的态度,对技术革命做出主动而积极的精神反应。

王威廉:您是一直有前瞻性的,对各种变化现象的思考与剖析也是您写作的一大特征。像您对高科技发展也一直很关注,您在 2017 年第 6 期的《读书》杂志上发表了一篇文章——《当机器人成立作家协会》,这里面就有您的忧思。您在人和机器的比对中,提出了人类的优势在于价值观,在于处理价值观的能力超强。

韩少功：很多理科朋友和很多文科朋友都有误解，只是误解的点不一样。现代性的大难题之一，是知识——准确地说，是间接知识——积累到了如山如海的地步，每一个人都只能取其中一点半点。那种"全才"、"通才"的古老理想已再无可能。在这种情况下，不光是理科和文科处于互盲状态，即便在一个学科内部，很多分支之间也是互盲。现在的大学里，研究现代文学和研究当代文学的都互不交流、互为壁垒。搞天体物理的，搞材料物理的，也是互相无知，没法说上话。其实，还是应该像我们古人说的：为术有别，为道相通。技术各有专攻，并不妨碍哲学方法和基本伦理上的"为道相通"。

王威廉：人类的知识经历几次大的更新，正在加速积累，积累得太多太大了，远远超越了一个个体所能承载的限度，这对于个体和世界的关系来说，确实是一个危机。我们从整体性上分崩离析了出来，成了碎片化的存在。其次，我们还有第二重危机，那就是这种碎片化的状态，是很可能被市场和资本利用的。因为人工智能在今天的快速发展，就得益于大量的碎片化的信息资料，每个人的生活轮廓都能被数据还原。

韩少功：人工智能发展得很快，但其中也有很多"卖假药"的，包括我在文章里面提到的美国人库兹韦尔，吹得过于神化了。是不是有商业利益背景，我不知道。当然，很多文科生是科盲，完全抵触或反感新技术，也很不靠谱。最容易跟在库兹韦尔后面瞎嚷嚷的，肯定也是文科生，因为科盲们最好蒙。

王威廉：您用"卖假药"打比方，确实其中有很多造神运动的泡沫。但人工智能确实非常强大，我们人类的经验变得碎片化，而人工智能却有能力在那无边的碎片中游弋并统摄在一起。

·理想，还需要吗·

机器变得过于强大，我对人类的未来充满了忧虑。

韩少功：人类很多重复性、常规性、逻辑化的劳动，的确可以被机器取代。但引领性的、创造性的工作，再大的大数据和样本库也涵盖不了，或者说，只能事后来跟踪和争取涵盖，因此还是只能靠人。就说炒菜吧，机器人炒菜没问题，可以炒个大概像，但是那种最有创意的菜品，只能出自人手。同样的道理，人工智能以后可替代大路货的、二三流的会计、医生、律师、记者、工程师、官员、诗人等等，更可以替代低智能性的保洁、保安一类。在这个意义上，AI对人类的创造性倒是提出了更高要求，需要更多宜机、适机的人才资源。

"文无定法"，人文学科最具有非常规、超逻辑的特点，更依赖千变万化的价值观判断，在 AI 时代倒是可望更加大有作为。很多 AI 专家都知道，机器人最大的短处在于"价值观"。他们比一些瞎起哄的科盲倒是冷静得多，低调得多。

王威廉：2017 年底，中国作家协会理论评论委员会、青年文学杂志社、当当阅读会在北京主办了一场很新颖的活动，主题叫"AI给人文生活、文学创作带来的机遇和挑战"。与会的有我们这样的所谓"纯文学"作家（还是叫"传统"作家？想不到更好的词），还有很多科幻作家。后来当场提了一个问题，就是你觉得在未来机器人写小说会超过人类还是不会。结果是泾渭分明的：所有的科幻作家都觉得机器人写作会超过人类，而纯文学作家认为不会。但我也的确见识到了机器的惊人进化，比如小冰可以写诗，可以聊天，而中国的语音转换文字技术也是全世界领先的，因为中国的数据库最为庞大，机器得到了大量反复的识别训练。

韩少功：诗歌字数少，其数据比较容易采集，所以机器的模仿能力进步最快，二三流诗人以后真是没什么活路了。小说、戏剧的数据量太大，现在还没有像样的软件来做，但有关大数据足够以后，机器肯定也是能写小说和戏剧的，写到能发表的水平大概不成问题，写"007"那种类型化作品，更没问题。在中国，人口多，建设数据库确实有优势。

王威廉：文艺复兴的时候，那些文化巨人提出：人是世界的尺度。人工智能的高度发展在以后会不会崩解人的尺度，这是人类即将面对的一个最大的问题。

韩少功：其实，文学最开始时是神学，比如荷马史诗、《圣经》、《山海经》。其延伸部分是神化的动物，以及半神化的人，比如英雄和帝王，像《史记》中的纪传部分，中世纪以及莎士比亚那时的宫廷剧。这种神学并不是遥远的过去。有一次我对学生讲，你们去东南亚、南亚、中东、非洲、拉美看看，这世界可能还有近一半的人口，还处于"怪力乱神"的文学熏陶中。神学、半神学至少还是半个地球的"现在时"。只有在欧美、东亚这些"高理性"地区，才有过"文学是人学"的潮流和传统。

但将来会怎么样？人类会不会重新回到神学？现在我们看到有一些科幻小说和电影，好像是"神"以物学的形式重新出现了，人倒是越来越稀薄。在那种作品中，你看不到人的情感，人的性格，人的生活，人的灵魂，人的价值观，只有各种各样的黑技术。这里面是否有某种神学在幽灵般地游荡？

王威廉：您说的很对，理性让文学成了人学，而现在的高科技又在制造一种新的神话，也就是让文学向神学变化，一种科技的神学。

韩少功：技术崇拜，器物迷狂，工具理性至上，使科技成了魔法般的存在。人本身倒成了非常苍白的符号。这种新包装的

"怪力乱神",与那些使用激光和无人机的宗教激进主义,是不是正在形成暗合与呼应?

王威廉:如果我们把这几年席卷全球的美国科幻大片当成一种文学文本来分析,那么您看从《阿凡达》到刚刚上映的《海王》,这种科幻文本有技术,也有您说的怪力乱神,是科技和魔幻的集合。科技背后复杂的原理远超个人理解之后,反而跟传说、神话,跟神秘的魔法有了一种相似性,构成了一种很有意思的新神学。

韩少功:一种高科技的神学,是一种很有意思的新样态。这还算是大众文化范畴内的吗?好像不完全是。现在好多博士、教授也对此津津乐道,对文学经典倒是渐行渐远。

王威廉:我本科学的是人类学,一些老朋友老是跟我说:你应该去写像《指环王》那样场面恢宏的文学啊。我们发源于新文化运动、壮大于80年代的"纯文学"样态经历了百年的旅程,也许正面临着一次脱胎换骨的剧变。

韩少功:80年代人们喜欢说"祛魅",眼下"复魅"似乎在逆袭,打头阵的是某种"物学"加"神学"的新文化。我曾经开玩笑,说有些好莱坞大片不过是"高科技的三侠五义"。把它们看成通俗文化,其实还没说到点子上,对它们的意义估计不足。其实,是科技和资本的力量启动了一轮新的文化征服。高科技的神学,高科技的宗教,也正在揭开历史新的一页。

(原载于《作家》2019年第3期)

人生的辽阔与文学的丰盈

时间：2022 年 1 月

对谈人：韩少功

何立伟（作家，漫画家，湖南省作协名誉主席）

何立伟：我是 1980 年代开始从事文学创作，所以几十年来中国文坛这些作家，很多我都认识。中国自古就有文人相轻的传统，尤其像我，一个湖南作家，湖南人的性格里天生就有一种"不信邪"、"不服周"的劲，就是楚人不服周天子。一般的作家，我佩服的很少。不过，当代作家里面，我还是佩服三位：一是史铁生，他是非常有人格魅力的，在中国作家里面，一直对生命的终极问题做严肃思考。他去世后，全国有十几个城市举办"铁生之夜"，长沙这个会场就是我主持的。另一个作家叫阿城，是最有智慧的作家，这么说吧，你不能问他知道什么，你只能问他不知道什么，他似乎什么都知道，而且总是说得头头是道，连他没说对的地方，你都会觉得他对，太聪明。还有一个就是韩少功，他是我们中国作家里面少有的视野最开阔、学养最深湛、思考力最强大的人，而他这些特点就反映在他这本书里。

这一本《人生忽然》是生活之书，是文化视野广阔的随笔，

·理想，还需要吗·

知识点密集，思考世界与人生，思想深邃，话题辽阔，很少有人能做到这样。在展示一个作家的胸襟、情怀、学养、知识结构和强大的思考力这方面，可以说，他代表了中国作家的高度和深度。这本书分为三辑，"读大地"、"读时代"、"读自己"。所谓"读"，就是阅读，是研究、体悟、思考，然后凝聚成文字。我曾经在微信朋友圈上对这本书写过一句话："如果你的阅读只是满足于在重要的语句下面画波浪线的话，那么你把这本书读完，你会把它画成太平洋。"因为这本书里面那些精彩的段落、精彩的句子，随处可见。也可以说，这是一张韩少功向世界发问，向生活发问，然后作答的"韩少功的试卷"。我相信，在座的诸位读过这本书，在思想上一定会受到启迪。

在这三辑之中，我认为精华和硬核所在，是在第二辑，即"读时代"这一辑里面。至于第一辑和第三辑，还是有不少作家能写的，虽然不一定会写得这么好，但还是能写出来。但在第二辑里，韩少功所展现的内容，是他最独特的地方，不是所有人都能写出来的，因为你没有这样的知识体系和认知能力。这里牵涉到一个问题，就是作家的文化修养和知识结构，我们大部分人的知识结构，都是学理科的只懂理科，学文科的只懂文科，文理兼修，相互打通，这样的人为数很少，尤其是作家里面就更少。

1980年代，王蒙就对文学界提出过，中国要出学者型的作家。但是几十年过去了，也没有出几个学者型的作家，这个问题还是没有解决。但是，韩少功是我认识的作家里面少见的文理兼修、知识结构十分完备，并且不断充实新文明、新知识的作家。他是真正的学者型作家。几个月前，清华大学科学史系的系主任吴国盛，兼清华大学科学博物馆馆长，专门研究科学史的，在我的撮合下，与韩少功在湖南大学进行了一次关于"科技时代的人文价值"的对话。韩少功有许多不同凡响的见地,能够与科学史领域里的中国顶级专家对话,一般的作家谁担当得起?

韩少功在文章里不是宣传什么知识点,最重要的是他的质疑。随便举出其中一篇《知识,如何才是力量》,他谈爱因斯坦,谈量子力学,谈有关时间的定义,还从勾股定理、阿基米德的洗澡水谈到大型射电望远镜和高能粒子对撞机,其实是通过回顾和梳理科学史,来向当代人说明什么是真正的科学精神和科学方法,包括理性工具眼下出了什么问题,经验工具现在出现了什么问题,貌似一派繁荣的科学现状下有什么隐忧和风险。这样的文章充满了密集的知识点,有锐利的思考机锋。当然,这本书也有非常生活化的内容,比如在第三辑里有他当知青时写的日记。如果对韩少功有兴趣的人,或者通读过韩少功所有作品的人,在这本书里会找到很多他小说里面的场景和人物原型,如《爸爸爸》《西望茅草地》《飞过蓝天》等等。他当时是个下放知青,只有20岁左右,就对社会人生做了很多思考,对当时的农村做了很详细的记录,现在读起来饶有趣味。一斤猪肉多少钱,一斤米多少钱,一斤白菜多少钱……我觉得它是时代的一个档案,具有档案性和文献性,能让我们这些过来人,唤回悠长的历史记忆。

韩少功:何老师让我压力山大,他几乎给这本书全面的评价,还给了高分。我和他相识多年,但他像这样给我做直接和正式的书评,其实很少。实话实说,这本书里面有一个问题何老师已注意到了,我提出问题,但经常没有答案,多是恍恍惚惚的困惑,充其量有一个大致的思考方向,是艰难的摸索前行。

比如他刚才讲的科学,我虽然是文科生,但科学史在很多人眼里本就是属于文科,至少在这方面一直颇有争议——所以我会

・理想，还需要吗・

读一点科普读物，会关注科学史。昨天遇到一位女士，她抱怨现在评审论文，明明是用汉语表达得非常清楚的、逻辑分析很到位的好论文，因为没有数学建模，就通不过，真要把她给气死。这种情况在台湾、香港其实也多见，让你没脾气。

为什么把数学建模看得那么重要？没有量化就没有科学。在这个意义上数学当然是很重要的，应该成为每个人的必修课和基本功。但中国人五四以来崇尚科学，崇尚"赛先生"，把数学神化到某种不正常的程度，不光是欺负文科生，也欺负理科生，欺负广大人民群众。比如，要说运用数学最多最好的文科分支，应该是经济学吧。经济学大咖的论文，一般人根本没法看懂。不懂高等数学的，很难在圈子里混。但2008年美国华尔街爆发金融海啸，当时发出预警的吹哨人极为罕见。这个世纪以来经济学的诺贝尔奖，几乎被美国通吃包圆了，但是经济危机闹得人仰马翻的时候，经济学家们在哪里？这个已经用数学武装到牙齿的专业，是不是也不那么管用？由此可知，量化什么，用什么数据、算法、口径、角度来量化，却大有玄机，经常伏有程度不同的主观性甚至随意性，并不是那么神圣。

有些疾病的治疗手段有限，大体上要靠患者自己康复，所谓治疗只是治标，尽量为患者减少痛苦和争取时间而已。世界上还有7000多种罕见病。什么叫"罕见"？无非是病患基数小，不具有商业盈利的空间，因此很多投资商和医学机构就可能弃之而去，以至其中大多数一直还无药可治。那么，投资商的钱都去了哪里？美国的一项统计数据表明，美国医疗开支的一半以上，都用在了病人生命的最后60天，差不多是用在植物人、准植物人那里，再加上还有一大块用在性无能、秃头谢顶等方面——而另一方面，非洲因为穷，有些地方病反倒无人去关注。这些都构成了科学的盲区，包括人为造成的盲区，即利益逻辑造成的残缺和扭曲。

这些问题，其实与我们每个人日常生活息息相关。

五四运动中，除了"德先生"和"赛先生"，还有一个"莫小姐"，就是道德。这事也可以谈一谈，比如眼下的人口危机是怎么回事？一般来说，一对夫妻平均生2.1个孩子，总人口才可以保正常的延续。但现在韩国的生育率是0.9，在全世界垫底。日本是1.3，紧随其后。中国正在以极快的速度接近日本，能查到的最近数据是1.7，同样处于严重的危机状态。奇怪的是，东亚以前是最重视生娃的，儿孙满堂、天伦之乐啊，"不孝有三无后为大"啊，但为什么现在倒成了人口崩溃来得最快最猛的区域？不婚不育，恐婚恐育，这些问题是怎么产生的？我们"50后"这一代，以前都穷，但那时候男同学、女同学一个个都没"剩下"，该嫁的嫁，该娶的娶，丑一点、穷一点的都没问题。为什么现在日子越来越好了，反而"剩女"、"剩男"满街走？当然，我们可以找到很多理由：医疗成本啦，教育成本啦，贫富差距啦，LGBTQ啦，等等。但有一个更重要的理由可能无法忽视，那就是我们基本的伦理观可能出了问题。

五四时期的知识界风行《天演论》，当年的新派人士都相信优胜劣汰、适者生存的硬道理，这就给个人主义埋下了弱肉强食这个核心，一个隐秘的现代伦理核心。不过，有一本得过普利策奖的书叫《蚂蚁》，我们此时所在的湖南图书馆应该有。书里讲了一个故事，说的是美洲一片野外的大火包围了一群蚂蚁，眼看着就要把它们烧死，蚂蚁们急得团团转。这时候，奇迹发生了。蚂蚁们突然结成了一个蚁球，向火线外突围。外层的蚂蚁都被烧焦了，发出滋滋嘎嘎的声音，发出了恶臭，但它们不断地翻滚，包括被烧焦的蚂蚁还紧紧地互相勾连,保护它的内层,直到蚁球滚到了水边,藏在里面的蚂蚁得以幸存。这就是说,动物尚且可以做到这一点,尚且知道人性"本私"并不等于人性"本恶",都知道善、利他、合作、团结、奉献是追求自身利益的应有之义,至少是生物种群整体利益和长远利益的一部分,那么为什么人与人之间反而只有弱肉强食?

眼下在很多人那里,爸爸不像爸爸,儿子不像儿子,媳妇不像媳妇……包括有些女权主义者——对不起,我是最赞成尊重妇女的,但是我绝对不能接受那种伪女权,什么"你负责挣钱养家,我负责貌美如花",把自己当作一个生活不能自理者,成天是公主病加杠精,一个个张牙舞爪横眉竖眼——很多影视作品里都是这样表现的。这是在丑化各位女同胞吧?这种伪女权,实质是极端利己主义,是男性霸权的变种,造成了两性沟通的巨大困难,助推了当下家庭瓦解、人口崩溃的汹涌势头。不是吗?本来,个人意识是好的,没有个人利益的追求,就不可能有市场经济和政治民主,也不会有"打土豪分田地"的革命。作家不是法官、记者、社会学家,而是各种个人视角的天然守护者。但真理多走半步就可能是荒谬。前些年,很多地方为了搞招商引资,在马路边上立标语牌——"文化搭台,经济唱戏"。我觉得这些口号好丢人,那不就是"灵魂搭台,肉体唱戏"吗?人家说你是"土豪"、"经济动物",不也就有了依据?很多官方电视台的贺岁致辞,满耳都是"恭喜发财"。好吧,祝企业家、工人、农民发财可以,但听众里还有公务员啊,还有法官、记者、医生、教师、和尚尼姑啊……你号召他们"发财",什么意思?这些人都急吼吼地发起财来,这个社会怎么受得了?

长话短说,我的体会是,对五四以来的启蒙遗产,有必要进行去粗取精、去伪存真的再启蒙，有必要进一步大规模地思想创新。这些思考通常来自日常生活中的切身感受，哪怕它只是一些面对困惑的瞎琢磨，谈不上什么学问，也没什么关系。说实话，这些年我就经常干这种事，野路子罢了。如果把这本《人生忽然》拿到大学去，肯定拿不到课题经费，评不上职称，连门槛都过不了，到不了评委会。在另一方面，主流文学圈大概也觉得它不入法眼，一个作家不好好写小说，整这些思辨和议论，去别人的碗里扒饭，要不是不务正业，那就是江郎才尽吧。

但那又有什么要紧？不三不四、不伦不类，姥姥不疼，舅舅不爱，那又怎么样？我把要说的都说出来，你们看着办。现状就是这样啊。一个特别浮躁的时代里，思想文化领域也会"内卷"，有时表面上热热闹闹，其实掩盖着一地鸡毛和满目荒芜。我们在座的朋友，可能都需要一种忍耐，需要一种坚守，一种旁若无人的精神。

何立伟：现在整个文坛审美标准比较乱，惊人之作很难出现。20世纪80年代的时代似乎一去不复还。

韩少功：我昨天还听到一种说法，说文学曾是太阳的时代，后来变成了群星的时代，到现在呢，连群星都没有了，只是一个粉尘的时代。

何立伟：确实，颗粒化了。很久没读到让人眼前一亮的好作品了。比如像金宇澄的《繁花》，比如《人生忽然》。龚曙光是《人生忽然》这本书的"始作俑者"，他是一个很能读书的人，却花了整个国庆假期才读完韩少功这本书。这本书你很难浏览，浏览的话你什么都没看到，必须仔细地读。它是对读者提出挑战的。如果没有词典，你会产生阅读障碍，这本书对读者的要求是很高的。

·理想，还需要吗·

　　曾经在汨罗，在韩少功文学馆揭幕的时候我说过，我到现在还没看到一篇让我满意的、写韩少功的评论文章。他与别的作家不一样。他的丰富性和多样性，他的思想的深邃和复杂，让人很难简单评述。他的这本书也不是我们传统意义上的散文，不是从唐宋八大家延续下来一直到明清的那种笔记随笔的写法。他是一个跨文体写作的人，他卖得最好的一本书叫《山南水北》，那是最没有阅读障碍的一本书。他的长篇《马桥词典》《暗示》，都是有阅读障碍的。《山南水北》也是跨文体的，你说它是散文，又不是散文。你说它是小说，又不是小说。《马桥词典》《暗示》也不是传统的小说，不是在讲一个完整的故事，一个人物从头到尾贯穿始终，一个故事从开端到高潮发展到结尾，它们没有。我们所有的阅读期待，特别是被故事养大的一批读者，对小说的阅读期待，在韩少功的小说、散文里都得不到满足。但他会让你得到意外，得到你想不到的，甚至是非你所期待的东西，是另外一种刺激和阅读体验。所以他的书很考验读者，也很考验评论家。

　　韩少功刚才说到的文学处境，表现出不少人对散文文体的一种歧视，好像说你写这个就不能写小说了。其实，散文为什么不能在小说之上？中国传统中，散文地位至少比小说高。唐宋八大家里面有谁是写小说的？不要以为散文是边角余料，不要有这种文体歧视。

　　韩少功：不少人事部门就有这种奇怪的歧视，比如海南有关部门前不久出台一个"人才认定"的标准，其中规定得过长篇小说奖的算人才，得短篇小说、散文、诗歌奖的不算人才。鲁迅没写过长篇吧？梅里美、博尔赫斯等好多作家都没怎么写过长篇，他们都拿不到人才的待遇。

何立伟：标准很混乱，很莫名其妙。现在什么是好小说，什么是不好的小说，也都没标准。韩少功一直进行文体创新，一直有很强的文体意识。其实上个世纪 80 年代有一批作家是很有文体自觉的，进行了大量的文体实验，但到 90 年代后都纷纷转投现实主义，因为实验小说没人买，没人懂。但是韩少功的每本小说和散文，几乎都是一种崭新的文体试验，包括用词条来写作长篇小说。我最近看了一部电影，故事非常简单：一对小夫妻在家里做爱，还自我欣赏，拍成录像发到一个很小众的网上去，结果被学生家长看见，告诉了学校，校方考虑要不要让这个教师继续留下来，他是不是还有资格当老师。这很简单的事情，几句话就可以说完的，但这个简单的材料，通过作者结构上的创新，用词条来结构，时代在里面了，历史在里面了，社会现实中存在的巨大的伦理问题也在里面了。这种结构创新能够给以往的叙事一种巨大的内容容量。

《人生忽然》这本书里面的每一篇文章，其内容密度是常见散文所不具备的。不过是几千、万把字的长度，却能对身边发生的事情展开深度剖析，由点及面，还有无尽的联想、反思。其实，他在当代文学发展的每一个关键时期，都留下烙印和响亮的声音。比如改革开放初期，外国的作品大量涌进来后，大家都纷纷模仿，模仿海明威的电报式的句子，模仿意识流什么的，他却觉悟到应当重新审视和发掘中国传统文化资源，并加以有效利用，倡导"文学寻根"。这种文化的自觉在当时是很超前的，也是特别有价值的。

韩少功：我后来一直不用"寻根文学"、"寻根派"这些词。原因嘛，文学总是因人而异，千差万别，各自为战，哪有那么多"派"？哪来那么多齐步走和团体赛？但是理论家也要吃饭，要出论文评职称,而且说什么都无须作家来审核认可。有些人硬要说这"派"那"派",我们也只能听听就好。

我也很怀念1980年代的文学盛况,怀念那时同行们的牛气冲天,气吞如虎,胸怀天下,志在四方。相比之下,刚才何老师赞扬的这本《人生忽然》,首印才一万多册,已属于惨不忍睹了。

何立伟:我曾经写过一篇文章,意思是真正的好文章是流行不起来的。

韩少功:现在的读者要什么呢?大多数的畅销书读者是要穿越,要玄幻,要宫斗,要机甲斗士,要"霸道女总裁"……所以我们也得认命。很多人只要娱乐,要把娱乐进行到底,不希望作家整这些让他们头疼的东西,自有他们的道理。我们不能站在所谓文化精英的立场上去强求一律。大概一百年前,我国的文盲率是80%左右,连好多军队里的营长和连长都不识字,需要带一个文书官,帮助长官看公文和看地图。现在呢,我国的文盲率降到4%以下,高校的毛入学率已超过五成。这不像以前,那时候托尔斯泰见到某伯爵坐着马车来,如果对方不下车行礼,托尔斯泰是可以生气的,因为作家是无冕之王,是权威的社会代言人,地位不是一般的高。但自从有了互联网,有了高入学率,全民写作已有理论上的可能,"小镇上的托尔斯泰"一抓一大把,小说有什么了不起?

话说回来,文化精英固然应承担一定的社会责任和道德义务,但读书识字全民化以后,你要求每个人都成为鲁迅和曹雪芹,这有点苛求。特别是北、上、广、深那些大都市,很多打工族都"996",加上通勤的三四个小时,回到家里已经累得像一团烂泥。他们的文学在哪里?当年我们在海南办杂志时,要求文章"雅事俗说",要求把阅读难度控制在中学生水平,尽可能给文章加小标题……就是不能让读者太累,要体谅他们的累。这里有一个群众观点,一种人道主义的关怀,不能把老百姓娱乐和轻松的需求视为罪过。

当然,这种文学的平民化、大众化并不是文学的一切,更不意味着大家天天都去做白日梦,比如一个"屌丝"逆袭,总是遇到好心美女,或者总是遇到大笔遗产……要是美女不好心呢?要是没遗产呢?这故事就不讲了?可见,白日梦就是只见"贼吃肉",不说"贼挨打",是自我精神催眠和智商低幼化。

我们至少还需要一部分作家,把现实掰开来看,把灵魂掰开来看,直面人性、社会、历史中艰难和沉重的一面。这样的写作,不可能像有些网络写手一样,动辄几千万字,像网络游戏的过关打怪,不怕重复因此没完没了。像何立伟他写小说,用笔墨最省,我们以前开玩笑说他那是写小说"绝句"。事实上,对重复、雷同、白日梦能不能保持忌讳,有没有审美的洁癖,通常表现了一个作家的修养程度,是区分所谓通俗文学和严肃文学的重要标尺。

现在很多大学教授在研究网络小说,以为"互联网+"是高科技,肯定代表了未来,这可能简单化了一点。"互联网+"也有搓麻将和"斗地主"。你不能说一个社会不能容忍搓麻将和"斗地主",但也不能说这就是高雅,是新式经典,是文化的核心和高峰。那也大可不必。作为一个文化从业者,我们的标杆在哪里?我们的目标和方向在哪里?

至少,我们需要文学的多种尺度。你要像何立伟一样写"绝句",我赞成。你要是实在是没饭吃了,要写畅销的网络小说,我也赞成。如果还有饭吃,在这个前提条件下,我们还是要多讲讲修养，讲讲现实的难点和痛点，讲讲精神的高度和深度，朝着自己认定的方向前进。这恐怕是我们写作人的一种职责和专业要求。

（节选自《扬子江文学评论》2022年第3期）

直面人类精神的难题

时间：2015年9月
对谈人：韩少功
王雪瑛（作家，批评家）

进步主义历史观的盲区正是文学最该用心用力的地方

王雪瑛：你的文学创作贯穿了新时期中国当代文学发展的脉络，你不仅仅是以小说的形式拓展中国当代小说的创作空间，同时以散文的形式深入中国当代社会的思想前沿，你以散文和小说之双翼划出广阔的文学天际线。大批富有思想含量的散文凸显着你的问题意识，保持这样一种问题意识，这是你作为当代中国作家的一种责任感，一种理性的自觉，一种慎重的选择？

韩少功：这样说吧，小说是一种"近观"方式，散文则相当于"远望"。这种"远望"比较方便处理一些散点化、大广角的材料，即不方便动用显微镜的东西。用显微镜来看黄山就不一定合适吧？在另一方面，在文学与理论之间，有一个叫作文化随笔和思想随笔的结合部，方便一个人直接表达思考。我曾说过，"想得清楚的写成散文，想不清楚的写成小说"，就是针对这一点而言。

・理想，还需要吗・

我们这个时代变化得太快，心智成熟水平经常跟不上经济和技术的肌肉扩张，有一种大娃娃现象。很多问题来得猝不及防。在这种情况下，有时候等不起长效药，就得用速效药。思想随笔有时就是一种短兵相接的工具，好不好先用上再说。

王雪瑛：小说的形式无法给你的思考提供足够的空间，所以你越出小说虚构的掩体，选择了散文这种形式，直接面对中国经验，对当代问题提供自己的思路和看法。散文可以及时、自由、充分、深入地表达你的思想？你的散文写作对你的小说创作有什么影响？

韩少功：小说与散文不光是两种体裁，而且常常承载不同的思维方式。你说的虚构是一条，是否直接表达思想也是一条。此外可能还有其他，比如慎于判断和勇于判断的态度差异。一般来说，小说模拟生活原态，尊重生活的多义性，作者的价值判断经常是悬置的，至少是隐蔽的。比如安娜·卡列尼娜怎么样，林黛玉或薛宝钗怎么样，由读者去见仁见智好了，作者最好站远一点，给读者留下自由判断的空间。

但散文不一样，特别是思想随笔需要明晰，需要逻辑和知识的强大力量。伏尔泰、鲁迅的观点从来就不会模糊。在这里，模糊和明晰，自疑和自信，是人类认识前进所需要的两条腿。但两种态度有时候脑子里打架，怎么办？我的体会是要善于"换频道"，把相互的干扰最小化。一旦进入这个频道，就要把那个频道统统忘掉，决不留恋。

王雪瑛：从上个世纪80、90年代到新世纪，中国社会发生着深刻的变化，从你的散文中可以看见一个当代中国作家直面中国社会深刻变化中的问题与矛盾，思想发展的复杂的动态过程，你对于理想与现实、传统与现代、中国与世界、市场经济、私有制与社会主义、政府廉洁等问题的思索。那么近二十年的时光流转，社会结构的变化，时代风云的嬗变，现在的你如何评价自己的这类散文？随着时迁事移以及个人境遇的变化，你的观点和看法有什么蜕变吗？

韩少功：我给两个出版社编过作品的准全集，有机会回头审视一下自己新时期以来的写作。还算好，我删除了一些啰唆、平淡的语句，基本上还未发现过让自己难堪的看法，没发现那种忽东忽西赶潮流的过头话。有个关于原油价格可能涨到每桶二百美元的预测，现在看来没说对，但这种情况不多。虽然在不同的时段，聚焦点不一样，兴奋点有转移，但正像一个青年评论家说的，三十多年前的《西望茅草地》其实已是《革命后记》的先声，前后是一脉相承的，好像不同的圆弧和半径组成了同心圆。对于几十年来核心的立场和方法，自己还是有信心的。

王雪瑛：你的思路沿着怎样的轨迹在发展着？你常常会自我回望和审视吗？你如何看待一代作家的局限？

韩少功：生活现实总是推着你匆匆往下走，是现实倒逼思考。比如我们这一代从"文革"走出来，最初是忍不了僵化。后来见多了资本和市场，又忍不了腐化，包括权力和资本的交叉腐化。这事初看像是道德问题，细看就还有制度问题、文化问题等等。

制度和文化又都是大题目，水深得很，随便找一个知识点进入，都有纵比较和横比较的不同角度，这就带出了更大的思考面。在这一过程中，每个人其实都是瞎子摸象，局限性断不会少。因此我一直希望摸象者们相互包容和理解，比如编杂志时，我就喜欢组织不同意见对手练，相互给予"破坏性检验"。"我讨厌无聊的同道，敬仰优美的敌手。"这也是我说过的话。

当然，我看不出胡搅蛮缠的也该被包容的理由，比如明明摸到了象腿，却定要说是鸡腿或鸭腿，这就破了底线。多元化的各方必须在60分及格线以上，才能构成优质的多元化，否则就是比烂，好像在球场上拍砖和泼粪，再怎么对抗也没意义。

王雪瑛：《完美的假定》《多义的欧洲》《哪一种大众》《第二级历史》《进步的回退》这样一批散文更是显示了你视野的广阔、思想发展的脉络、思想的锋芒和力度，这些散文成为当时文坛关注、同行热议的重要作品，你如何评价自己的散文创作？

韩少功：评价的权利在读者手上，我自己说什么没意义。再说那些只是些零散的想法，谈不上多重要。

王雪瑛：你的散文生动地记录了你如何遭遇当代中国问题，如何进行思想上的突围，你没有愤怒的情绪、悲观的绝望，也没有浅显的乐观和简单的判断，而是让大家看到了你权衡、比较、分析、阐释、探究的过程，你被认定为一个思想型、学者型的作家。你如何看待这一评价？

韩少功：我哪算得上什么学者？充其量是喜欢琢磨一点事，不大满意某些标签化的大话，有时来一点较真和抬杠。我甚至一直在躲避"理论化"，写作时总是避免大段的引文和考究。如果确实遭遇理论，也只是点到即止，不习惯学院派的某种套路。

相比之下，我最有兴趣的是把一些概念拉回到生活实践的情境中，尽可能还原成具体的人和人的活法。这不是什么文学修辞的需要。其根本原因是，我不擅长也很怀疑抽象概念的纠缠，比如抽象的"自由"，什么意思？是指奴隶解放的"自由"，还是指随地吐痰和乱闯红灯的"自由"？要澄清其含义，就免不了要情境和条件的还原，免不了夹叙夹议。我知道，这种重细节、重形象、重情境的思想描述，在很多学者眼里不过是"野路子"，拿不到课题费和学位的，但这没关系。

王雪瑛：在《进步的回退》中，我看到了你多年思索体悟后，明确而肯定的思想："不断的物质进步与不断的精神回退是两个并行不悖的过程，可靠的进步必须也同时是回退。这种回退，需要我们经常减除物质欲望，减除对知识、技术的依赖和迷信，需要我们一次次回归到原始的赤子状态，直接面对一座高山或一片树林来理解生命的意义。"你理性探索的收获让我联想到了你的一部重要的充满感性的散文长卷《山南水北》。

韩少功：以前恋爱靠唱山歌，现在恋爱可能传视频。以前杀人用石头，现在杀人可能用无人机……这个世界当然有很多变化，但变中有不变，我们不必被"现代"、"后现代"一类说法弄得手忙脚乱，好像哪趟车没赶上就完蛋了。事实上，经济和技术只是生活的一个维度，就道德和智慧而言，现代人却没有多少牛皮可吹。这是进步主义历史观常有的盲区，恰好也是文学最该用心用力的地方。

王雪瑛：文学应该探讨人的多种可能性，有生命力的文学创作不断丰富民族的记忆与文化，现代化也不是只有一种模式。

韩少功：很对。人们曾经认为用化肥是进步，现在则可能认为农家肥代表了更好的现代化，可见对现代化的理解本身是不断变化的。这种变化的后面，是更复杂和更广阔的历史条件在变。比如美国的高能耗生活方式在以前不成为问题，但一旦中国人、印度人、非洲人等也要开汽车了，也要高能耗了，资源和环境就受不了，人们不得不重新判断和规划。

王雪瑛：在《山南水北》中，你以生动质朴的语言记叙了你的乡村生活，这是从 2000 年开始的吗？每年的春末夏初，你从海南飞往长沙，来到湖南汨罗八溪峒，开始你悠然真实的乡村生

·理想，还需要吗·

韩少功：我从那时起已住过 16 个半年。最初只是想躲开都市里的一些应酬、会议、垃圾信息，后来意外发现也有亲近自然、了解底层的好处。说实话，眼下文坛氛围不是很健康的，特别是一个利益化、封闭化的文坛江湖更是这样。总是在机关、饭店以及文人圈里泡，你说的几个段子我也知道，我读的几本书你也读过，这种交流还有多少效率和质量可言？相反，圈子外的农民、生意人、基层干部倒可以让你知道更多新鲜事。这里的个人原因是，我从来就有点"宅"，不太喜欢热闹，经常想起一个外国作家的话：每当我从人多的地方回来，就觉得自己大不如以前了。

王雪瑛：其实，你不是回避现实，而是开辟自己的现实，看见现实的多样性。面对那些"回避现实"的疑问，你发现自然之美，感受乡村中的人际关系，对于个体生命的意义，还是安心踏实地过着你的乡村生活，99 篇文章，23 万字的容量，让大家感受到了你晴耕雨读的生活方式，山里人的日子。你当时开始动笔的时候有整体构想吗？

韩少功：没有。很多章节不过是日记，后来稍加剪裁，有了这一本。当然，我从不认为这里就是现实的全部，但这种现场感受至少是现实的一部分，比某些名流显贵那里的"现实"更重要，比某些流行媒体东抄西抄嚼来嚼去的二手"现实"可能更可靠。中国一大部分国土是乡村，至少一半人口是村民，这些明明就在我们身边，为什么被排除在"现实"之外？

王雪瑛：是的，作家的眼睛应该看见更多人的现实。我细读过《山南水北》，质朴而内蕴诗意的文字，让我感到了一种融入山水的生活，流汗劳动的生活，接近土地和五谷的生活，我分明读到了一个与以往不同的韩少功，一个对现实的问题反复思量、不懈探究的截然不同的韩少功，你似乎不再批判和怀疑，而是投入和享受。但这两种形象不是分裂的，而是有着内在联系的，构成更完整、真实的你。《山南水北》是你对思想和理念的一种感性的实践和体悟，是你个人对现代化的一种自由选择，一种个性化的文学表达。这是我的一种理解，你怎么看？从此书出版至今9年过去了，你如何评价《山南水北》对你的意义？

韩少功：怀疑和批判永远都是重要的，但这并不意味着批判者必须成天活得怒气冲冲，洒向人间都是怨。就思想文化而言，18世纪以来，不论左派右派都是造反成癖，反倒最后是易破难立，有破无立，遍地废墟，人们生活中的自杀、毒品、犯罪、精神病频频高发，价值虚无主义困扰全世界。文学需要杀伤力，也得有建设性，而且批判的动力来源，一定是那些值得珍惜和追求的东西，是对美好的信仰，对美好一砖一瓦的建设。缺了这一条，缺了这一种温暖的思想底色，事情就不过是以暴易暴。

用廉价的骂倒一切来给自己减压，好像别人都坏透了，那么自己学坏也就有了理由。这是一种明骂暗赞的隐秘心理。《日夜书》里有一句话大致是：最大的战胜是不像对方，是与对方不一样。就是针对这一点说的。

王雪瑛：无论是质疑与批判，还是投入与享受都是为了辨析、呈现、珍惜美好。《群体寻根的条件》是你对80年代的《文学的根》的回望与审视，但这是一个开放的思想空间，你只分析文化寻根产生的主体条件和文化环境的因素，而不做文化寻根的价值评估。你在文中指出，文化寻根其实是不同文化之间的对话，那么在三十年后的今天，价值多元、资讯过剩、传播快捷的全球化、自媒体时代，文化寻根是不是更有必要？文化寻根是不是一个值得深入探讨的命题？

韩少功：多到国外看一看，走到景区和宾馆之外，多去与当地的华裔和老外聊聊，就会发现"中国道路"、"中国文化"眼下是一个越来越绕不过去的话题。文学界有幸在三十多年前最先触及破题，现在倒几乎成了沉默的一群，发言机会让给了法学、哲学、史学、经济学界了。文学界就算要谈，也常常流于"民族特色"、"本土元素"一类皮相，比如要不要用孙大圣或大红灯笼去赚外国人一笔钱。

连那个《历史的终结与最后的人》的作者，著名的美国人弗朗西斯·福山，这些年也关注中国文明传统，可算是"寻根"讨论的外来接棒手之一，但我发现文学界很少有人提到他，更别说其他人，比方海峡那边许倬云、邹至庄、吕正惠那些学者。我说这话的意思是，大陆文学界起了个大早，赶了个晚集。也许很多作家过度沉迷于"自我"，对稍微远一点、大一点的事情都提不起兴趣了。这有点可惜。

王雪瑛：在全球化的语境中，如何保持民族文化的多样性？如何呈现民族文化的生命力？抵御全球化带来的由消费潮流导致的文化一体化倾向，这是值得我们深入探讨的命题，也是当代作家需要面对的挑战。

韩少功：就文化演进而言，趋同化和趋异化是并行不悖的两个轮子，全球化不过是这两个轮子的古老故事，从村庄级上升为全球级，单元边界扩大而已。人都要吃饭，这是普适性。但什么饭好吃，人们的不同的口味受制于各种条件和相关历史，就有了多样性，其中包括民族性。

我曾经以为舞蹈是最不需要翻译的，最普适性的，后来才知道肢体语言也有深刻的族群差异，我的语汇你可能无感，你的语法我可能不懂。舞蹈尚且如此，运用民族文字的文学怎么可能完全"一体化"？歌德说的"世界文学"，如果有的话，肯定是趋同化与趋异化在更高层面上重新交织，决不是拉平扯齐、越长越相像。否则，那个同质化世界一定乏味透顶，失去成长的动力。

王雪瑛：近些年来，哪些思想性的散文或者学术著作引起你的关注？

韩少功：我有点怕开列书单。原因是年龄、职业、阅历、积学、阶段性兴趣的不同，同样一本书却有不同的边际效应，你的"破书"却可能是我的好书。比如《红楼梦》适合成年人，但肯定不适合小学生；读过亚里士多德、康德、马克思的，最好要读点后现代主义，但如果没有前面那些东西垫底，"解构"、"祛魅"什么的就可能是毒药。这里没有一定之规，没有适合所有读书人的阅读"菜单"。

王雪瑛：清代诗学家叶燮在《原诗》中认为，"诗人之本"有四——"才"、"胆"、"识"、"力"，"大凡人无才则心思不出，无胆则笔墨畏缩，无识则不能取舍，无力则不能自成一家"。你如何理解和定义"作家之本"？有评论家认为在"才"、"胆"、"识"、"力"这四个字中，需要特别强调的是"识"，"识"就是作家把握生活的洞察力和思想穿透力，而这也是中国当代小说最缺乏的。你同意这样的看法吗？

韩少功：他说的都很重要，讲得也精辟，或许可以再加一条，也是老祖宗说过的"修辞立其诚"。你说的洞察力和穿透力，也许都有赖于一种实事求是的谦卑态度，否则就会先入为主，戴有色眼镜，把什么都看歪。眼下很多糟糕的求知者，不是失在智商上，而是失在心胸上；不是看不到，是不愿意看到。

王雪瑛：极为认同"修辞立其诚"，这是写作的出发点。心态和立场会影响人对自我、社会和时代的认识。中国的社会正在发生剧烈的震荡，历史的巨大转折冲破了历史描述的传统框架。如何认识正在发生的"现实"，如何认识正在巨变的"历史"，对于当代作家而言是不可回避的考验。你怎么认识当代作家面临的考验和挑战？

韩少功：中国是一个千面之国，恶心和开心的事情都有，都是一抓一大把。村里一个农民感激惠民政策，说"政府不能再好了，再好就得派干部下乡来喂饭了"。但同一天我又看到某个名人的微信："这是中国历史上最黑暗的时代。"你相信哪一种判断？在这里，要避免片面性，最好是多实践，多比较，手里多几把尺子。要构成一个坐标系，就得有纵横两把以上的尺子。拿腐败这事来说，用工业化程度这把尺子一量，拉美、印度、中国的共同烦恼就毫不奇怪；再拿文化板块这把尺子一量，中国的"人情风"、"家长制"等农耕文明的传统，与游牧／海洋民族不同的国情特性，也就顺利进入视野。这样比较下来，该怎样下药治病，就有了个谱，至少比那些道德家的嘴炮要靠谱。

王雪瑛：各种媒体强劲散发出的商业化与大众文化中娱乐化的倾向、国内国外的出版业的倾向性等多种因素影响着作家的创作。网络文学、类型文学以及各种奖项的涌现，扩大着文学的外延，也追问着文学的内涵，望着自己的作品目录，回首40多年的创作历程，写作对于你来说意味着什么？文学的内涵是什么？

韩少功：在一个物质化的时代，很多人没有理由需要文学。文学以情和义为核心内涵。他们觉得情义这东西好累人，甚至好害人，不能帮自己一夜暴富。那么，有些没心没肺的娱乐化快餐就够了。这种情况在历史上其实并不少见。我们常说的那些经典,放到大历史和大世界里一摊,其实是蛮稀薄的,扎堆的情形并不太多,可见纸媒也并不是文学经典的专卖区,与网络一样,都是鱼龙混杂,甚至都是鱼多龙少。但眼下不会是历史的终点。

危机和灾难是最好的老师,总是帮助人类一次次纠正和调整自己。我们不必预测拐点何时出现,无须预测人类社会在什么情况下,会重新出现对情和义的精神饥渴,但我们至少可以守住自己,做一点将来不后悔的事。这与采用哪种小说形式没有太大关系,与用不用网络工具也没有太大关系。

王雪瑛:处在纷繁芜杂的现实之中,如何冷静而独立地认识和分析现实,如何真切而深入地揭示现实,这就是作家创作在深入现实题材的时候,不得不面临的真实考验。你在散文中对中国经验和现实问题的思索、分析、阐释、探究,形成自己思想的果实,我想这些思索和识见是不是构成了你创作现实小说的丰富的思想资源?阅读你的散文,我会对你的小说创作更加期待。

韩少功:我经常把小说与散文轮换着写,不过是换换脑子,互为休息和准备,或者是相机处理一些剩余材料,有点像"一鸭两吃",找一种实惠的、方便的吃法而已。

小说的净收入是时间淘汰后能留下的东西

王雪瑛:《马桥词典》是你的第一部长篇小说,你将马桥隐秘的历史分解为一个个词条,没有使用传统长篇小说的叙事模式,而是提交了一种独特的历史叙述形式,马桥的生活就通过这本词典而生动地留存。你是一个喜欢追问和探索小说的形式、定义和功能的作家,你在这样的追问、探索、挑战中获得写作的快感?十几年过去了,你现在对当年的探索有什么评价?当年围绕

《马桥词典》的一些是是非非，也成为你的一种自我历练？

韩少功：我的主要作品几乎都引起过争论，都习惯了。当时有人认为《马桥词典》不算小说，那又怎么样？你说这不是苹果，就当萝卜吃好了。至于有人宣布这萝卜是偷来的，那就得摆证据，不然就是耍赖。当过国际比较文学学会主席的佛克玛说过，《马桥词典》比《哈扎尔辞典》更好，两者扯不上关系。但这话，洋人说了，很多国人也不信。

其实，我也没觉得《马桥词典》有多好，只是这种词条展开方式，相当于有了新的筐，很多东西方便放进去。有了近似"语言考古学"的维度，一锹一锹挖下去。对语言和生活会有一种双重发现，值得一试。

王雪瑛：我想真正的作家的每一次创作都是对小说内涵与形式的挖掘和探索。在你的第二部长篇小说《暗示》中，你又一次抛弃了传统长篇小说的叙事方式，没有紧张的悬念，没有固定的主人公，通过对日常生活中具象的描述，展开了生活的诸多片段，这些片段是独立的，非连贯的，它们分别是故事、人物速写、历史记忆等等，你分析和提取其中的意义和文化内涵，流露着你的睿智与洞察。如果说《马桥词典》是你以词典的方式呈现了马桥人的日常生活，那么《暗示》中，你以具象的描述，来解析现代人的种种文化密码。小说完全打破传统长篇小说的叙述方式，是不是让你在写作中享受了充分的自由，写起来得心应手，充分发挥你的多方面才能？思想和分析的爱好让你十分享受这样的文体创新吧，这是你认识现代人，揭示现代人内心与现代社会文化脉络的一种方式吗？

韩少功：《暗示》最初是一些零散笔记，写着写着成了一本书，自己始料未及。中外很多哲学家喜欢谈语言／存在的二元关系,从维特根斯坦到福柯,大多是这样。我的野心是打破这一架构,展示语言/具像/事物的三元关系。从"不可言说"之物出发,引导出具像论,然后是感觉论,然后是实践论……一条与逻各斯主义全面闹别扭的路线。这个任务超出了预想,甚至超出了文学。采用笔记小说这种体裁,也可能不是最合适的方式。是不是应该干干脆脆写成一本理论?我后来也拿不准。有一个香港的理科读者,认为它"建立一个新学科"。这种抬举不敢当,但多少给我一些鼓励。

王雪瑛:《日夜书》不是一个夺人眼球的作品,而是一个让人深长思之,可以不断深入探讨,提出多方面问题的作品。你曾说,现在中央政治局的七个常委,有四个当过知青。除了他们四个人以外,中国的知青95%以上已经退出职业生涯。而你也是知青一代,在人生的这个阶段,在这个多媒体全球化的时代,以小说的形式来回望一下他们走过的路,也是你走过的路,这是你的选择。你会如何思索、梳理、呈现自己以往的记忆?你会以怎样的小说形式来展开?让我们看到怎样一批人物的形象?体现怎样的精神特征、生命状态和人生机遇?对于期待你作品的评论家和读者来说,这是一个很大的悬念。你完成于2013年的《日夜书》,打开了这些悬念的大门,让我们从中寻找答案。你对自己的这部作品满意吗?你用了多长时间来酝酿和写作?这部长篇小说对于你来说是不是意义不同寻常?毕竟你是以小说的形式来回望、描摹知青这一代,来审视和思索自己的人生。

韩少功:有些书主要是写给别人看的,志在卓越。有些书主要是写给自己看的,意在解脱和释放。《日夜书》大概属于后一种。这本书写作耗时一年多,触动了一些亲历性感受,算是自己写得最有痛感的一本。

·理想，还需要吗·

这一代人已经或正在淡出历史。我对他们——或者说我们——充满同情，但不想迁就某种自恋倾向，夸张地去秀苦情，或者秀豪情。我把他们放在后续历史中来检验，这样他们的长和短才展现得更清晰。由这一代人承重的时代，为何一面是生龙活虎而另一面是危机频现，才有了一个可靠的解释线索。"中国故事"难讲，最难讲的一层在于人和人性。没有这一层，上面的故事就是空中楼阁。"苦情"和"豪情"宣示虽不无现实依据，但容易把事情简单化，比如把板子统统打向别人，遮挡了自我审视。我的意思是，每一代人都会有或多或少的自恋，但我希望这一代人比自恋做得更多。

王雪瑛：的确，真正的自我审视，是从摆脱和超越自恋开始的。而摆脱和超越自恋对于个体和作家来说并不容易，是一种心理、理性、情感上的自我挑战和自我超越。自我审视，要从真切的自我体验开始，然后再从时代和历史的嬗变中认识自我。我觉得《日夜书》的可贵之处，正是在于摆脱了自恋，也摆脱了以往知青题材的套路，还摆脱了那种虚张声势、引人关注的设计套路，是真正地以小说的方式，在历史的进程中，回望和审视自己的过去和现在，不回避卑微，不回避平淡，不回避内心的纠结。

韩少功：郭又军是个仁义大哥，但他曾经把"大锅饭"吃得很香，结果误了自己。贺亦民在技术上是个超强大脑，但他对社会不无智障，江湖化的风格一再惹下麻烦。马涛有忧国忧民的精英大志，但从自恋通向自闭，最后只能靠受迫害幻想症来维持自信……他们该不该把这一切的责任推给社会？在另一方面，正因为有这些人性弱点，他们的奋争是否才会更真实、更艰难，也更让人感叹？

王雪瑛：是的，你在小说中，正视人性的弱点，也不以现在的思维方式来拔高和修饰历史语境中的人物言行。《日夜书》是一部时间跨度巨大、人物众多的长篇小说。20世纪六七十年代到21世纪的当下，历尽数十年中国社会与时代风云的沧桑巨变，历尽数十年中国人生命理念与生活方式的重大变化，如何认识往日的知青岁月，如何叙写那段人生的经历，正如克罗齐说的，一切历史都是当代史，个人的记忆也不可能重现当年生活的原貌，而是带着今日人生境遇、理念和心态的取舍。要驾驭这样一部长篇小说是不是面临着很大的挑战？写作这部长篇小说对于你来说最大的挑战是什么？

韩少功：因时间跨度长，需要反复的闪回和比对，材料组织上有一点技术难度。我最初试了两种结构，在海峡两岸分别出版，最后定型时采用了台湾的版本，以顺时性为主的叙事流程。这是照顾一般读者的要求。

王雪瑛：你是一个思想型的作家，但在这部小说中，你似乎收敛了思想的锋芒，而是将思想蕴含在小说的叙事中，通过一个个人物，带出往日的一段段经历，那些物质贫乏、精神亢奋的日子，同样通过人物来连接往日与今日之间那巨大的沟壑，在往日和今日、现实与记忆中塑造出一个个人物的形象，勾勒出人物在时代的风云起伏变幻中形成的命运。而不是想做什么定义和结论。你想做的是什么呢？是为当代文学留下这些人物的形象？是为历史留下一代人的人生轨迹？这是你认识时代与一代人、时代与自我的方式？

韩少功：写人物，当然是小说的硬道理。我们可能已经记不清楚《水浒传》或《红楼梦》里的很多具体情节，但那些鲜活人物忘不了，一个是一个。这就是小说的力量，小说的净收入，是时间淘汰到最后能留下的一点东西。

《日夜书》是留给自己的一个备忘录。写谁和不写谁，重点写什么，肯定受制于作者的思想剪裁，但我尽量写出欧洲批评家们说的"圆整人物"，即多面体的人物，避免标签化。有人说，这会不会造成一种价值判断的模糊？问题是，如果只有面对一堆标签才有判断能力，才不会模糊，那也太弱智了。

王雪瑛：对，有的时候所谓小说中的"模糊"，是对已有的观念和认识的突破。对于一部成功的长篇小说来说，人物的塑造至关重要，阿列克谢耶维奇在谈到自己的创作时说："我不选用某些特殊的英雄人物。著名的将领和获得'苏联英雄'称号的人。我的书，仿佛是人民自己写的长篇小说，是普通人意识的反映。"读你的《日夜书》让我想到了这段话。你没有写英雄，而是写普通人，写已经退休、被时代的大潮淹没的知青中的大多数。在你这部长篇小说中，你塑造人物很有特点，第一，在小说的人物塑造中没有突出的主要人物，第二，也没有特别光鲜的成功人士，第三，小说中有两个很典型的人物，马涛和贺亦民。贺亦民出身卑微，极度受虐的童年，缺乏爱的家庭，养成了他的叛逆与散漫，还有满身的二流子习气，后来他居然做了件惊天动地的大事，几乎成了一个英雄。而马涛貌似伟大的启蒙者，出众的才华，锐利的思想，是知青中的骄傲，在知青岁月中，疑似被人出卖，蹲了监狱，可贵的是他没出卖任何人，一个人扛下了全部案子，但他的自私、自恋和自负对他人形成伤害。在对这些人物的塑造中是不是蕴含着你对人性的认识，对时代的认识，你对知青生活的理解，你对一代人的理解，你对生活与人性复杂性的呈现？

韩少功：几乎每一个人，都是社会的"全息体"，隐藏着社会的多种基因。小说的功能之一，就是要打破认知成规，揭破一枚枚流行标签后面的事实纵深。这不是搞怪,不是玩反转,而是一种有说服力的实事求是,有说服力的真相唤醒。

眼下有一种倾向值得注意:据说现代是一个"祛魅"时代,"真实"在文学中似乎成了"人性恶"的代名词。满世界小奸小坏或大奸大坏,不这样写好像就不谙人性,就是装孙子。我对这种时尚也不以为然。

这也许是对伪善的逆反,但就人性把握而言,两头的极端模式其实是一伙的。不装孙子就无善可言——世界真是这样?如果反正都是恶,那种装孙子的恶又算得了什么?不是更有理由装下去吗?换句话说,如果洞察伪善,在当下已经轻车熟路,甚至成了写作群众运动,那么洞察真善,可能就是一种更有价值的努力了。

王雪瑛:深入探究人性的真实,应该摆脱两种极端的模式。细细想来从《月兰》《爸爸爸》《马桥词典》到《日夜书》,小人物常常是你作品中的主角,你既没有在小说的叙事中忽略这些小人物,也没有圣化这些小人物,你想呈现在社会生活中更真实的小人物,他们是在历史的大潮中真实的个体,从他们的身上,有着你对时代、社会、人性的认识?

韩少功:我没当过大人物,不写身边这些小人物还能写什么?小人物谋道,比肉食者谋道更可贵。有杂质的英雄,比高纯度的英雄——假如有的话——也更有示范意义。相反,在某些大片里,英雄们成天笑呵呵的,毫不费力,从不犯错,身边圣徒如云,三两下就把天下搞定。这种神话岂不是活生生地要激发观众的怀疑?要削弱观众的同情和亲近?

历史是伟大的,恰恰因为它是拼出来、熬出来、忍出来的,充满了失败、痛苦、纠结,包括来自自己和外界的污泥浊水,并不是那么红光亮和高大上。那些"高大上"的书生想象，其实是对历史缺乏真正的尊敬。

王雪瑛： 你是一个注重小说结构和形式的作家，这部小说的结构方式，似乎也隐含着你的三观。小说以"我"贯串始终，陶小布有时是叙事者，有时是参与者，串起一些不同的人物和故事，没有中心人物，没有故事的主线，都是由人物牵出故事，犹如生活的自然形态，在人的一生中有的人物出现，有的人物退场，是自然的状态，小说既没有虚幻地美化过去，以青春无悔来自我安慰，也没有义愤填膺地控诉社会，揭露他人，深挖人性深处的黑暗，而是带着一种承受、悲悯、理解、认识的心态来回望过去，面对现实，有一种现实主义的苍凉和深邃。小说后面的第36节，器官与身体，是一种特别的叙述方法，似乎是用一种散文化的方式来完成小说的叙述，39节是小说的尾声部分。"我一直说服自己，把下面这件事看成一个梦"，无论是叙述的方式还是内容，让我觉得有超现实的梦魇般的感觉，你想用这样的尝试来丰富小说的叙述方式，达到一直超越现实的深邃？以现实主义的创作手法，同时不拘泥于现实主义，在小说中自然运用西方现代小说的手法，时空跳跃、隐喻与超现实的场景等等。你以这种传统与现代融合的手法，来拓宽中国现代小说创作的路径。

韩少功： 写这本书，我有时当作严格的回忆录来写，尽量接近生活原态，不回避边边角角、枝枝蔓蔓、缺胳膊少腿。有时就当梦境来写，亦幻亦真，哪怕有点晕晕的失控。这是实和虚的两极，需要慢慢地揉成一团面，一不小心就成了夹生饭。

古人说"文无定法，但有活法"。其最大的"活法"恐怕就是感觉资源的支持，不论写实还是写意，不论是白描还是变形，都需要鲜活的细节以及坚实的细节逻辑。我赞成写作向一切文学的主义开放，但一切主义要有真情实感打底，不能搞成技术空转，搞成别出心裁的空洞。

王雪瑛：通过《日夜书》你感到自己完成了什么？描绘出了知青一代人的心灵地图和精神谱系？此书最让你兴奋的是什么？让你感到遗憾的是什么？

韩少功：这个大话不能说。每一代都无奇不有深不可测，我充其量只是捕捉了自己较为熟悉的几个"50后"，清理了一个角落。这事对我来说当然重要，算是对自己有了一个交代。至于说遗憾，是有些部分展示得还不够充分和丰满，当时怕自己饶舌，就带住了，闪得匆忙了些。

王雪瑛：有的评论家认为，在一个普遍鄙薄当代文学的时代，要大胆肯定当代文学的价值与成就。除了短篇小说和杂文的成就，因为有鲁迅在，不能说当代超越了现代，但在长篇小说、中篇小说、诗歌、文学批评等领域，当代文学的成就显然已全面超越现代文学。但有些业内人士，对当代文学创作的生态不乐观，对创作成就的评价不高，认为在当下，文化认同的共识正在发生撕裂：一方面，主流文化、传统美学在发声；另一方面，巨量信息散发着价值的多元性，文化的多样性，但是也扩散着浮躁的气息，市场的压力，快餐式的写作，损害着作品的生命力和丰富性，大量内容空洞苍白、语言残破模糊、叙事软弱单薄、文本琐碎庸俗的文艺作品屡见不鲜。您对这两种全然不同的意见和看法，有什么评价？您如何认识当下的文学创作生态和文学创作成就？

韩少功：我总是躲避这样的讨论方式，因为我读得十分有限，没有资格来判断全称的什么"当代"和"现代"。代际的比较也需要特别谨慎，搞不好就是"关公战秦琼"。作为一个小说作者，出于有限阅读视野，我只能说对小说现状没法过于乐观。就说小说人物吧。小说的核心要素是人，但眼下很多小说正在出现"人的消失"。

这意思是，它们多是像小资玩自拍，把自己还算拍得鲜活，却让他者和社会模糊不清，可以称之为"去广度"。它们的自拍，也多是单面人和单色标，缺乏深刻的两难和自疑，可以称之为"去难度"。它们多是写得没心没肺，无悲无欣，靠絮叨饶舌来拼凑规模，可以称之为"去温度"。它们总是剪除事件的社会条件和历史逻辑，于是冷漠是"自来冷"，比如仿卡夫卡们，爱心则是"天然爱"，比如仿村上春树们，心理和行为都变得如天降神物，来去无踪，这可以称之为"去深度"……这样，我总结一下吧，当小说人物失去了广度、难度、温度、深度，这种符号游戏离"神剧"、"雷剧"还有多远？

换句话说，现在的很多小说是多了小怀疑，比如多了自嘲、恶搞、无厘头，但也多了大独断，即某种自恋、自闭、自狂的极端化个人主义美学。

当然，这并不是意味着，过去的托尔斯泰们就是最高峰，就没有盲区和残缺。对那个话题，我们以后可以找机会另说。

关切社会和历史的正当理由，正是要关切自我

王雪瑛：20世纪80年代的中国文坛在冲破极左禁锢后，各种文学新思潮风起云涌，寻根文学、先锋派小说、意识流等现代派文学观念风靡一时，文学创作在形式和技巧上的求变求新令人目不暇接。不少作家纷纷试水先锋实验小说，评论家对玄妙的叙述学也充满阐释的快感。中国当代文学发展至今，许多作家都回

归了现实主义的创作手法,你的文学创作贯穿了当代文学发展的几十年,你对文学思潮、小说的创作手法有过怎样的思考?你的每一部长篇都是一次小说形式的探索和创新,《马桥词典》和《暗示》从文体上来说,都不同于传统的小说形式,你的《日夜书》是不是体现了你思考的结果?

韩少功: 作家多种多样,就该各就其位,各走各的路。所以人家多做的我会尽量少做;人家少做的我却不妨一试。我很愿意尝试形式感,包括对报表、词典、家谱、应用文乃至印刷空白动动脑筋,包括对新闻或神话打打主意,但我也相信任何文体、风格、技法都不是灵丹妙药。一旦写作人热衷于拼产能、拼规模,生活感受资源跟不上,眼下超现实也好,新古典也好,装神弄鬼的水货其实都太多。

好的形式感,应该是从特定生活感受中孵化出来的,是一种"有意味的形式",是有根据、有道理、有特定意蕴的。你说很多作家"回归",可能是大家对搞怪比赛开始厌倦,去掉一些高难动作,回到了日常形态。当然,这不意味着形式实验到此止步。不会,将来还会有奇思妙想,真正的先锋说来就会来。

王雪瑛: 当代中国文学中,先锋文学首先是一种文本意义上的形式探索,也是一种文学的精神和理念的探索,相对而言,比较密集的形式探索,集中在1985年到1990年代初,你是不是认为先锋的理念和精神也贯穿在作家今后的创作过程中?我想这也是先锋文学的意义和价值。吴亮多年前提出这样一个问题,先锋的艺术只能由先锋的哲学精神来识破和鉴别,这种鉴别工作成了当代真正拥有睿智目光和洞察力的先锋理性批评面临的最大难题。你对此怎么看?

韩少功: 吴亮的说法没错。好的形式感一定是有哲学能量的，是人类精神变革的美学表现。广义的超现实主义曾经就是这样，当人类的微观和宏观手段都大大拓展，肉眼所及的日常"现实"就必然被怀疑、被改写、被重构。这不是文学技巧的问题，是人类与物质世界的关系重新确定，认知伦理的破旧立新。在这个意义上，先锋文学的幕后通常都有科学、宗教、哲学、社会的大事件在发生和推动。

王雪瑛：帕慕克说："写长篇小说让我感觉很舒服，而一个短篇对我来说就像一首诗。诗是上帝的灵感，我认为不适合我。"你觉得自己最擅长哪种小说形式？或者是随笔？

韩少功：这要看情况。哪一块感受三言两语说不清，那就需要写长一点。哪一个想法写成三两句就够，那就不需要啰唆。我不愿意把长度问题搞得太神秘，顺其自然最好。在这一方面倒是不妨跟着感觉走。

王雪瑛：顾彬对于中国当代作家外文程度差有过这样的批评，他说："中国当代文学的语言有问题，其中一个重要原因是中国作家的外语不太好，无法读原著，就无法吸收其他语言以丰富自身的表达。"他认为，会很多语言，就像有了很多的家，这种感觉和只在一种语言里是不一样的。而你翻译过昆德拉《生命中不能承受之轻》等当代名著，你对他所言有何评价？

韩少功：双语或多语当然好，方便扩大眼界，包括对语言性能给予更多比较和揣摩。中国作家圈里"西粉"不少，这些哥们学好西语的很少，岂不奇怪？我愿意从这个角度去理解顾彬的善意。不过成为一个好作家，外语不一定是必要条件。曹雪芹不懂外语，《红楼梦》就不好了？

使用大语种的人，在相当范围内交流很方便，一般都缺少学习外语的动力和环境。比如拉美被西班牙语大面积覆盖，作家们靠这个走南闯北已经足够，学好外语的也不多，但你不能说那里的好作家少吧。何况中文对于西语来说异质性太强。法国人学意大利语，难度可能低于四川人讲广东话。拿西方人掌握几门亲缘语种的能力来吓唬中国人，不是很公平。

王雪瑛：任何一种经历对于作家来说都是一种财富，以你丰富的人生经历，40多年的写作与阅读的积累，目前应该是你写作的黄金时期，你在写作中有什么困惑吗？你对自己的创作有什么样的期待？对于你来说，目前写作中最大的挑战是什么？

韩少功：随着感受、经验、技能等各方面的消耗，自我挑战和超越的难度会越来越大。写作是一个缘聚则生的过程。有时候一、二、三、四的条件都有了，就缺一个五，作品也成不了。缺半个四，你也成不了。作家也可以敷衍成篇，维持生产规模，但那是骗自己。

王雪瑛：写自己最想写的东西，等待一部作品的机缘成熟，而不是为了维持某种产量。一个作家审美趣味是他的精神谱系中的重要向度，而审美趣味的形成，往往由他的阅读养成。你的阅读习惯是怎样的？哪些作家的作品对你产生了重要的影响？你关注的中外的当代作家有哪些？你特别看重的现当代文学中的作品有哪些？

韩少功：我是个"杂食类"动物，阅读口味很宽，有时候左读理论右读诗，虽然不一定写理论和写诗。也许有点职业性习惯，我喜欢在知其长时也知其短。好作家大多不是全能冠军。我们不必用托尔斯泰的标准要求卡夫卡，也不必用佩索阿的尺度衡量博尔赫斯。但这并不妨碍他们都是好老师。

我最乐意在书中读出实际生活，读出人。比如说田园诗派里，谢灵运的名头很大，但他那些优雅和华美都像是在度假村里写出来的,太多小资味。陶渊明就不一样了,"盥濯息檐下"——收工后在屋檐下洗手洗脚,这种细节不是亲身经历如何写得出来?"日入相与归,壶浆劳近邻","相思则披衣,言笑无厌时"……这里面都有人,有鲜活的生活质感,是用生命写出来的。我喜欢这种质朴但结结实实的感动。

王雪瑛:作家艾伟指出,近年来,文坛盛行个人化、边缘化写作,过分关注生活琐事,太过注重技巧,而忽略基本价值和道义上的承担,没有对时代对现实做整体性发言的气度,缺少一种面对基本价值和道义的勇气。而有的评论家认为个人化写作和关注社会并不矛盾。个人是叙事的正常起点,无论是宏大叙事还是个人化叙事,都应该从个人出发,你的意见呢?20世纪80年代,提出了"纯文学"概念,纯文学坚定地拒绝了工具论,热衷于自我和主体,当年似乎有这样一种想法,现实主义、典型人物、社会历史是"传统"文学,个人内心、无意识、意识流、现代主义才是"现代"小说,你现在是怎么想的呢?

韩少功:不同时代会有不同的问题焦点,病不一样,药方就不会一样。这没什么奇怪。但"传统"和"现代"的两分法太简单了,"自我"和"社会"也不是什么对撕的两方。自我当然很重要,但抽象化、极端化的自我就是新的神话。眼下好多流行作品,狗血得大同小异,矫情得大同小异,"自我"们狂欢的结果却是千篇一律。

其实,没有土壤,就没有树苗的"自我"。没有锤子,钉子的"自我"也是个笑话。关切社会和历史的正当理由其实正是要关切自我,反过来说也是这样。这个道理一点儿也不高深。

王雪瑛:格非谈到经验对于作家的意义,有一种作家,比如沈从文、狄更斯,他们的个人生活经验层面的所见所闻,实实在在地成为他们写作直接使用的叙述资源、情感资源和思想资源。但另一种作家,比如卡夫卡,终其一生他的个人生活可能并不丰富,小城里的小职员重复着日常平淡的生活,却在写作中开辟出一个魔法般的精神飞地,抵抗着日常的压抑与贫乏。你属于哪一类作家?就运用自己的人生经验而言,简略地将作家分成两类,这是一种简略的分析,更多的作家是不是介于这两者之间?

韩少功:没错,所谓"国家不幸诗人幸",像巴别尔《骑兵军》那样的作品,是拿命赌来的,拿血写成的,很难持续也不可复制,不过是偶然和昂贵的命运馈赠。相反,在一个和平和庸常的社会,大多数作家在经验资源方面不是太多,也不是太少,只能因地制宜,让资源利用最优化。一个人不必抱怨命运,刻意更换命运也难,做好自己就可以了吧。

王雪瑛:诺奖曾经是中国作家特别的关注与焦虑,莫言的获奖,缓解了焦虑,引发了大家对诺奖的热议与思考,对给莫言的授奖词更是议论纷纷,中国作家到底凭借什么获得诺奖,以什么内容和独特的创作手法吸引西方世界的目光,始终是萦绕大家心头的问题。在一个全球化的时代,中国文学当然是世界文学的一部分,你一定也关注世界当代文学的动态,你对中国文学与世界文学的关系如何看?

韩少功:中国文学在境外多出版,多拿奖,作为促进文化交流的方式之一,肯定是好事。但"外行看热闹,内行看门道",最大的门道应该是文学如何回应当代人类精神的难题——这方面的关注眼下可惜太少,倒是什么得奖攻略、面子有无等方面的叽叽喳喳太多。太在乎别人怎么看自己,怎么礼遇自己,就是人穷志短了。

如果一定要比,我们最好是纵向地同前人比,看是否刷新了莎士比亚、托尔斯泰、卡夫卡、马尔克斯等人的思想艺术纪录，是否回答了那些文学高峰未能回答甚至未能提出的问题。这才是以世界人的眼光来看世界文学，摆脱了穷酸心。否则谈"独特"、"多元"就会变味。中国人搓麻将拜菩萨肯定是独特，长辫子也独特，拿这些去吸引眼球就那么重要？

王雪瑛：文学如何回应当代人类精神的难题，是否回答了那些文学高峰未能回答甚至未能提出的问题，这些都是文学的至高追求，也是一个真正的作家的雄心，从对人类精神的永恒探索中，对人性的不断探究中，体会和获得文学的意义，写作的价值。当下长篇小说每年出版的数量之多，无疑创中国小说史之最。在"最"被不断刷新的同时，各方对长篇小说的批评之声也不绝于耳。对于作家来说创作长篇小说的挑战是什么？如何认识纷繁芜杂的现实生活？如何有力地反映现实？如何生动地塑造当代人的形象？如何深入揭示当代人复杂的内心世界？如何认识他面对的时代？如何认识时代发展的动因和趋势？你经常考虑的问题是什么？

韩少功：中世纪过去，裸体艺术大量涌现。包括照相机在内的工业化，使印象派和抽象派绘画应声而起。这里的每一步，都释放出新的精神信号和精神能量，对时代形成美学回应。

文学不同于其他学科，主要任务是产出新的人物形象、生活感受、思想方法、审美范式……眼下不少科幻电影，玩技术够"潮"的，但挤干水分以后，发现一个个还是男人和女人、好人与坏人的故事套路，对人的认识差不多停留在骨灰级，不过是《三侠五义》的宇宙版和科技版。文学不能搞成高科技大展销吧。

文学的核心创造力，应该是揭示新的人性奥秘，哪怕得其一二也行。比如人都成了基因工厂的产品之后，还有没有生殖？

有没有爱情和性？有没有家庭、亲人、民族、价值观？……恐怕得想想这些事。否则时尚大潮退去，沙滩上一切原形毕露，骨灰级还是骨灰级。

王雪瑛：作家成熟的标志是什么？一个作家对时代的超越性的认识，对时代生活复杂的变化过程的敏感，对社会生活中人与人之间关系的洞察，善于提炼自己的经验，形成属于自己的语言风格与体系，这些都意味着一个作家的成熟与魅力吧？

韩少功：嗯，我同意你这些看法。

王雪瑛：今年是新文化运动百年，人文精神，民国范儿，之间有什么联系？今天我们依然面临这些问题，传统与现代，东方与西方，国家民族与个人，你会想起那一代作家的身影吗？你会从他们的身上汲取精神的滋养吗？你如何思考他们的选择与理念？你如何思考五四新文化运动中作家的意义和价值？你如何看中国现代文学与当代文学的关系？有一种观点认为，中国当代文学已经可以经典化了，已经超越了现代文学的成就，你怎么看？

韩少功：要是后人都重复前人，那也太惨了。后人有义务不满前人，挑剔前人，超越前人，不过这都是站在前人的肩膀上起跳，哪怕汲取前人教训也是一种沾光借力，不能赖账的。当代文学的量超大，质的方面也群星灿烂。但敬老尊贤不仅是礼貌，也是正确把握自己的智慧。好比我们吃第三个馒头时感觉饱了，但如果没有前面的第一个和第二个，第三个馒头肯定无效。我们拿"现代文学"与"当代文学"来比，具体地遇事说事可以，但如果当团体赛来打，那就像拿第一个和第三个馒头来比，其实没有太大的意义。

王雪瑛：五四启蒙与新文学，80年代的启蒙与文学创作都有着重要而深刻的联系，那是思想史上的里程碑，也是文学史上的重要环节。你在一次座谈中指出,启蒙永远是现在时,没有完成时,这是对启蒙的意义和价值的肯定,并不是说我们当下的文学创作中也会产生一次新的启蒙运动,对吗?或者说把启蒙看成一种思想创新、文化转型以及心智的启迪,那将是真正的文学创作中需要保持的一种思想的活力和艺术的创造力?在启蒙运动中,作家以自己的创作表达他对时代的认识,他对人性的挖掘,他对未来的思索?

韩少功:即使采用狭义的"启蒙"概念,特指欧洲的启蒙主义运动,也能发现它并未一劳永逸。当初启蒙者抨击贵族时何其慷慨激昂,现在呢,"贵族范儿"回过头来迷倒了多少时尚男女?当初启蒙者抨击神学何其义无反顾,现在呢,迷信、邪教、极端的原教旨等,在很多地方不是再次朝野通吃?……何况我们说的启蒙,常常有更宽泛的含义,包括对欧洲式启蒙的再启蒙。我最近有一篇《守住秘密的舞蹈》,就写到当时启蒙思潮的一个短板:殖民暴力。事实上,日军侵华,也直接受到当时启蒙先锋福泽谕吉等人的推动,是文明等级论的产物。由此可见,启蒙从无终点,而只是现实所激活的一个个新过程。这个现实,在当前已突然变得空前地广阔和复杂了。

王雪瑛:对,更有针对性的应该是作家与作家的比较,作品与作品的分析。你在《想象一种批评》中指出,在一个正被天量信息产能深刻变革的文化生态里,批评为什么不可能成为新的增长点、新的精神前沿以及最有可能作为的创新空间?这是你对文学批评在当下文化生态中的价值和意义的敏感与认识。文学批评应该是当代文学重要的组成部分。你认为好的文学评论应该是怎样的?你关注的文学评论家有哪些?哪些文学评论给你留下了较深的印象?

韩少功：80年代的文学批评，总体来说是与现实共振的，比如有关"伤痕文学"的批评至少也是接地气的。有关"朦胧诗"、"寻根文学"、"先锋小说"的批评，虽然现在看来也有盲点，但总体上说，学理含量的得分较高，一轮轮冲击波后来才被哲学、法学、社会学等学科逐渐汲收。这有点像俄国19世纪末到20世纪早期的情况，文学和文学批评领跑在前，其实是他们的哲学、史学、社会学等都融入了文学批评，各方联动，才有了大问题、大视野、大方向。

相比之下，时下的很多批评者满足于寻章摘句，雕虫小技，有些不错的划船手，一直在小沟小湾里划。我的感觉之一，是教育体系的科层划分太细，"术业有专攻"变成了术业太偏食，偏到最后，钻进了脱离实际的牛角尖。很多时候，"文青"已成为生活中的贬义词，成了说话大而无当、行为逻辑怪诞的代称，与这种虚脱的文科教学也关系甚大。英国有个特里·伊格尔顿，中国出了他好几本书。虽然我也批评过他的观点，但他的批评充满智慧、学养以及现实感，代表了"文青"的另一种可能性。

王雪瑛：中国当代文学寻找着属于自己的、呈现中国复杂经验的方法和路径，作家的创作呈现出前所未有的多样性、复杂性，这给当代文学的研究和评论提出了新课题和新挑战。你视野开阔，同时关注国外优秀评论家的评论，这也是你对文学评论的看重吧。在你的文学创作和审美倾向中，你觉得自己受中国古典文论和经典的影响更大，还是受到西方美学思潮和经典的影响更大？

韩少功：这个问题不好说，就像要分清我的皮肉哪些来自大米，哪些来自蔬菜，不大容易。

王雪瑛：在查建英的《八十年代访谈录》中，用这样一组关

·理想，还需要吗·

键词来分别描述80和90年代：激情、浪漫、理想主义、人文、迟到的青春属于80年代。90年代则步入现实、喧嚣、利益、大众、个人……相对于浪漫的80年代，现实的90年代似乎天生缺少魅力。90年代以来，市场经济的迅猛发展对中国知识分子的心路历程产生了深远影响，知识分子的精神建构的变化延续至今。你的创作贯穿了数十年，你对80年代与90年代有着怎样的看法？

韩少功：大体来说吧，80年代单纯一些，也幼稚一些；90年代成熟一些，也世故一些。问题在于，差异双方经常是互为因果的。我们怀念单纯，包括能比对出一种叫"单纯"的东西，恰恰是因为我们已经世故了。人们滑向世故，恰恰是因为以前过于单纯了，或者说以前那种"单纯"，缺乏足够的吸引力和抗压性。

可以肯定，如果没有以前的清教禁欲，就不会有后来猛烈的利益化和物质化；没有以前的极左，就不会有后来的极右……90年代很多问题的根子恰恰是在80年代，甚至更早。这里的道理是：要看到你中之我。

王雪瑛：从你对这两个十年的看法中，可见你认识问题的思路，思考问题的方式。从时代氛围的变化中，看出它们之间转换的内在因果关系，你不仅仅区分两个年代的不同，更思索它们不同的原因，以及如何演变，演变过程中的内在联系。相对于我们对80年代意义和价值的认识，我们对90年代还处于不断认识的过程中。90年代市场经济赋予个人更大的发展空间，社会结构的变化，商业化、娱乐化的兴起，关于文学的标准正在发生显著的变化，90年代到新世纪酝酿了今天文学的丰富性和复杂性，有评论家认为90年代对文学的影响直到现在，远未终结。

韩少功：90年代至少有两件大事，一是中国进入全球化资本大市场，二是人类进入互联网时代。这两件大事带来文化生态的剧烈震荡和深刻重组。如何消化这些变化，形成去弊兴利的优化机制，找到新的文明重建方案，需要长久努力。现在只能说一切才刚刚开始。

王雪瑛：2015年诺贝尔文学奖的揭晓，世界的目光聚焦白俄罗斯作家、记者斯维特拉娜·阿列克谢耶维奇。她非虚构的写作方式成为我们认识和探讨她作品的关键词。诺奖对非虚构写作的重视，让我们又一次关注真实性这个问题。当然小说的"真实性"与非虚构作品中的"真实性"不同。一位评论家说，"真实"，涉及人对世界的认识和判断，而这个认识和判断，存在着纷繁的矛盾和分歧，这使"真实"变成了一个极具难度的目标。而现在的生活，中国经验往往比虚构的小说更复杂、更丰富，所以对作家探求、辨析、确证和表达真实的能力是一种极大的考验。你是如何考虑这个问题的？

韩少功："真实"这个话题一听就让人头大，够写三五本大部头的。挂一漏万地说，寻找真实好比剥洋葱皮，剥到分子这一层不够，剥到原子这一层还不够，剥到原子核还不够……认识不可穷尽，那么每一层都不是绝对彼岸，都可以被怀疑。后现代主义擅长怀疑，但玩坏了就成了虚无主义，觉得垃圾也可以是宝贝，只要嗓门大，指驴为马也行。这当然是掉进了另一种绝对化。

在文学这个领域，判断一种说法是不是"真"，在短期内可以各说纷纭，可以强词夺理，很难找到定案的法官。这可能给人无奈之感。但只要时间长一点，比较的范围拉大一点，人心向背这个最大的公约数，就会代表人类根本利益和长远利益的刚性制

・理想，还需要吗・

约，形成淘汰的铁门槛。这叫"天不变道亦不变"。

这个"天"就是人类的存在。哪一天人类成了芯片人或外星人，真善美的基本价值规则也许会变，但那一天我们管不着，操不上心。我这话的意思是，所谓真善美，也是一种概率性的共约，是历史性的产物。但我们这几代大概还走不出这一段历史，所以不能不心怀敬畏。

（此稿分两部分，分别载于 2016 年《当代作家评论》和《文学报》）

中编

文明广角

我最有兴趣的是把一些概念拉回到生活实践的情境中,尽可能还原成具体的人和人的活法

我们需要一种什么样的人文视野

时间：2023 年 8 月
对谈人：韩少功
刘复生（批评家，学者，海南大学人文学院教授）

历史从来都不是高纯度的

刘复生：对于 60 年代以来的社会实践和文化演进，您一直是观察者、见证者，也是深度参与者，多年来对很多重要思想文化议题曾做出了深入的思考。所以，想请您就当代思想文化的一些问题谈谈看法。

我们不妨从当下比较热闹的"重返 90 年代"这个话题聊起。为什么要讨论 90 年代呢？这倒也不全是学术界的巧立名目，而是因为它的确特殊而重要。它处在两个世纪之间，标志着历史的转折，从而占据了历史的枢纽位置。当然，这个 90 年代并不完全和自然年代重合，可以有各种断代方式和说法。但大体上，还是指市场社会全面展开的时代。它的前面是革命的世纪，而 80 年代可以视作这个"极端的年代"的最后的回声。它之后，则是全球化的市场经济时代，中国社会更深刻地卷入全球的政治经济文化冲突，自身内部也产生了复杂的矛盾和张力。90 年代居于中间地带，方生方死，既是开端，也是结束，同时暗中也携带着历史的记忆，批判中有转化，继承中有断裂，呈现出过渡期的斑驳与含混。您如何看待90年代？

韩少功：大体来说，90年代中国社会出现了激进的市场化过程，虽然没有像邻国搞"休克疗法"，栽那样大的跟头，但医疗、教育、住房都向"产业化"一路狂奔，也有深刻的教训。

改革初期尚有普惠性，农民得土地，工人有奖金，知识分子评职称，但贫富分化很快撕裂了共识。农村的辍学率反弹，基层卫生院大面积撤并，"血汗工厂"多有所闻。我们单位一个临时工打字员，家里有七个人同时下岗失业，因此不论这个打字的岗位如何过时和多余，大家还是不忍心让她成为第八个。不过事情的另一面，是这个过程中，中国人表现出强旺的竞争活力、敢打善拼的性格，当然，这也来自体制转型的倒逼。

那一段历史的大悲大喜，很难有一个简单的标识。借用王船山的观点，如果你想两手干净得避开任何代价，那叫不知"道"；如果你觉得任何代价都不值一提，那叫不知"德"。1997年我去一个县级市挂职，发现那里的国营中小企业人心全散了，有时候当官的贪，打工的偷，都在大锅饭里等死和找死。你怎么办？趁企业资产还有点残值，一分了事还算是及时止血，是最"公平"和"人道"的权宜——尽管那已是很多人眼里严重的"背叛"。如果下岗人员指控你抛弃了他们，没领着他们继续干，你能说什么？如果"男盗女娼"成了某些失业者最后的生存手段，你会觉得你的一些改革还值得炫耀？

知识界的思想分裂，其实就是对那种现实的正常反应。所谓"北有《读书》，南有《天涯》"，无非有些人在媒体上发声，捅开了有关贫富、生态、价值观、革命遗产的大辩论。

刘复生：您的这个评价体现了典型的"韩式风格"，这也是我从您的作品尤其随笔杂文中学到的重要的思维方法。历史总是在否定之否定的过程中摆荡前行的，有时难免矫枉过正，这要正确对待。但是，如果偏离远了，后面只好进行灾难性补救或报复性代偿，这就是波兰尼所说的社会保护性运动。但是，这种破坏性的大幅度摆荡要尽量避免。

90年代末以来，您一直在强调警惕左和右的教条主义，不能一根筋，任何理想原则，都不是固定的，要有经有权。评价好和坏，对和错，都是有历史前提条件的。您一方面强调社会理想，另一方面又警惕对理想的"固执"，有时甚至拿禅宗的智慧来说事，警告立足点不能踩得太瓷实。知识分子往往有一套自己的观念体系，特别容易使立场固化。一固化，在看待历史的时候就可能走偏。审视历史，就像骑车握把，不能下死力，更不能把劲儿用老。真正的批判知识分子，应该批判性地对待自己的立场，小心发言，因为自己的态度和情绪，也是受时势影响，被具体历史塑造的，而且，它还会反作用于历史实践。真正的批判性的知识实践，要对历史正在发生的偏离进行纠正，它总是比历史的"自发"纠正来得早一些。思想家不是不能偏激，如果历史需要某种文化偏执，他也甘愿说过头话，正如鲁迅，激烈地批判传统文化，进行国民性批判，他怎么会不知道这是偏执？

不过，如果思想者不能准确理解"时势"，他就无法选择经与权，选择恰当的姿态，推动社会实践往好的方向转化。这要求我们对历史、文化潮流，甚至具体文艺现象和作品，能够做出真正辩证的理解。所谓辩证，由于过多地被滥用，我倒是更愿意用中国古典式思维来把握。

我们应该看到，每一个时代都是有前提的，是历史的"因"

结的"果"。80年代的启蒙主义，是在70年代的历史废墟之上发生的，改革开放是旧时代难以为继的必然结果，那种追求"现代普世性"的偏激情绪，都是有原因的。所谓"救亡压倒启蒙"说，置身当下，我们自然不难发现它在理论上的粗疏，但是，它自有其现实针对性和无法抹杀的正当历史内容。同样，90年代也一样。这不是无原则地对一切时代进行同情的理解，也不是故作超脱地声称"超越左右"，而是说，审视历史要更复杂些，这样才能进行有效的历史批判，并为新的历史实践准备条件。

在这一点上，我对于那些立场鲜明的思想流派越来越怀疑，这种毛病在文艺创作领域就更严重。它们最大的问题，就是太坚决，而且一直坚决，拒绝对自己的理论对手共情。

韩少功：历史从来都不是高纯度的。美国的资本主义，早期其实是半奴隶主义，后来有了工会运动和福利制度，限制"赢家通吃"，超越"私产神圣"，也有社会主义的因素，哪有不打折扣的主义？从罗斯福到里根，区别大了去了，哪有一成不变的主义？你说的"一直太坚决"那种，其实都是书生折腾出来的，是学院派的口水仗。只有到实践中去摸爬滚打，才能体会出生活的复杂性和辩证法。

如果捋一捋生产链，有些右其实是"左"的结果。比如90年代很多人"斗公批社"的狂热，很大程度上正是以前一味"斗私批修"的自然反弹。包括无菌箱式的洗脑，恰恰削弱了人们后来在思想文化交汇时起码的免疫力。在另一方面，有些"左"其实是右的产物。比如90年代后期民间怀旧之风大盛，甚至为"文革"叫好的声音也偶尔出现，让众多知识精英震惊。问题来了：为什么这种声音不是出现在80年代，而是在人们有肉吃、有酒喝、有电视冰箱的90年代？难道不正是很多精英所推动、所欢呼的贫富分化，把自己的噩梦给召唤回来了？

启蒙主义的遗产常常不够用，或不合用，是因为这些剧本大多是知识分子写的，是精英教育体制的产物，不可不听，但不可全信。救亡PK启蒙、传统PK现代、姓"社"PK姓"资"、平等PK自由等，这些抽象对立搞得不少人都魔怔了，甚至不会说人话了，办不成实事了——你让他们办个企业或学校，高纯度地"平等"或"自由"一下看看！这样说，不是说这些概念没意义，只是说这些概念用不用，如何用，得看看具体情况。

古人说"识圆行方"。所谓"识"的圆通、周到、辩证，不意味着和稀泥和无原则，搞得自己无所适从。恰恰相反，这是为了更敢于和更善于行动，是为了"行方"的明确、坚定、杀伐决断、看准了就做。我有一些同行，最向往"市场"，但十年、二十年、三十年过去，你会发现他们一直热议如昨，却从未在体制外靠自己赚过一分钱，这样的"口嗨"，不能太当真。

刘复生：任何理想主义，不管左还是右，一旦丧失了自我反省能力，陶醉于自己在新的文化秩序中的优势地位，很快就会走向反面，固化为教条，从而失去它曾经的、面对旧有历史前提的进步性。您的创作，一直警惕这种固化，有一段时间，您还特别强调禅宗的智慧，警告那种脚下站得过实的执着。比如您曾经说过，对看透也要看透，对解构也要解构。这是针对90年代的思想状态有感而发的。

应该说，80年代的启蒙主义理想，目标还是追求人的解放的，它也的确在那个时代起到了积极的历史作用，这一点永远值得肯定。也可以说，80年代中国社会的启蒙主义思潮，使用近代西方启蒙哲学的语言，重新接续了马克思的"反异化"的解放方案。理论上的是非，我们姑且不论，它在方法上却同样落入了

・理想，还需要吗・

其批判对象的陷阱，它反左的教条，可是自己很快成了教条。

也就是说，80年代的启蒙主义审判和嘲讽老的理想方案的教条主义，但很快将自身绝对化，并且成为新的政治正确，文学艺术也逐渐从人道主义堕入个人主义，从积极的颓废变身为虚无主义，和90年代兴起的商业大潮互相配合，于是，启蒙就走向了"人的解放"的反面。您是最早明确意识到这一启蒙辩证法的作家，我觉得您在80年代末引进昆德拉的用意，或许就是对抗这种潮流吧。昆德拉所谓媚俗在中国有了奇妙的历史针对性。记得90年代初史铁生的《我与地坛》问世的时候，您率先推荐，给予高度评价，说：《我与地坛》这篇文章的发表，对当年的文坛来说，即使没有其他的作品，那一年的文坛也是一个丰年。之所以表达如此激烈，恐怕也有这个原因，史铁生积极转化了80年代已经庸俗化的存在主义，有力地发出了对抗虚无的信号。

您近年的两部长篇小说《日夜书》和《修改过程》，似乎有意识地要对知青一代进行批判性的反省。这些小说呈现了那代人曾有的历史潜能和丰富而混杂的创造能量，但同时，您对那代人的精神缺陷也进行了解剖，对他们的历史责任进行了揭示，并且，很有象征性地写了下一代人的空心化，不管是精致主义的空心化，还是精神崩溃的抑郁症，这是不是隐喻了新的时代病？

其实，在《暗示》《日夜书》等作品里，您已经书写了那一代。不管叫知青一代还是启蒙一代，他们的人生轨迹和历史演化，在不同的作品里，构成了一个互文的线索。有的从革命到反对革命再到商业成功，无缝转型；有的仍沉浸在启蒙的优越感中成了喜剧人物；有的甚至成了美国学界的教授，化身不接地气的"白左"，以对抗媚俗的姿态继续媚俗。

我不知这个理解对不对，所以我很想知道，您为什么在《马桥词典》《暗示》和《山南水北》三部跨文体作品之后，回到相对经典的长篇小说创作，而且两部长篇都处理知青一代？

韩少功： 我对文体试验有点好奇心，只是有时激进一点，比如写《马桥词典》《暗示》；有时做得温和一点，比如写《日夜书》和《修改过程》。由于不太自信，写作时会犹豫，面多了加一点水，水多了加一点面，如此而已。

重要的是，我相信形式与内容不是酒瓶与酒的关系，而是光与火的关系。换句话说，好的形式不是上包装和玩杂技，而是特定内容分泌、酿化、凝结出来的，本身就是"内容"的。

在我的感受中，那一代人的生活破碎而动荡，那么《日夜书》的"纪传体"也许就有了理由。让有些人物有头无尾，有些人物有尾无头，水一样流到哪里算哪里，不怎么完整那就对了。那一代人的自我认知多变而且经常失真，那么《修改过程》引入"元小说"的方法，写出一种监测小说的小说，质疑回忆的回忆，"文意"与"文料"就可能更为贯通。当然，这些东西也可能写砸，那是功力不够的另一回事。

我看重亲历性和现场感，七成左右的叙事都有原型依托，多少都有"回忆录"的底子。在这个意义上，它们"怎么写"的区别意义也许不必夸大，区别更取决于"写什么"的选择。谢谢你读得很细心。那一代人形形色色的命运和问题，确是我写作冲动的主要触发点。他们很重要吗？是在我的偏见中变得重要吗？还真值得写下来？我不知道。我只是想对自己五味杂陈的内心有所交代。如果说作家有权利想象唐朝或火星，那么对自己最有发言权的一块经验，对人间这几十年，至少不宜轻易放过。

·理想，还需要吗·

关于"人"和"世界"仍然是文艺的核心主题

刘复生：很多人说，您是一个思想家型的作家，对历史和现实有很多富于批判性的敏锐观察和思考，于是，很多文学研究把重心放在了对您的思想的阐释上，似乎文学只是个中介。当然，这样的评论是必要的，在很大程度上也是有效的。但是，我觉得在逻辑上搞反了。您在本质上仍是一个文学家，写作的政治性和批判性，恰恰是文学性的体现。

所谓文学性，当然很宽泛，不能局限在纯文学上来理解文学性。您写作中的文学性，有两点我印象很深刻，一是对形式强度的追求，二是对"人"的关切。二者对应于鲁迅所说的"表现的深切和格式的特别"。形式强度，表现为您刚才所说的文体意识，比如比较爱用元小说手法，它当然不是一般意义上的小说技巧，而是一种打破界限的思考方法。至于对"人"的关切，在您的创作中可谓一以贯之，但主题随着时代问题而有所变化。

您可以说是个理想主义者，虽然加了很多限定，表现出那么多犹疑。不过，您所赞赏的理想主义者，并不限立场，无所谓左右，最根本的特点在于人性的"高贵"。我这样说在理论上比较危险，一不小心就坠入了人道主义的意识形态陷阱。但是，谁能否认这是人类社会的一个根本难题呢？在追求理想社会的过程中，必须依赖新的人性，改造社会的过程也是改造人性的过程。好社会造就好人性，好人性造成好社会，二者良性反馈，这就是理想状态了。

应该说，50年代，培育新人的计划也是这套逻辑，只不过物质基础太弱，强行拔高，造就了很多伪君子，于是才有了后来的人欲的报复性反叛，最后造就了"伪小人"的出现，这是您在

《革命后记》里叙述的线索。拔苗助长造成的结果是适得其反，乌托邦派可能想简单了；但是，衣食足也不见得就自然知礼仪，市场主义者又未免过于乐观了。"人性"与社会状况，的确是文学的核心主题，说文学是人学，如果剥离意识形态框架，这个说法并没有错。能不能说说您在不同阶段处理"人的主题"的不同想法？

韩少功：呼唤爱与道德，不管是神学的还是儒家的，都是一些管不了大用的心灵鸡汤。曾几何时，中国差不多道不拾遗，夜不闭户，刑事犯罪率不及美国的1/70。但恰恰是那时的政治暴力最多，越是"克己奉公"者，越可能有暴力的正义感，越少自我心理障碍，从而下手更狠，类似情况在世界史也常见。

当然，在很多人看来，市场经济、拜金主义、自由化更是世风败坏的祸根，否则怀旧、复古、宗教原教旨就不可能风起云涌。

还有一种，精致的利己主义者是不是更代表"文明"？没错，这个时代的私刑可能少了，贩奴可能少了，大家更衣冠楚楚风雅今兮，但撕开金融、司法、商贸、医疗、教育、环境污染、舆论暴力、政治霸权等方面的现实真相，巧取豪夺和草菅人命是更少了，还是更隐秘了？一路飙升的自杀率和精神病率，是不是新款的杀人不见血？

章太炎说，文明进化不过是"小善小恶"变成"大善大恶"。文学聚焦个人，以认知人性为主业。不过世上从来没有抽象的人性。"人是一切社会关系的总和"，更准确地说，是各种社会条件诱发、制约、塑造了人性的多样和多变，而且这种多样和多变本身，又构成了"社会"的一部分。在这种几乎无限的缠绕中，最烂的人渣也可能爆发出惊天动地的情义，人见人爱的君子也可能暗藏着贪婪和冷酷。只要社会提供新的条件，就可能产生惊人的人性反应。

说实话，我对这些差不多有一种迷恋，总是把小说重要的位置留给他们，就像鲁迅把这些位置留给阿Q、祥林嫂、孔乙己，不会留给赵太爷、假洋鬼子，即那些高纯度的"坏人"或"好人"——尽管那些人在生活中也可能是有的，也不无美学和社会的意义。在意识形态极端化的时候，那些标签化人物还更容易被识别、被理解、被大众舆论接受与喝彩。

有人说，你的缺点就是褒贬"不鲜明"。我在这一点上认命。也许，慎对善/恶、是/非、美/丑的"不鲜明"，正是我再鲜明不过地拒绝那一类二元框架，再鲜明不过地质疑我读过的很多小说人物。

刘复生：所以，您对人性问题的看法从来不是理想主义的。虽然您始终是个理想主义者，更准确地说，是个低调的理想主义者，现实主义的理想主义者，"过程主义"的理想主义者。您发明了一个概念"完美的假定"，围绕它写了一系列杂文随笔，一再重申，理想社会是个设想，是个不可缺少的虚数，但不可作为固化的方案或历史的终点。在表面上看，这个说法似乎有点阿多诺或巴丢，但其实，它更多地暗含了中庸的智慧和禅宗的思维。

您一直是反激进的。这不是理论的推演，而是基于历史的体验和观察。一说反激进，大家可能会想起80年代末兴起的所谓"反激进主义"思潮，但那个反激进有着明确的意识形态内涵，即反"左"，而您是"左"、右都反，由于反思五四到革命的激进成了滥套，甚至变了味，您就把重点放在反右的激进上，于是您就被归入了所谓左派。

贴标签一直很没意思，越来越没意思。自由主义的教条，右的激进，发起疯来，和左的癫狂，没什么两样。左和右的执着和迷信，底层逻辑都差不多。

韩少功：所谓左和右，其乌托邦的共同前提，都是高估"人性"。革命空想家以为人人都可"大公无私"，市场空想家以为人人都有"利益理性"。其实少数人做到了，不等于大多数都能做到；一时做到了，不等于可以永远做到。这些乌托邦不过是出自概念推演，就像有些人根据力学原理去构想永动机。

他们忘记了，任何制度都是大活人的制度，哪怕一时有效，也总是会遭遇大活人们不断地挤压、磨损、侵噬，产生"耐药性"和"抗药性"，使之逐渐变得低效和无效。在这个意义上，制度迷信者们都应该有一点文学的补课，多一点对人性多样和多变的了解。事实上，优秀的文学家从来不会一根筋。狄更斯、雨果、托尔斯泰、鲁迅等处理时代大变故，从来都会让我们感受到生活和人的复杂性。底层民众最务实，也最不容易极左或极右。这话的意思是，如果精英们眼下不方便深入民众了，那么读点好小说，或可作为一种间接的弥补。

刘复生：新世纪以来，您发表了不少文章审视民族主义，既肯定它的历史作用，又批判它在当下的消极意义，表达了历史的隐忧。您为什么会关心这个问题？

韩少功：民族主义，不是什么理论问题，说到底是心态问题。日常经验告诉我们，最容易"卑"的，也最容易"亢"。反过来也是这样，无非是势利者的一体两面。不久前还哭着喊着热爱八国联军的人，最可能一转眼就在更弱小的群体面前八面威风，肤色什么的只是碰巧成为他们的借口。中国人钱多了，这种变脸指定会多，这是我1990年代以来多次参团出访的发现之一。

有一位英国的生物学家叫莫里斯，说得很聪明，大意是：假如一个爱尔兰人打你，你为何迁怒于所有爱尔兰人？其实那人也可能是高个子、山地人、棒球手、B型血者……你为何不迁怒于所有的高个子、山地人、棒球手、B型血者？这就是说，用某种语言、血缘、习俗来打包和绑定相关群体，定义尊卑或敌我，是相当低级的逻辑错误。但有些人就是不愿去听这些小学生都能懂的道理。他们己所不欲，偏施于人，不论在阶级之间，还是民族之间，把跪舔和被跪舔当作了人间唯二的姿态。极端民族主义就是这德性。

刘复生：您把民族主义说成心态问题，这个倒是很新颖，心态问题也就是态度问题或归因问题。最近十年以来，随着全球化进程逆转，出现了世界性的民族主义思潮、宗教保守主义复兴，国际旧秩序出现崩溃的征兆，于是，很多挫败的群体把自身的困境归因于另外的族群，这种情绪又被政治势力所利用。而这种潮流一旦形成，又成为自我实现的预言。

您对民族主义的反省，是对这一文化危机的回应，背后其实隐含着一种更高的世界主义的眼光和历史的视野。读您的近作《人生忽然》，有相当篇幅和这个议题相关，我感到里面有一种文化比较的意思，提醒读者放下先入之见，更复杂地去理解其他的人群，不一样的文化，不一样的活法，更重要的是，在历史与全球化语境中，来理解这种"不一样"的形态得以形成的原理，并用这种新认识来反观自身，从而想象一种更合理的全球政治，做出自我的选择和站位。

这种文化比较的意识，和80年代当然是不同的，甚至，在很大程度上，就是要破除八九十年代以来的种种刻板印象的。您写到拉美、捷克、中国香港等地，我印象最深的是对拉美民族性格的生动记录和分析。那些一般人固定化的印象，外人识别拉美的文化标签,比如浪漫,热情,富于文学想象力,魔幻现实主义,您认为都是被历史塑造的,是抗争的历史遗留,也是抗争失败的痕迹,是历史创伤在民族性格上的体现和结晶。今天,在殖民结构悄悄延续并固化的文化格局里,这种地方文化、民族性格一方面仍然依稀保留着历史记忆和反抗性的基因,另一方面也在被收编进全球现代文明秩序,成为被消费的无害的异域风情,同时也被锁死在低水平发展的陷阱里。这构成了这些地区性格深处的忧郁。所以,您在文章里对拉美和波希米亚寄予了深切的同情,也对现代世界体系和权力关系进行了隐含的批判,也对那种文艺青年式的过于表面化的欣赏表达了讽刺。在我看来,这都是重新睁眼看世界的文章。

韩少功:文艺是个好东西,但"文青"已声名狼藉。可惜我们大多数对世界的观察和书写,至今还是文青式的。在很多人眼里,好像世界上只有两个国家,中国和"外国",甚至"外国"等同于"西方","西方"等同于西方的景区和宾馆。这叫"不知其然"。哪怕很多西方人自己来写,可能也说不清,或故意不说清西方内部的差异性,更说不清,或故意不说清这些差异的来龙去脉,何况中国人呢?这叫"不知其所以然"。

文青就是擅长抒情,擅长大惊小怪,把世界和历史简单化,统统做成情绪标签和流行姿态。这就给全球化埋下了一个大雷,涉外知识远远跟不上各国利益交织的深度和广度。换句话说,人们一直在同陌生人打交道,以为对方就是那样了,其实对方偏偏就不是那样,远远不止是那样。眼下的所谓"逆全球化",包括"新冷战"呼之欲出,在很大程度上就是各方相互误解的必然结果。

很久以来,我对某些旅游手册和流行史观不以为意,到了国

·理想，还需要吗·

外什么地方，最重要的节目是接触当地人，包括出国的华商、侨民、外劳、留学生，淘一淘他们的亲历亲闻，用他们的生活细节来鉴别书本知识，看布罗代尔的方法论好在哪里，看马克斯·韦伯说对了哪些，又说错了哪些。还有种姓、蒙面、同性恋、犹太人等谜团般的问题，中国人比较生疏的问题，到底是怎么来的，为何超级敏感，居然闹出那么多大事！

这些谜题都有待深挖。恐怕不是教科书上说的那么简单。"文学就是人学"么，这都是文科生本该做的事。如果文科生只是留下了一些文青式的世界观，跟着经济学家说点GDP，跟着宗教家说点善与恶，那就太丢人了。

当下知识生产状况的挑战

刘复生：我感觉，这么多年来，您一直在想象和践行一种开放的人文学，所谓文学正好是它的载体，从《天涯》改版，办"大文学"的"杂志"，到写作四不像的小说，您都有意打通小说与杂文的界限，也破除文学文本与社会文本之间的壁垒。其实这些界限都是近代以来被人为建构起来的。文学受害最重，成了专业，"纯文学"成了一种知识体制，于是，文青成了一种风格或姿态，成了骂人的称号。

近年来您写了不少随笔讨论当下知识状况，涉及人工智能的挑战、人文学科的功能等。可以看出，一方面，您对当代的人文教育和知识生产是持批判态度的，但另一方面，又对真正的人文智慧表现出了充分的信心。其实这种想法的雏形，在90年代的杂文里就有了，在《暗示》和《山南水北》里面也有所表达。

现在看，知识生产问题越来越严重了，它与社会危机和人的危机互为表里，知识被过分体制化，无限专业细分，使得人们的思想和视野局限在一个个狭隘的格子里。可能有人会说，现代知识爆炸，这也是没办法。但是，我们要反过来问一问，爆炸的合理性在哪儿？我们需要那么多知识吗？这也是尼采之问。当下的知识生产，已经碎片化了，而您一再说，在分裂的知识之上，必须要有一种整全的智慧，心智要有抓大放小的能力。人文学科、文学艺术，如果也陷入了不断生产和创新的焦虑，胡子眉毛一把抓，也就迷失了根本问题。知识，最重要的是要与完整的生活实践相接，不能脱节"自嗨"，现在的知识和文学，出现大量的脱实向虚，陷入了内部循环。

当然，这种知识生产局面的形成，和资本主导的社会生产方式密不可分，于是，知识越来越技术化，与利益捆绑。人文学科也实用化了，现在连高考报志愿，都首先考虑好不好就业，中文专业最近又火起来了，因为好"考公考编"，出路广，进入体制的机会大。我看您的意思是，如果人文知识充分技术化了，那被人工智能取代，就是必然的，也是活该。有的人表面上反对这种实用化，刻意强调"无用之大用"，其实不过是自废武功，自我了断，它先在地认可了现代分科体制对自己的意识形态定位，把自己局限于修身养性的小玩意儿的位置上，也就谈不上什么"人文"性了。

不管是极端民族主义还是民粹主义（这个概念也是个坑），其实都是知识失能的结果，反智主义有时是有知识支持和理论背书的。

您为什么关心起知识生产问题来？您读书面比较宽，各种社科理论，当代科学发展，您都能广泛涉猎，您怎么看待人文知识分子的阅读和知识吸纳？

·理想，还需要吗·

韩少功：知识爆炸带来了专业细分，一不小心就是知识碎片化，甚至头痛只医头皮，脚痛只医脚毛，知识界总体上虚肥失血。眼下不少论文已没几句人话了，你捏着鼻子躲都来不及，浪费了多少国家资源和青春时光！

其实，问题不在于专一点，还是博一点。专才和通才从来都是需要的。但好的"专"，要靠"博"来滋养，否则就成了"牛角尖"。好的"通"，要靠"专"来辐射和拉动，否则就成了"万金油"。

要命的是，文、理科都一窝蜂向工科看齐，过分的急功近利之风正在瓦解正常的认知机制。有些知识的功利性强，较容易变现，比如工科技术，这很正常。但有些知识功利性弱，不容易变现，但同样是知识生产的刚需。这就像一棵"知识树"上的枝呀，叶呀，根呀，花呀，不像果品那样好卖钱，但如果没有这一切，果从何来？求知者挑肥拣瘦，跳过过程摘果子，只挑"有用"的学，只挑那些能答考题、发论文、评职称、报项目、谋高薪或挣流量的学，能学成什么样？

眼下连不少教授都习惯于冲着C刊"精准"读书，读得苦巴巴、气吼吼的，也算读书人？有一个我曾经最看好的学生，私下来表达苦恼："老师，你说的都对，但没有用啊。"在这里，对于他来说，"对／错"居然不重要了，是老皇历了，衡量知识的标尺只剩下"得／失"、"盈／亏"。这种时代风尚对于文、理科的基础性领域来说，正在构成毁灭性打击，把一片片的"知识树"林砍伐殆尽。

至于你说的那自废武功者，看似很想得开，实际上是时尚的另一面，是知识碎片化的另一面。他们曾纠结的，只是个人功利那几颗酸葡萄，与他们瞧不起的俗众没什么不同，眼里同样没有文明发育与人类社会的大功大利。吾爱葡萄，但吾更爱真理吧？在真理面前，怎么能轻言超脱和了断？怎么可以一头躲进吟风弄月和雕虫小技，避开那么多重大的"对"或"错"？如果你无心于此，对真理一开始就从未在乎过，那只能说你确实废了，并不是整个文学以及文科废了。

刘复生：工科为王的功利主义思维其实违背了科学的求真意志，而自甘边缘的文青式高雅姿态也远离了真正的人文精神。真正的人文教育是包含理科的，而科学家也应有人文的视野。不必说中西的古代圣贤，就是文艺复兴时期的巨匠，五四时代的大师，也都是文理兼修的。马克思、恩格斯对于最新的科学成果都有很深的理解。爱因斯坦也能拉一拉小提琴，而且看他的文集，也不难发现科学追求背后的宗教性的情怀。

当然，时代不一样，现在可能难度更大了，但是，有没有这种意识，仍然是衡量人文知识分子和真正的作家的一个标志。我曾有意地和不少作家聊过这个话题，发现很多人阅读的范围只局限在文学艺术，最多再关心点历史和哲学，对社会科学兴趣都不大，更谈不上科学技术了。有人是没这个能力，也有人是有意排斥，据说怕伤了审美感性。

从我个人偏见看，如果一个作家，接触起来感觉不好，比如视野狭窄，不能具备复杂思考的能力，对社会现象缺乏敏锐的理解，我是无法信任他的写作的，也没什么兴趣读他的作品，哪怕作者人再聪明，也有一些零零碎碎的杂学，而且仅就文本来看，似乎很有写作技术，很有来历。当然，这是偏见。

真正的人文思想和文学艺术，在头脑上应是均衡的。这样的人文，才能保证社会的均衡。

韩少功：这么说吧，打从我少年开始，一个半公开的秘密是,相当一部分学生选文科,不是出于兴趣和志向,而是数理化实在啃不动,于是觉得文科弹性大,难度低,容易混,就犹犹豫豫地退而求其次。他们的文才其实不一定比得上某些理科生,因此常常处于某种校园歧视链的低端,也就在所难免。在这个意义上,什么时候文科能吸纳更多智力资源,包括也成为一些理科学霸的兴趣和志向,让他们割舍不下,技痒难耐,心驰神往,文科就回归正常了,就更有希望了。

人总是各种各样的。我们当然要容许偏科,甚至容许偏见。但不论何种偏见,总得有及格的智商,比如能举一反三,触类旁通,自圆其说,自成一体,有起码的书本知识或实践经验为支撑,让人不能不认真对待。怕就怕在,有些人就那么几个标签,就那么点虚头巴脑的花言巧语,还硬说这就是"美学"或"哲学",硬说这就是"多元"中的一元。

这些人连当一个工匠、一个商贩、一个爸爸或妈妈都脑子不好使,干啥啥不成,凭什么要我读你写的书,给你交"智商税"?

所谓感性和理性的大体平衡,其实是一个很低的要求。精神病最多见的病态,一是视而不见,听而不闻,饿不觉饥,冻不觉寒,这是感觉的缺位;二是胡言乱语,喜怒无由,指白为黑,误果为因,这是理智的缺位。哪一个缺位都会造成心智崩溃的。可惜的是,眼下全球一大批名校里精神病高发。在教育看似高度发达的今天,世卫组织说青少年的抑郁症反而越来越多,估计2030年抑郁症将超过心脏病和癌症,成为排名第一的疾病负担。我们的教育体制和专业风尚,对此是不是也有一份责任?

这也就是说,你偏文或偏理,偏"思想"或偏"艺术",也许并不要紧,但你得首先是一个正常人,心智健全的人,心智功能均衡在线。相反，奉行一种奇怪的偏食战略，偏要一条腿走路，比如说给文科脑子一味填灌感觉，给理科脑子一味填灌逻辑，不仅是外行的想当然，而且是罔顾生命。

刘复生：人文学科和文艺创作，自身问题是比较大。所以，受到工业党的嘲笑，也就不足为奇。当然，当下不分青红皂白地贬损文科无用，也和保守化的全球文化相关，至少是被这种状况加剧了。我们又来到了一个金铁主义的时代。战国大争之世，各国当然都更重视理工科，而文科尤其是人文艺术自然就靠边站，毕竟后者帮不上什么忙，说不定还喊喊喳喳帮倒忙，自然不受待见。

冷战结束以来，所谓"极端的年代"终结，全球范围内民族主义兴起，文明的冲突成为主调。当然，不可否认，民族主义有合理性因素，在历史上更是发挥过重要作用。正如您文章中指出的，像波希米亚的悲惨命运，就和缺乏一个民族国家的政治实体有关。

只讲情怀和审美，也是挺危险的，看似和现实政治无涉，却可能掉进另一个政治的坑。比如您写到的拉美某些国家，文学艺术片面发达，虽然很了不起，但如从民族的角度看，何尝不是病后之珠，痼疾的美丽结石？正所谓江山不幸诗人幸，从此把自己锁死在只负责生产浪漫和魔幻想象上，也是挺让人叹息的。

现在明显是矫枉过正了。金铁主义，民族国家各自为战，生存竞争第一，人文和文艺要么靠边站，要么被完全整合进功利性的宣传，肯定也不是好现象。

韩少功：硬实力靠理科，软实力靠文科，大体上是这样吧。用前者打造不平等，然后用后者甜化这种不平等，无非是攻城与攻心并举，差不多是资本和权力玩家们的战略默契，也是历史上一切问题社会的常态。接下来，让工业党和情怀党相互对立、相互疏离、相互贬损和嘲笑，表面上是文人相轻的陋习，往深里看，更是寡头集团乐见的知识界分裂，便于他们对知识生产实行分头的管控和规训。

爱因斯坦说过，科学家的功劳"远远比不上基督和佛陀"，这决不是他瞎谦虚和装圣母，因为他知道理科要靠文科来立魂，来保健，来建护栏，否则让科学野蛮生长，就可能成为魔鬼，只是可疑的机关枪、原子弹、生化武器、工业污染、全球气候变暖。在这里，那些看不起人文情怀的"工业党"，实际上是看不起爱因斯坦，是背弃历史上所有真正伟大的科学家，对自己的专业有严重的误解和无知。

另一方面，文科总是靠理科来成就的。儒家再好，若无坚船利炮，有多少人信呢？自由主义或社会主义再好，如果没有高生产率，那还不唰唰唰掉粉？中医也许是一个更简便的例子。中医的"治未病"、"心身同治"、"同病异方"、"下医治病、中医治人、上医治国（指环境和社会）"等理念，与西医相比，至少与旧时代的西医相比，都别有洞见和优势。但你医理再高明，错过了显微镜的光学工业，错过了抗生素的生化工业，错过了 X 光和 CT 的原子工业……那对不起，就只能妥妥地戴上"传统医学"的帽子，说服力和适用范围大受局限。

因此，古人说道术相济，包括无"术"不成其"道"。任何好的人文成果都不能止于口水沫子，得靠手段、媒介、载体、工程、物质成果的硬实力，才能走向人民大众，把情怀兑现为天下福祉。在这个意义上，一个文科生的合理自尊，恰恰离不开对理科的关切和敬重，包括对某些"工业党"的鼓励，而不是相反。有些理科生可能偏执，但文科生最不该这样。

· 中编　文明广角 ·

传统并不是什么万应灵丹

刘复生：在相信自由主义的时代，比如西方的 70 年代和我们的 80 年代，审美代表自由和超越性，而且它代表着普遍性，正所谓无论中西，人同此心，心同此理，四海皆同。这种文艺腔固然很清新，在政治上却很幼稚。它的末路，就是原子化个人主义，于是招来各种社群主义的矫正。而且，现代性的政治经济危机不断深化，"普世价值"的幻象破灭之后，受威胁和被伤害的人群，就试图退缩到民族认同和传统价值里，去寻求现实保护和精神安慰。这既瓦解了基于真实社会结构的政治联合，也建立了基于文化价值和族裔特征的社会认同。所谓文明的冲突成了现实。

这个时代，全球范围内似乎出现一种野蛮化的趋势，在政治哲学上，似乎退回到了 17 世纪的世界，也就是霍布斯的时代。人与人之间是互相提防和竞争，国与国之间也是彼此对抗，不可能真正合作，基本上是零和博弈。世界成了黑暗森林。谁心软谁被淘汰，谁先动心就输了。这个时代，最重要的是生存决断。这种情况下，人文学不但无助于活得更好，反而成了生存的障碍。被嘲笑也就是自然的了。

的确，迷信那些被设计好的"普世价值"的剧本，无异于被卖了还帮人数钱。但是，大同理想，"自由人的联合体"，"同一个世界，同一个梦想"，难道真的就没意义吗？当前，全球文艺，流行《权力的游戏》《狼图腾》式的作品。最近看了某些国家各自的历史大片，要么是只讲强力生存的价值中空化的叙述，要么是强调捍卫本民族的文化价值和生活方式，基本上不去想象一个共同的世界了。

韩少功：不论对错／只讲得失的求知态度，从日常生计上升到政治层面，就是不论对错／只讲敌我。这样，一切知识都双重标准，都越来越武器化，与货币、能源、艺术、法律、宠物的武器化同步配套，就像当年宁要什么主义的"草"，不要什么主义的"苗"。

刘复生：人文学科和文艺，大概不能没有理想的世界主义吧？虽然它要批判性地反对那些意识形态化的"普世主义"。您曾在文章中描述过您心目中的理想主义者，最重要的一个标志，就是能够超越自身的国族和阶级的限制。那么，对于当前的文化思潮，您如何看呢？

韩少功：对于受压迫一方来说，民族主义通常是精神盾牌，阶级斗争通常也是去疴猛药，具有充分的正当性。但如果没有"解放全人类"的坚定理想，不讲世界大同和天下一家，所有的反抗就埋下了隐患，很可能是换赢家不换游戏，新老爷取代旧老爷，于是当事人越来越像自己的对手，最终变成自己以前最不能忍的那种人。

这种反抗有何意义？回到霍布斯和施密特那里，只剩下个人或群体之间全面的利益混战，那就把20世纪白过了，退回到那以前反反复复的"改朝换代"，把自由主义或社会主义的精神价值，也统统输光。想当年，苏联不谋专利派专家来中国慷慨援建，美国飞行员不惜生命来中国帮助抗日，西班牙保卫共和的国际纵队里，也活跃着中国义士们的身影，与毕加索、海明威、聂鲁达、加缪、白求恩等并肩战斗……那就叫"20世纪"！

20世纪诚然有过糟糕的故事，但也有过那些令人永远难忘的真实场景。

当然，理想不是要许诺一个天国，而是给世俗行为确立一种标尺，形成一种牵引，催化一种过程。这也许就是你说的"过程主义"。就像绝对的"客观"不可能，任何认识成果都只是相对接近而已，但如果没有这一标尺，所有纠谬的努力，该如何判别成效？又有何必要？完美的"公平"也难以想象，但只要你在日常中反抗霸凌，那就反证了"公平"这杆秤还在；只要你对无耻和邪恶嗤之以鼻，那就反证了"公平"的幽灵还在你心中。没错，任何一个人忍不住的反抗和厌恶，都是理想尚存并持续有效的坚实证据。

在这里，对于不习惯高调的大多数人来说，理想通常是通过反证来显现的，是对付黑暗时才想起的路灯，是对付病患时才想起的良医——即便路灯和良医并不是每时每刻都需要，都赫然在场。

正是基于这一点，危机和灾难从来都是人类最好的老师，比高头讲章要有效得多。放到当下来说，越是个人或群体之间的合作难以为继，越是闹到大家都受不了的程度，"同一个世界，同一个梦想"的理想苏醒才会越近，呼之欲出的势能才越大。时势造英雄，时势也造理想。人文工作者也不必过于悲观。

刘复生：冷战时期彼此妖魔化。其实不管姓"社"、姓"资"，现代性的左右两枝，在源头上都是理想主义的，至少在目标和观念上，都在追求自由人联合的社会理想。但实践上都不断失落，不断"异化"，主流自由主义的现代性渗透了权力逻辑和殖民逻辑，而"革命"道路也历经曲折，造成了巨大的伤害。90年代以后，一般意义上的左和右，都不看好乌托邦方案和"普世主义"了，捎带着，把一切理想都抛弃了。

韩少功：" 成功术"崇拜就是这样的，放大到国家层面，就是谋略家多而思想家少了。

·理想，还需要吗·

刘复生：在大众文化中，不管革命还是反革命，都在讲述被理想主义辜负的创伤。西方，当年"正能量"爆棚的谍战剧，90年代末以来，热衷讲述新主题，英雄们被上级套路，成了炮灰。于是，不再相信组织的弃子们要重新追问"我是谁"，为自己和战友讨回公道或说法。《碟中谍》《谍影重重》两个大IP都是这个套路，就连007也被组织出卖了。

一个社会总要有个理想主义，总要追求正义，自由主义最大的问题，就是在哲学上不认可共同价值，如果非要说它代表着一种理想主义，那么，它也是中空的。不错，它是集体与共同体压抑性的解毒剂，作为一种积极的现代价值必不可少，尤其是在特定历史阶段，发挥了巨大的解放功能。但它本身如果成了社会的根本原则，很可能就慢慢侵蚀和瓦解社会存在的基础。

于是，既然无法信任放之四海而皆准的理想，人们便开始选择保守主义，回归传统，这背后就具有了寻找生活原则的意味。传统和社群，除了前面说过的救助和保护功能，还意味着某种实质价值，也代表了一种共同生活的社会理想，至于这种向后看的复古情绪，能否成为解救现实困局的灵丹妙药，那也顾不了那么多了。

谈到传统，大家都知道，您当年是寻根文学的代表作家，也写出了最有影响的理论宣言《文学的根》，时代语境完全不同了，现在很多人倡导的回归传统和当年的"寻根"在内容上也完全不同了，而且，据我所知，您的"寻根"在当年也是别有怀抱？这种主张或态度在后来又有什么变化？您能不能谈谈对这个问题的看法？

韩少功：三十多年前的"寻根"，是因病立方，同时针对"左"的"横扫四旧"和右的"全盘西化"，差不多是一时救急。

到现在，本土传统早已不是禁忌，甚至已成为时尚，连消费领域里的国潮、国风、古装影视片都铺天盖地，语境大大变化了。

问题在于，"根"再好，也只是创新的资源，不应成为复旧的目标，这一直是"寻根"的应有之义。文化的生命力，在于永远动态向前的创造，因此全盘西化或全盘复古，看上去是两回事，其实同是思想的懒惰。有人曾号召"回归国学"，但晚清王朝比眼下"国学"得多吧，儒林士绅满街走，为什么混不下去了，还是要走向共和？

一位印度学者说，你们的妇女解放就不是从传统中来的，不能不说是社会主义的收获。他的看法没错，中国现代妇女没理由感谢"三从四德"，中国人也不必相信传统资源是百宝箱，应有尽有，每用必灵。钱穆先生认为，中国大一统的官僚制度，有别于世界史上宗教、财阀坐大生乱的弊政，不是没好处，没那么不堪和丢人。但他恐怕也得承认，这一"国粹"用着用着也百病缠身，病入膏肓，最终拖垮了一个个盛世王朝。这就像西方的民主也有过高光时刻，有过除庸去贪的高效能，但用着用着也变了味，陷入如今的政党恶斗和社会撕裂，造成一个个政治危局或死局。在这里，照搬他人或照搬古人，是不是都风险特大？

以为好制度必有永远的保鲜期和有效期，是不是书生之见？如果说西方的"选举"被玩坏了，那么本土传统的"举荐"，被钻营者们适应、摸透、掏空、扭曲、变通套利，形成屡禁不绝乃至愈演愈烈的"官僚主义和形式主义"，不也是大概率？

"学我者生，似我者死"。"似"与"学"之间，隔了一个创造。妇女解放等成果显然都是创造出来的。任何好的思想、文化、制度都离不开因地制宜、与时俱进的敏感和勇气，离不开实

·理想，还需要吗·

事求是、解放思想的洞察力和想象力。

刘复生：当下的寻根，隐含着一种本质主义的冲动，真的是要皈依大传统，一般就是儒学。而80年代的寻根，对历史上的大传统还是持一种造反态度。发掘小传统，既包括去寻找传统官学的边缘，主要是经学之外的子学，比如老庄，还有禅宗，也包括去打捞那些沉淀在深山僻壤的乡野民俗。这里面体现了一种边缘立场和非主流气质。

我觉得边缘立场是您一以贯之的态度，这也决定了您和当时的寻根思潮的貌合神离。因此，寻根，对您来说，只是一种临时站位，脚下是决不会踩实的，不可能走向对传统或民间文化的迷恋。您的姿势是横站式的，一方面，在特定的时势中，要肯定某些小传统的意义，另一方面，也要对边缘的固有缺陷保持警惕。如果整体看，您笔下的楚文化或湖南乡野，一直是包含两面性的。

您要寻的根，或传统，并不是一个实体，而只是一种内部不断更生的对立结构吧。历史上看，礼失求诸野。主流与边缘的不停冲突，构成了中国文化史演化的动力。百越与三苗，是被正统放逐的失败者，蚩尤的子孙，作为中国文化的异端，事实上也是传统这个大系统预留的修正性BUG。每当中原的正统衰微之时，边缘力量就爆发出来了。在近代，湖南和广东的力量就发挥作用了。您后来到海南，也算是进入了更远的边缘，后来办《天涯》杂志，也是标举一种Frontiers精神吧？

韩少功：这个还真没怎么想，只是对主流正统的其势汹汹或冠冕堂皇，总是有一点警惕。应该说，文化相互融合与冲突的过程一直并行不悖，极为错综复杂，何况中国幅员这么广，历史这么长。

当年儒学从周公到孔孟,创造了一个文明大高峰,只是一旦被奉为庙堂官学,也会产生压迫性,压抑边缘、草根的文化活力,比如形成一种精英迷信和社会等级制,一种士大夫的遗传病。正是在这种情况下,国学大师钱穆低估现代革命,觉得穷棒子们没文化,没根脉,没气象,肯定成不了事,乌合之众而已。这就是他被老儒家的精英傲慢,一路带沟里去了。

刘复生:您是一个行动派,追求知行合一,在体制内外都进行过探索。看您的评传,感觉您从事文学创作也是一个意外,当年如不是家庭变故,政治形势巨变,您大概会学习理工科,以更直接的方式追求自己的社会理想吧。以写作为业,也是阴差阳错。当然,既然选择了文学,您似乎也不甘心只是舞文弄墨,肯定希望借由文学通达更高的关怀。这不是不讲文学本体——您一直热衷于文体实验,这点大家有目共睹,而是说,文学,本就包含着更丰富的社会维度。所以,我一直想问您,您心目中最好的文学是个什么样子?一个作家,最好的写作状态是什么?您现在还有这样的文学的激情吗?当下,一个作家应该选择什么样的姿态?

韩少功:语言文字涉及天下万物,因此凡文献都可能是literature,文学从来都是很"大"的,在科学大咖或快递小哥那里也从不缺席,哪怕写一点一滴也可能有呈现世界和历史的"全息功能"。

只是,不管采用哪种文体,不管文学将来变化成什么模样,我都希望文学写作是出于一种不吐不快的冲动,多少能打动人或启发人,不至于是多余的饶舌——老家伙们可要特别注意这个毛病了。

(原载于《当代作家评论》2025年第1期)

人们不思考，上帝更发笑

时间：2008 年 1 月
对谈人：韩少功
孔见（作家，海南省作协原主席）

孔见：你成长的过程中，有哪些记忆让你终生难忘？能否谈谈你最伤感的时期和最伤感的事情？

韩少功：对不舒服、不开心的日子总是记忆深刻一些，尤其亲人的生离死别更是如此。要说最伤感的时期，第一要算十年动乱中父亲的去世和家庭变故。卡夫卡对他父亲说过：我之所以在作品里抱怨，是因为我不能趴在你的肩膀上哭泣。我也是在那时候失去了一个可依靠的肩膀。第二可能是 90 年代初期，当时发生了一些事，使我有被背弃和孤立之感。在那以前，我觉得尼采很难懂。在那以后，我突然觉得尼采不过是通俗的实话实说。

孔见：新时期文学延续了三十年，有的作家走着走着就另辟蹊径走出了一条新路，但你一直在这条路上走着，保持着一种进取的姿态。我想，其中除了你始终保持对现实问题的敏感，还有一个原因，是你保持着学习的态度，不断寻找新的思想资源，交叉阅读中西方的经典作品。我有一个叫洪小波的朋友是你的读者，他很钦佩你一直保持着精神上的成长。

韩少功：作家的兴奋点很重要。让他兴奋起来的，开始可能是好奇，是名和利，还有生活中积累的冷暖恩怨。我就是这样过来的。到后来，马拉松一样的文学长跑需要持久动力，那就需要信念的定力和思想的活力。我读书并不多，聊感欣慰的是，我喜欢把书本知识与实际问题结合起来，抱着怀疑的态度读书。

读书不是读古人的结论。古人再高明的结论拿到今天来也可能是无用的。我们需要读出古人的生活，看他们是面对什么条件和环境提出什么样的见解，以便解决当时的问题，回应当时的现实，这才能够体会到他们的智慧。

孔见：也就是说，任何话语都是面对某种现实和谈话对象而说的，读书必须能够还原这种对话关系来理解所说出的东西，不然就可能把书读死了。因为换一种形式和对象，话就不能这么说了。法无定法，说的也大概是这个意思。

韩少功：是的。除了读书，还有一个关怀半径。有一个作家对我说，他很长一段时间里提不起神，觉得没什么好学的，没什么要说的。我问他：世界上每天发生那么多的事情，贫困、压迫、暴力、死亡、伤害、对抗等等，你都看不见吗？或者看见了你都心安理得？当然，那些事情都可以与你没关系，有关系那是你自找的，是你关怀的后果。这就涉及一个人的关怀半径。如果你的半径足够长，你就是一辈子不停顿，也想不完和学不完，成天有忙不完的事。

孔见：说到关怀，是一个关键性的问题。对人的关怀是文学的传统，但关怀人是关怀人的什么东西？是物质生活上的嘘寒问暖，欲望上的满足和放纵？还是精神上的升华和进化？这是一个值得深究的问题。不好笼统地谈论关怀。

韩少功：这一点问得好，很少有人这样问过。人总是受制于人的基本条件。比如说，在粮食有限的情况下，我吃饱你就吃不饱，你受益我就不受益，因此人都有利己的本能。但人还有恻隐，有同情，有感同身受，看见别人受苦自己也不舒服，这是因为人还有意识和情感等精神世界的活动，成为群体联结的纽带。

就物质利益而言，人都是个体的；就精神利益而言，人又都是群体的。这就是人的双重基本条件。没有人敢说他没有自利的本能，也没有人敢说他从无恻隐和同情的心头一颤，即利他的本能。人的自我冲突，或者说半魔与半佛的纠缠，就是这样产生的。

我们看到街面上的一些可怜人，但不能停下来一律加以帮助。看到一条流浪狗恓恓惶惶饥寒交迫，也没法把它带回家收留。我们会有一种罪感。在另一方面，在复杂的因果网络里，恶因可能促成善果，善因可能结下恶果。比如，我们帮助一个人，给他1000块钱，但也可能使他变得懒惰，学会了坐享其成。那么这1000块钱是帮他还是害他？

总之，一是我们能够做的很少很少。二是我们不知道自己做的是对是错。因此我们会有很多视而不见，会有很多遗憾和欠账，如果说"原罪"，这就是原罪。但我们也不能滑向虚无主义，不能说佛家"无善无恶"就是纵恶。康德说，道德是"自我立法"，并无什么客观标准。所以关键是你心中要明白：你是不是动了心？你是动了什么心去做这件事？我们对自己大概只能管住这一条。

至于社会，从来都不是完美的，也不是完全糟糕的，情况总在历史的上限和下限之间波动，在人性总体合力的上限和下限之间波动。三千多年了，基本上没有出现过理想社会，只是不完美社会的不同变体。这不是什么悲观,是一种现实态度。我们的积极能动性表现在:当社会状况比较坏的时候让它不那么坏。我们不能实现天国,但我们能够减灾和止损。这当然只是局限在物质利益分配方面的关切。至于在精神上提升他人,比如让所有的人都成为"舜尧",我觉得是一种美好的奢望。

孔见:我不能完全同意你的观点。有些人之所以做一些不利于人,其实也不利于己的事情,可能是因为迷惘和困惑,不知道什么是好的和对的。也就是说是认识出了问题,并非品性的邪恶。因此,需要一种启蒙和警醒,一种"以心传心"。

韩少功:我们也许可以让他的行为符合某种规范,让他逐利时不那么狭隘和短视,但要让他生出佛心和圣心,那是另一回事。

外因总是很有限的。《礼记》里说:"礼闻来学,不闻往教。"他自己如果没有道德要求,你主动施教可能是一厢情愿。即使有短期效果和表面效果,也不能解决根本问题。

前不久我到峨眉山,看到烧香拜佛的信徒很多。我发现有两种人占有很大比例:一种是穷人,生活绝望没有着落的;一种是坏人,脑满肠肥但紧张惶恐不安的,需要心理平衡和补偿。前一种人是求利益,后一种人是找心安,离真正的菩萨境界都还太远。我不会歧视他们,但也不会那么书生气,以为他们跪跪拜拜,就有了可靠的道德。寺庙对于他们来说,只是内心的应急处理,管不了长远。

在我看来,逐利的理性化还是逐利,比胡作非为好一点,或者说好很多,但这并不能代替康德说的精神"崇高"。一个人的道德要经过千锤百炼,是用委屈、失望、痛心、麻烦等等磨出来的。把自己锁进一个孤寂庙宇并不是捷径。殿堂其实就在世俗生活中。心里真有了一个殿堂，才扛得起千灾万难。

孔见：以前的作家，包括现在国外的作家，通常能够公然地讨论自己的理想关怀，这体现一种精神上的坦率。但在今天的中国，这变成了一件最私密的事情，你现在也是避免一种直接的表达。这是为什么呢？

韩少功：我也赞成谈谈理想，但理想不是一种理论，一种观念，而是一种活生生的生活状态和实践过程，很难简化成几堂课或几次讨论。

从低标准来说，理想是可以谈的。从最高标准来讲，理想又是不可以谈的。理想通常是个人事务，谈出来就可能强加于人，做起来就可能对异己形成压迫，这就是历史上理想总是传薪不熄，但理想主义的全民运动，又很容易成为宗教狂热的原因。上帝的事交给上帝，恺撒的事交给恺撒。恺撒要当兼职上帝，总是失败和可怕的，甚至难免血腥暴力。

这样，我以为，理想教育功莫大焉，但一个人如果不奢望大家都同自己活得一样，不必经常高调布道，常常需要节制和容忍。

孔见：从《爸爸爸》到《山南水北》，你的作品都有神秘和超验的成分，对世界做了一些超现实的想象。这些想象有什么特别的意义？

韩少功：文学中总是活跃着神话元素，因为文学常常需要超越经验的常识的边界，实现心灵的远飞。广义的神话，并不一定就是装神弄鬼，只是保留和处理更多的可能性，引导想象力向无知领域深入。一般来说，我不会写人变甲虫，像卡夫卡写的那种；或者写飞毯，像马尔克斯写的那种。我通常是实中写虚，常中写异，在常态中展现神秘，打击人类认识的自傲态度，比如在

《马桥词典》中写到一个成天打农药的人:他渐渐适应了农药的毒性,因此成为一个毒人,到最后,被蛇咬一口反把蛇毒死,吹一口气也可以把飞蚊毒死。其实这里面有经验原型,又有超验的夸张和虚构,似真非真。

孔见:沿着实线画出一条虚线。

韩少功:生活是已知领域与未知领域的混杂。在写已知事物时,要给未知的纵深留下余地,留下童心、浪漫、超感以及想象力。

孔见:你到乡下生活好几年了,在农民身上有什么让你感兴趣的品质?他们当中有什么让你深为感触的事情?

韩少功:我不是对农民特别感兴趣,是对很多新派人士不感兴趣的事物感兴趣。眼下有些人,不过是多了几个小钱,多知道一些新玩意儿,就自以为高等华人,实在很可疑。农民缺少一些新学知识,但并不缺少智慧。要知道,苏格拉底和孔子也没坐过汽车,更不懂得电脑和视频,但比眼下的一般白领都聪明百倍吧?曹雪芹没见识过五星级宾馆,但眼下哪个中国作家敢说,自己比曹雪芹强?

农民也有知识,尤其有传统性和实践性的知识,只是这些知识在当今社会被边缘化,不被认为是知识。譬如老一辈农民,大多懂得如何用草药,但这种价廉物美的知识资源一直被轻视。大多数农民对社会也有切实的敏感,不会轻易被新理论和新术语蒙住,把问题简单化。回顾中国的这几十年,左或右的教条主义政策都不是农民发明的,倒是由一些自以为高明的知识分子折腾出来的,而且一直在农民那里受到抵制。那么是谁更愚蠢?是农民吗?

文明成长离不开大量活的经验,离不开各种实践者的生存智慧。看不到农民智慧的人，一定智慧不到哪里去。正如得意于自己高贵地位的人，内心里其实下贱，还在把金元宝特当回事似的。乡土文明当然也需要改造，但文明是一条河，不能切换，只能重组。袁隆平研究的杂交水稻，不是天上掉下来的。他只能充分利用现有的物种资源，趋利避害，因势利导，择优重组。

孔见：你的意思是说，要在农民的意识深处去寻找文明的增长点？

韩少功：必须这样。任何成功的社会革新都需要利用本土资源，依托本土路径，外缘结合内因。农民群体确实有一些问题，比如"乡原"习气，徇私枉法，就是民主与法制的重大障碍。但有些人攻击传统，没说到点子上，或者是知其一，不知其二。譬如说农民一盘散沙，缺乏组织能力，但以前传统的宗族、会馆、帮会、商号，不大多组织得很严密吗？现在很多现代大企业作假和赖账，缺乏商业诚信。他们比农民就做得更好吗？我观察到，连农民"买码"，就是那种地下六合彩，事情本身很荒唐，但荒唐事居然做得这么大。他们巨大而复杂的支付网络却十分高效，各个环节都比较诚信，赖账的事偶有所闻，但比较少，很少。还有一种"打会"，又叫"转转会"，相当于民间互助的融资制度，不需要书面合同，不需要法律公证，但几乎不出现纠纷。因此我们不能笼统地说中国人不诚信，说农民缺乏组织能力，而是要具体分析有关条件和原因。

孔见：与土地和植物打交道的劳动生活，在什么意义上滋养了你的心灵和文学？

韩少功：文人的知识通常来自书本，不是来自实践；是读来的，不是做来的。这种知识常常不是把问题弄清楚了，而是更不清楚了；不是使知识接近心灵，而是离心灵更远了。恢复身体力行的生活，可以克服文人清谈务虚的陋习，把自己的知识放到生活实际和大面积人群中去检验。当然，身体力行的方式很多，下乡只是其中一种。通过这种方式，与自然发生关系，与社会底层发生关系，会有一些新的感应和经验。你面对迪厅和酒吧，与面对一座山，感觉肯定不一样。在我看来，后一种状态会让你更脚踏实地，更接近灵魂。

孔见：现在，表现劳动生活特别是体力劳动感受的作品似乎少见，倒是描写商业消费和权力阴谋的越来越多。

韩少功：题材多样化不是坏事。但很多人享受着劳动成果却鄙薄劳动，深受权势的伤害却仰慕权势，有一种对权贵圈子流着哈喇子的窥探欲。文学不应该这样势利。

孔见："文学"有偏于"文"者，也有偏于"学"者。你的文学给予人的更多是"学"的一极，是这样的吗？

韩少功：我没有多少"学"，也不大做学术理论的功课，只是琢磨些问题。在我看来，一个作家，尤其是一个男性作家，缺乏思想能力是很丢人的。一味地情调兮兮、神经兮兮、小资兮兮，满嘴文艺腔，有点扮嫩和扮软。中国文学经过了政治挂帅的那一段，大家对思想啊，理论啊，较为排斥。那意思好像说，"人一思考，上帝就会发笑"。其实，人不思考，上帝更会发笑吧？试想想，不思考的人，会变成什么呢？不思考的老鼠和跳蚤，就优越到哪里去了？

在历史上，因热心理论而失败的作家，不在少数。因思想贫乏而失败的作家，同样不在少数。"文革"时期那些失败的作家，并不是思想多了，恰恰是思想太少了，白长了一个脑袋，把当局的宣传口径当作思想，就像现在很多人把一个脑袋完全交给媒体和市场。

孔见：纯思想没感觉的思想是一种观念、成见。话又说回来，尽管你的作品追求理与情的融会，但也许是当代文学中具有思想能力的作家太少的缘故，你的作品受人关注的还是思想的方面。你的读者可能从你的文字中获得某种启示，达成某种共识，或改变某种看法，但很少会出现泪流满面、无法安慰的情况。你在表达某种情感时，也相对比较克制，没有过度地渲染。是这样的吗？

韩少功：是有这种情况。我在伏尔泰、维吉尔、尼采、鲁迅等思想巨人面前是小矮人，但在矮人圈里，可能误戴一顶"思想者"的帽子。我一直强调文学必须有感情和感动，但常常力不从心，不能把自己写得作呕、痛哭，或者癫狂。这就是你说的最佳状态吧？当然，我对催泪弹式的煽情不以为然，对语言轻浮泛滥也很怀疑。感觉是什么？如果你连一个人物都没法写得鲜活和扎实，那你的感觉在哪里？一个好作家应该有所不为，不能依靠穷煽情、穷刺激、露阴癖这一类低级手段。就像下象棋，废了一半车马炮还能取胜，才是好汉。

孔见：城市生活和女性生活，包括两性关系，是你写作的两个盲区，是你废掉的两个棋子，这是为什么？是你缺少这方面的经验吗？还是有什么道德上的忌讳？

韩少功：我对这两方面确实写得较少，因为我找不到太多感觉，商界、官场、酒吧、时装等等尤其让我觉得乏味。作家是多种多样的。你不能要求一个泥匠硬去做木匠，不能强求四川人决不吃辣椒。应该允许作家有偏好甚至偏见。

至于道德顾忌，倒谈不上。我在一篇随笔里谈性问题，曾吓住了很多人。他们说：你怎么说得这样大胆？

孔见：《性而上的迷失》是把性当成吃饭穿衣一般的问题来

谈，显示你非道学的一面。另外，说到人物，从你笔下刻画出来的，多是猥琐、丑陋和变态，甚至是存在人格和精神障碍的人物，这与你的人生取向恰恰相左。为什么你不塑造一些健康、伟岸、强大的理想人物，以寄托自己对人性和人格的期待？

韩少功：我的理解是这样：鲁迅写阿Q、祥林嫂、孔乙己等等，并不违背他的人生取向，与他的《一件小事》也不矛盾。作者传达价值观，不在于他写什么题材，在于他如何处理这些题材，因此雅事可以俗说，俗事可以雅说；英雄题材可以写得很恶俗，流氓题材也可以写得很高洁。

塑造高纯度的理想人物，能够经得起现代人严格怀疑和解构的英雄，当然是很重要的，也是我的梦想之一。但我在没有能力圆梦的时候，写出低纯度、有杂质的英雄，也不失为因地制宜。而且这后一种，是我们更常见、更接近、更容易学习的英雄。是不是？我更感兴趣的是一只鸽子、一条狗、一头牛、一个哑巴、一个罪犯、一个莽夫、一个酒鬼、一个家庭妇女、一个有过失的少年，如何突然爆发出英雄的闪光，让我们心生感动。

我也许是一个更喜欢在夜里而不是在白天寻找光明的人。有个外国的批评家，倒是说我的作品很温暖，没有现代作品中他常见的阴冷灰暗。这个感觉与你的不大一样。到底谁说得对，我也没把握。

孔见：他所说的温暖，也许是指你叙述中透露的情怀，特别是对低阶层人群境遇的关注。与某些自由主义者的冷漠和傲慢不同，你一直被人看成具有左派倾向的作家，这种理解有问题吗？

韩少功：我从来都是认人不认派，主张因病立方，因事立言，不要轻信划派站队那一套。在80年代，不少权势者很僵化，因此我特别关心"自由"，被人们理所当然地划入"右派"、"自由化"一列。到90年代,不少权势者突然变得很腐化,我就觉得中国更需要"平等"和"公正",而这些被视为"新左派"的口号。这些帽子和标签都没什么吧?

大约在十年前,有一位当红的新锐批评家理直气壮地说:谈平等和公正太矫情啦,社会等级化是人性的必然,就是历史的进步。在这位朋友面前,在当时贫富分化很厉害的情况下,我肯定要当左派了。让高等华人或自我预期高等的华人们有点不高兴,对强势潮流保持批评性距离,应该是我的光荣,是我一生中为数不多稍可夸耀的正确选择之一。

(原载于《钟山》文学双月刊2008年第5期)

文学不是天堂的入场券

时间：2019 年 7 月
对谈人：韩少功
蒯乐昊（作家，《南方人物周刊》总主笔）

一本买爆了的"禁书"

蒯乐昊：我首先想知道，您当时怎么会去翻译米兰·昆德拉的作品？

韩少功：偶然的机缘。我读本科的时候，公共外语很糟糕，副课么，没怎么往心上去，只是过关而已。大学毕业以后，我觉得创作也不一定是一辈子的饭碗，写不出来怎么办？说不定还得改行干别的，去当老师、当编辑，那么有一门外语，会有工作上的方便。所以我又回头去母校的外语系旁听。因为偶然的机缘，把我派到武汉大学进修，本来有一个对外文化交流的项目，后来没去成，但因此补了补英语。后来，美国新闻署邀请我去访问，路过北京，美国驻华大使夫人请我吃饭。她是一个华裔，也是作家，把《生命中不能承受之轻》推荐给我。当时那本书在东欧还是禁书，在捷克也不例外，只是法文版、英文版已经出版了。后来我在美国没事干的时候，就读这本书。

蒯乐昊：当时读出好来了吗？

韩少功：中国的伤痕文学过于简单了，太政治化，太脸谱化，都是好人／坏人那种套路。放在那个时候是可以理解的。相比之下，昆德拉有过人之处，在政治上能够生长出一些哲学思考，比如他对东欧的极权政治有批判，对西方的政体政客也嘲讽，有超越冷战政治的一面。我想让我的中国同行至少有所借鉴。

但你知道，当时昆德拉名气太小，中国没人知道他，好几个出版社都退稿了。后来找到作家出版社，他们颇费了点功夫，争取国家外事部门的过审，把它定为内部出版物，所以当时的书角上，有"内部出版"四个字。

当时每个新华书店都有一个特别的部门，在某一个隐秘展区，专卖内部出版物，很多苏联的书、西方的读物，包括"文革"中的"黄皮书"、"灰皮书"，都曾经在那里卖。照理说昆德拉这本书也应该放在那里卖，但实际上中国已经开始改革开放，下面的风气也松动了，一看这本书卖得好，就拿出来卖。卖到了疯狂的地步，号称北京很多大学生人手一册，后来足足加印了二十多次。

蒯乐昊：昆德拉当时在中国的名气并不大，这个自发的阅读热潮是怎么形成的？

韩少功：他刚好跟我们有一个共振的点，因为中国在改革，他们也在改革。虽然书中批评的是苏联，但其中的内容给我们很多启发。这本书当时没有任何宣传，就靠着读者的口耳相传。书中关于性的内容肯定也是一个刺激的点，虽然它并不怎么黄色，没有黄色描写，但是主人公在性方面算是另类吧，自称是一个"集邮爱好者"。

蒯乐昊：王小波经常在他的小说里引用托马斯的名言：Take off your clothes。当年肯定也是这本书的忠实粉丝。

韩少功：托马斯说，"集邮爱好者"是一种两性关系中的美学态度，他认为这与他对妻子的忠贞毫不矛盾。这种观念对当时的中国人冲击肯定很大。那些荷尔蒙旺盛的青年人，没准儿也是冲着这个来买书的。80年代末，好莱坞把这本书拍成电影《布拉格之恋》，删掉了原作中超越冷战政治的那部分内容，大概是昆德拉本人的某种妥协。这部电影在内地没有公映，但很多人还是能通过影碟看到，在青年中间大概又形成了再一次的推销。

蒯乐昊：90年代市面上还是你翻译的版本吗？

韩少功：有盗版。正版书后来换成了许钧先生翻译的，是从法语转译的。昆德拉曾经不太高兴，给我写过信，问版税这件事。当时因为中国还没有加入国际版权公约，对昆德拉来说，他是一个畅销书作家，损失太大了。当时出版社领导表态，说是欢迎昆德拉先生到中国来，我们全程接待，他爱怎么玩怎么玩，爱住多久住多久，我们只能用这种方式来补偿他在版税上的损失，当时我们也没有外汇，也无法给他付钱。但是昆德拉还是不理解。我向他解释，当时我的一些书在法国、意大利出版，也碰到对方不给钱的事。这就是当时的国情。中国加入国际版权公约之后，昆德拉才正式同中国的出版社签约。

蒯乐昊：翻译昆德拉的时候，语言上感觉到难度吗？

韩少功：还好。昆德拉其实是一个为翻译而写作的作者，他自己都明确说过，他尽量简洁，总是选择那种容易被翻译的语言，这也是当时很多捷克读者和作家对他不满意的原因。这和他的流亡身份肯定有关联。他要在国外生活，衣食父母是外国读者，他必须考虑到他的财务安排。他写的东西都不算艰深冷僻，英文版、法文版都很好读，很简易。

小说是否正在死亡

蒯乐昊：看你现在的作品，我觉得在语言上跟早年作品区别还是相当大的。

韩少功：语言最大的两个功能：一个是形容，我们在叙事的时候，你要把一个东西形容得非常逼真贴切，这是你追求的最大值；另一个功能是解析，表达思想的时候要把概念、逻辑非常清晰精准地表达出来。至于这两种功能具体怎么用，那就像一个球员到了球场上，怎么方便怎么来。

蒯乐昊：但是一个人思辨性的文章写多了，他的解析功能会变强，而叙事能力就相对弱化。就像足球运动员如果常用右腿，他的右腿就比左腿更粗、更灵活。

韩少功：有时候两条腿是会打架的，但是你要善于切换频道，启动这个频道的时候，要把另一个频道的东西尽量忘掉。反过来，启用另外一个频道的时候也是这样。它们矛盾的方面肯定很明显，但是它们互相得益的方面，有时候你感觉不到。就像你的左腿和右腿互相是借力的，当你右腿起跳，你的左腿其实是在暗中支撑。

蒯乐昊：你写小说，也写大量的杂文和思辨性文章，你觉得自己这两条腿哪一条更强？

韩少功：很难说，有时候我写随笔，写到得意处，也很高兴。我能够把一些概念性的、知识性的东西写得特别好玩，有些学者可能没这一手。这当然也会有代价，思辨多了以后，它是否损害了我的其他某些能力，很难说，我不知道。

蒯乐昊：我这样问，是因为你曾经在文章中承认，有很长一段时间，你对传统叙事的小说失去兴趣，一度你都很少写小说了。我想知道是否思辨性写作损害了你作为小说家的属性？

韩少功：对语言的感觉是综合性的，有时还真不是一两句话能够讲清楚。比如当下影像资料特别多，这是新时代的技术进步给我们带来的影响。在传统小说中你去描绘那个场景，得费很多功夫。但是当一个人接触了大量影像资料之后，可能会不自觉地，甚至自觉地乃至刻意地，觉得有些东西我们没必要再去写了。

蒯乐昊：因为读者自己能够联想出来。

韩少功：读者肯定能想象出来，所以我在写作中会做很多减法，把我的笔头移向我更想表达的东西。

蒯乐昊：这种写作者和观看者基于信息量的互相认知，会导致整个写作的节奏变掉。

韩少功：对。托尔斯泰写一个修道院就要写七八页纸，现在你打死我，我也不会这么干。我一进修道院，它给我一种什么感觉，可能有一两处细节，最需要强调的感觉，我把它逮住，想办法处理一下，但我肯定不会再花七八页纸在上面。

蒯乐昊：我们默认读者是已经见过世面的人了。

韩少功：是啊，读者肯定不光是俄罗斯的修道院，世界上很多地方的修道院他们都去过了，很多事情他们早就知道了。通过电视屏幕，通过网络，他们早已知晓，你是不需要去啰唆的。

蒯乐昊：这是当代小说跟从前的小说之间最大的区别吗？

韩少功：肯定是。有一些共识性的东西，一些我们默认为无须明言的东西，我们的笔头会从这方面移开。一个人写作，必然是志在言前人之所未言，言前人之所少言。如果故事大家都说过多少遍了，你就没有再说的兴趣了。

蒯乐昊：所以你不看好当代小说。

韩少功：有某种程度上，小说变得有些尴尬。现在的读者了解生活、沟通心灵，不一定需要通过小说这种形式。但是我们传统的读者，有一种审美惯性，就像有人听惯了京剧，听惯了河北梆子，他就好这一口，至于唱的内容是什么都不管。

蒯乐昊：那你对小说是持一个非常悲观的态度了，就是认为小说的阅读仅仅靠惯性在维持，难道它不会迸发出新的可能性吗？

韩少功：我跟一个朋友说，现在的小说不需要再去表现世界发生了什么，应该表现的是，那些发生的东西是如何被感知的。这可能是小说的一个新的生长点。

蒯乐昊：但这种趋势最后只是让小说走向个人化。

韩少功：这看你怎么去表达吧。艺术都是个人化的创造，不会是社会的平均数，不会是人类感觉的平均数，只是表达内容的不同入口。

但我们讨论的，让小说走向个人化，跟所谓的"私小说"是有区别的。私小说是排斥对社会的关注的，我说的小说依然是关注外部世界的，只是在表现手法上发生了变化。还有一点就是，以前我们的文学有可能跟历史是同构的，但是现在的文学跟历史之间需要一个影射关系，需要一个他者，需要一个个体，或者人群，来折射这个历史。历史成为背后的底色，是舞台上的背景。人们不一定去描绘那个历史事件本身，他们描述的是在这个背景下，人发生了什么变化。就像去观照一个风景，以前摄影家只要有好器材，对着好风景拍就行，风景是我们唯一的关注对象。现在可能什么风景大家都看过了，但要看不同镜头里的不同风景，看不同的变形和变调，看 Photoshop 的不同处理……因为创作者的意识已经加入到处理的过程之中，大家看的是你对这个对象的处理。

小说肯定在变，文学肯定要变。会不会死亡呢？我抱以谨慎的乐观。

蒯乐昊：如此说来，严肃文学岂不是通道越来越狭窄？

韩少功：那倒不一定。大众趣味市场本身也会变化，一旦生存的大环境变化，也可能逼出灵魂的苏醒和精神的奔腾，需要文学的情怀和大智慧。一时的低迷不说明什么。

年轻人，不要让出你们的舞台

蒯乐昊：你之前说，现在的文学跟利益太紧密了，背后不是资本的影子，就是权力的影子。你目前的创作还自由吗？

韩少功：我现在就是一个退休人员，社会闲散人员，没人管我。我有退休金。我在农村还可以养点鸡，种点菜，基本上不靠文学谋生，所以不需要有什么经济上的考虑。

蒯乐昊：年龄对你来说是问题吗？有些老作家，坦白地说，真的会越写越差。

韩少功：那是自然规律。一般来说，老年人社会阅历多，经验多，会做很多减法，知道很多事情可以不做。但年轻人的幼稚天真中，也有特别可爱和宝贵的东西。王维说："晚年惟好静，万事不关心。"这种超然脱俗，会不会造成表达欲和表达能力的衰退？《时代》周刊的创始人说过：如果我年轻时有现在这么成熟，我就不会办这份杂志了。可见，很多时候我们的勇敢果断，我们的行动力，就靠几分幼稚天真，倒是成熟之后，会丧失

· 理想，还需要吗 ·

很多。

　　作家里面，我的同辈人应该好多都是强弩之末，就是撑着，好像必须有作品，还得隔一段就出一本书。实际上这些作品已没有丰沛的情感和思想，只是维持着一种生产惯性，一种能见度。所谓长江后浪推前浪，"前浪死在沙滩上"。我们这些人，早该拍"死"在沙滩上了，之所以还没有，主要是后来人总体上的颠覆力和冲击力还不够。韩寒、郭敬明都不搞了。80后、90后得尽快走出校园"坏孩子"的心态，更不能"佛系"，拿个鲁奖就洋洋得意的那种。要写就写这个世界上没有的东西，写点大家伙，得有这样一种野心和豪气。

　　蒯乐昊：接下来还有什么写作计划吗？

　　韩少功：很难说，写作就是这样，缘聚则生。很多因素，少了一个都不成。你得等待条件，等待状态，等待机缘。

　　不是说没有写作的准备，但肯定会比中青年的时候写得少。也许上天还会给我一个幸运，给我一种新的好状态，那也许会再写一点。已经写过的东西我不想重复。如果我觉得难度不大，对自己超越度不是很高的话，我也没兴趣写。天下作家这么多，其实每个作家都能写好一本书已经不错了。这个世界已经丰富多彩，不需要我饶舌。

关于乡村：我们的根系还在土地里吗

　　蒯乐昊：听说汨罗那里古汉语保存得特别好，你在写作中也经常使用这些方言土语。

　　韩少功：我没在全国很多地方待过，做比较性研究，但我总觉得乡村保存古汉语的元素特别多。我从长沙到汨罗当知青的时候,当地话我们大概也只能听懂20%。

蒯乐昊:才20%吗?那等于是一个法国人去了英国了。

韩少功:对。其实没多远,汨罗离长沙一百多公里。我们大一的时候学语言课,湖南在全国的方言地图上是最零碎、最复杂的一块,是方言的保护区和富矿区,用我们的话说是"十里有三音",即你在十里之内可能碰到三种不同的方言。我们湘南的人听湘北的人说话,根本就是外语一样,湘东的人听湘西的人说话,也是外语一样。

蒯乐昊:后来回到农村生活,你选择的地方其实离你插队的地方不太远,都在汨罗,乡村还是你记忆中的模样吗?

韩少功:山水没什么变化,山脊线是永恒的,和你记忆中的样子严丝合缝。变化了的只是:比如原来没有路的地方,现在有路了;原来没有楼房,现在有楼房了。当然农民们也变了,公序良俗方面出现不少问题。我刚回到乡下是2000年前后,正好是中国农村一个非常低谷的时间点。那个乡的教师已经半年没发工资,很多学生家长不让孩子上学了,小孩都辍学到城里去做工。农民为了生存还是会种地,也不可能所有的人都进城,但是农产品价格实在是太低,也就只能糊口,想要多一点钱的话,很多来快钱的、危险的行业就出现了。大概两三年以后,中央的政策出现调整,"城市反哺农村"这样的表述开始出现在一些政府公文里面。取消农业税,加大教育、医疗、基础建设的国家投入……这才有了明显改善。

蒯乐昊:但这也改变不了城市化的进程对农村的深刻影响。

韩少功:当然,这只是止血和输血,未根本解决造血的问题。当时就有一个湖北的乡党委书记给总理写公开信,"三农"问题逐步得到国家的高度重视。但总的来说,市场经济就是这样，边缘和中心的分化是一个规律性、大概率的走向。现在看来还没有更好的治本之策，中国要想跳出这个大概率，还是长期的工程。

蒯乐昊：现代人都是"游牧民族"，也是逐水草而居，乡村的生存环境差了，他就会走到城市里面去。

韩少功：中国14亿人口，没有那么简单的一个方法，可以安置好这么多人。中国的城市化进程没办法做到像欧洲一样，把农业人口减缩到总就业人口的5%以下，这在中国不可能。而且那样对我们的城市也未必是好事，也可能是个灾难。

蒯乐昊：有一点我很好奇，80年代的寻根文学大家都找到了乡村，但他们找到的都不是宗族的、耕读的儒家乡村，是更原始、更少数民族的乡村。在文化道统中断之后，所谓"寻根"，并未回溯到一个原本主流的根，即儒家传统的根脉。比如你的《爸爸爸》，追的是一个蛮荒的、异族的远古。绘画上的"寻根派"也是一样。那时候的艺术家都去画彝族、画云南边陲、画大凉山。为什么不同艺术领域的创作者会不约而同都做了这样的选择？

韩少功："根"是一种比喻，一直有多义性，不一定限于儒家。当时无论是作家、诗人还是画家，大多有过下放经历，有城乡的生活经验对撞。不管他们对乡村抱有一种什么态度，是极端厌恶的态度，还是一种怀念的态度，那种乡村经验是共通的。另外一个原因，就是艺术上的审美，追求一种新鲜，追求特别的个性，因此不可能步调统一，最后做成什么样，取决于各人不同的感受资源、审美兴趣等等。这个过程不一定受控于理智上的思考，创作充满了下意识的本能反应，就像和面时，面多了就加水，水多了就加面，怎么合适怎么来。

蒯乐昊：你们那个时候在文学上的探索，主观上有某种先入为主的对抗性吗？

韩少功：不会所有人都想得一样。我应该说是有意识的。我觉得这是中西文化的一个大碰撞的时代。在这个时候我们全部换血变成西方人，我觉得是很可笑的，既不可能，也没必要。这在我的文章里面已经表达得很清楚，说当一个复制品是没有意思的。当时我们很多同行，学苏俄，学海明威，学卡夫卡，写得很像，但在文章里面，我把他们讽刺为"移植外国样板戏"，很不以为然。我觉得艺术需要个性，一个民族的文化也需要个性，吃牛肉一定要变成牛吗？这需要放在东西方文化一个大碰撞、大对话的关系下来看，放在晚清以来的大历史中来看。

蒯乐昊：你觉得复制品没意义，那混血儿有意义吗？

韩少功：混血儿有意义啊，只是杂交有两种可能，一个是杂交优势，一个是杂交退化，这两种情况都有。有时候杂交之后不伦不类了，什么都没了，这种危险也是有的。

蒯乐昊：你当时写乡土的方式，其实也有很浓厚的先锋文学的痕迹。

韩少功：我写过各种各样的。我很想写一种特别乡土，又特别先锋的东西。当时评论界给我的帽子也是多种多样的，有的干脆把我叫作先锋作家。叫乱了，连我自己也不知道该怎么叫。

蒯乐昊：你觉得这两个标签哪一个离你更近？

韩少功：这样说吧，就像我们说你懂得男人，你可能就更懂女人。反过来说，你不懂男人，你对女人的那个懂，也是要打问号的。左右两边并不是非此即彼，不是说这个比例大了，另一个的比例就变小。

人文学科筑构的是底层堤坝

蒯乐昊：80年代的时候你在读谁的书？当时对你影响比较大的西方的文学家、思想家，主要是哪些？

韩少功：最开始的时候读康德，很佩服他那种严谨的理论体系。这个人太聪明，搞数学出身，那种体系化的建设、思辨的能力，都特别高超。后来我也读尼采，也是德国人，跟康德的取向完全不同，可是我对尼采书写的焦虑和愤怒，也有同感。

蒯乐昊：他们两人仿佛人类思维优势的两极，一个指向理性，一个指向感性。

韩少功：对。这样就会给我一种重要的启示：每一种思想价值都有一种相对合理性，有一个有效的领域。当我们思考的时候，我们要确定，有效域在哪儿？边界在哪儿？在这一点上，有人说我是怀疑主义者，没有一个铁定不移的立场，这个我承认。

蒯乐昊：甚至在文章中也经常使用二元对立的方法来说明问题，这是你最常用的一个思辨模式。

韩少功：我昨天碰到阿来，他说还是小青年的时候，读了一篇我关于文学中二律背反的文章，说他当时印象特别深。我说，"二律背反"这个词就是从康德那里借来的。

我觉得人类的思维就是这样：最开始我们认为这是对的，那是错的，这是第一个阶段。到第二个阶段，我们就会发现这是对的，同时也是错的。第三个阶段可能是这样一种态度：这是对的，但它在什么情况下是对的？在什么情况下则可能是错的？学会了这样具体的分析，才可以避免第一个阶段的独断论和第二个阶段的虚无论。几乎万事万物，我们都可以用同样的方法去反思。

蒯乐昊：当时《天涯》刊发汪晖那篇《当代中国的思想状况与现代性问题》，在全国引起很大反响，你在思想上跟汪晖是同类吗？

韩少功：我与他在观念上有同也有异。在整个90年代，有一个相对简单化的社会想象等式链：市场＝市场化＝资本化＝甚至美国化。这当然把很多历史的、现实的复杂因素都掩盖了。市场的优点，是能够激发人们的个人利益追求，鼓励自由竞争。但当市场化一根筋的时候，比如90年代中后期，一度的医疗市场化、教育市场化、住房市场化……所谓"有水快流"、"靓女先嫁"之类决策，造成的后果大家有目共睹。

当时我们在办《天涯》，特别困惑与着急。教育、医疗是基本的人权，如何"市场化"？你总不能说有钱人就看病，没钱人就等死吧，不能说有钱人就读书，没钱人就退学吧。汪晖那篇文章，对市场化打了一个问号，对资本化和美国化也打上一个大问号。这样的文章我觉得是有利于解放思想的，有利于我们正确把握市场经济的。事实上，即便西方国家也不是一根筋，比如经过反复的冲突和改革之后，它们的工会制度是非市场化的力量，福利制度也是非市场化的力量，都是用来约束资本的。

我有本书叫《革命后记》，后面附录一个访谈，基本上表达了我的社会观。在我看来，权力和资本都是不可避免的组织化工具，但权力和资本都有自肥的冲动，也都有失灵的时候，因此对两者都需要给予制约。历史上，权力和资本能够互相平衡制约的时候，往往就是比较好的时期。这后面更深的原因是，人类这种高智能动物有良知也有劣根，不论处于哪一种社会形态，成熟的人类都要善于管控自己，在动态中保持一种平衡能力。这并不意味着我们可以进入天堂，但可以建立一个不那么坏的社会。

蒯乐昊：很多国家都在面临旧有政治体制的考验，是否适配新的世界格局。

韩少功：杜特尔特、埃尔多安、特朗普、普京、莫迪……为什么眼下全世界强人竞出？具体情况当然各有不同。但强人现象本身，当然是因为现行制度和文化出现了问题，都有些失灵了。数百年来的启蒙主义积累下来，我们觉得理性是多么伟大的一种力量。但现在发现，理性其实是非常脆弱的，更被各种"政治正确"玩坏了。有时候只是一个小小的条件改变，一个人从理性变成不理性，甚至一个国家从理性变得不理性，都是转眼间的事。

蒯乐昊：而文学在中间能够起到的作用也不是那么直接。

韩少功：是这样。如果要求文学对人心百病包治，我觉得这有点为难我们。哲学能做到吗？史学、法学、经济学能做到吗？都不能。所有人文社会学科的综合效应，充其量是我们能够一次次阻止人间变得更坏，但没法手到病除，小说和诗更不是天堂的入场券。当然，这还不够吗？

（原载于《南方人物周刊》2019年第34期）

一种世界观的胜利

时间：2008年1月
对谈人：韩少功
张西（作家，社会学学者，《南方周末》特邀采访人）

张西：我很想知道，你看过《士兵突击》这个电视连续剧吗？

韩少功：一两年前吧，当时很少有人知道《士兵突击》。是一个朋友弄来的光盘，我看完后就到处给它做广告。

张西：没想到啊，你是最早的"突迷"？真不好意思，我是一个月前才看的。我觉得导演康洪雷的功力还可以。

韩少功：太可以了，岂止是可以！

张西：这位导演给你的感觉是怎样的？

韩少功：我觉得他是一个重情义、心里特温暖的那种人。想想看，我们这个时代是一个多么庸俗的时代啊，唯利是图，虚情假意，勾心斗角，大家一脑门子官司，很多人都丧失了感动的能力了。但康洪雷敢于跳出来挑战。他和他的主创团队，敢于寻找和捍卫一种温暖和圣洁的东西。网上有一篇评论说，《士兵突击》是一种世界观的胜利。我觉得这句话讲在点子上。真是一种世界观、人生观的胜利。

"不放弃",就是对自己要狠一点,要克制,肯磨砺。"不抛弃",就是对他人要承担,要付出,要慈悲和忠诚。这其实是人生两大主题,是核心价值观,是直指人心的。有意思的是,现在好多"突迷"倒是把这些闪过去了,只是说如何"酷"啊,如何 MAN 啊,还说哪个角色适合当情人,哪个角色适合当兄弟。稍好一点的,也只是讨论所谓"成功"之道,比如机灵一点还是迟钝一点,哪个更容易成功。这就好比在问:为了占大便宜,人是不是也要吃点小亏?为了在股市上暴得大利,是应该炒长线还是炒短线?这都是对《士兵突击》的小资化解读,却是最主流的解读。

康洪雷在美学上也有一种大气。整整一台"和尚戏",几乎一个女主角都没有,搔首弄姿那些东西,软塌塌的那些东西,他都不要。他在艰苦中发现美,在卑贱中发现美,在普通人的情感中发现美。总之,是在时尚美学不屑一顾的地方,他找到震撼和感动,而且把片子拍得吸引人。戏做得很满,人物很结实,一个是一个,但又行云流水,十分质朴和自然。这里有一种大眼界,有一种堂堂正气和正大光明。

张西:您说,继续说。

韩少功:以前,我挺瞧不起演艺界的。总觉得那里的很多人一是没骨头,只能跟着时尚跑。看人家玩武侠,我也跟着玩武侠;看人家玩怀旧,我也跟着玩怀旧;看人家玩痞子,我也跟着玩痞子。心里只是把几个卖点算计来算计去。二是没脑子,比方一拍军事片,就必拿《夏伯阳》《巴顿将军》或者《拯救大兵瑞恩》来改头换面,搞得八路军好像都是西点军校出来的,连打枪和中弹的动作都一一照搬。表现统帅更是让人急,总是圣口一开,全体拥护,而且神机妙算,百战百胜。这算怎么回事?革命和战争真有这么容易的话,阿狗阿猫都可以当统帅了。这种对历史的想当然,实在太弱智。中国民众中相当严重的历史观混乱和革命幼稚病,很大一部分就是这种作品培养出来的。

现在看来,中国演艺界还是有人。起码康洪雷就是一个。他有骨头,有脑子,更重要的是有心肝。

当然,从更高的要求来看,他在片子里营造的环境似乎过于温暖,于是任何一个观众都可以提出这样的疑问:我怎么没碰上这样的好班长?这样的好连长?如果我碰到的都是坏班长和坏连长,那我能怎么办?这就是说,创作者在相当程度上折扣了现实的严峻和险恶,也在某种意义上减轻了英雄的压力,回避了生活中更刺心的拷问。但他们可能也没办法。电视是大众艺术。大众艺术呀,它确实不能那样严峻和险恶,得考虑到主流观众的心理承受能力,得有一定的分寸,有时候得甜点多于苦药。从这一点上,我对编剧和导演也能够理解。

张西: 他的几部作品都是这个基调,里面都是好人。

韩少功: 我当然不赞成把人黑白两分。其实每个人都是很复杂,有白也有黑,有时候是佛魔一念间。但表现英雄的片子容易把人性中黑的一面过滤掉,或者过滤得太多,其结果就是满台君子,英雄颇有人缘,到处得到帮助,成长得较为顺利,而这与观众们的现实感是有差距的。观众一旦从剧情回到现实环境中,就会说,哦,那都是编出来的,根本不会有那种事。

包括美国、欧洲、日本、韩国的一些片子,只要是面向大众的,也都免不了这种不同程度的现实净化和人性高调。在这一点上,文学相对小众化一些,可以下刀子更狠。特别是 20 世纪的现代主义文学,擅长把最真实、最严酷的现实撕破了给你看。这

·理想，还需要吗·

种文学后来走火入魔，走过头了，是另外的问题。但它在解剖现实和揭示人性方面，积累了一些经验。如果我们要表现更具有普遍意义的英雄，更经得起破坏和打击的英雄，比方表现一个既没遇到好班长，也没遇到好连长的英雄，就不能不注意这些经验。当然，我这是很高的期待，也许太高了。

张西：我在考虑他的世界观形成的环境背景。他现在蒸蒸日上，一日千里地往前走，可是他开始的地方，譬如环境背景毁灭了多少人的梦想啊？

韩少功：评价他的这几部片子，有一个大的思想背景，即十年动乱以后，整个的意识形态风向大变，以至越是读书人，越容易相信人不为己天诛地灭。这一点，不光中国这样，全世界都这样，道德传统陷入崩溃，新的理想信仰又没有建立起来。经济学家不要讲良心，哲学家不要讲良心，科学家不要讲良心，文艺家更不要讲良心，一下子都成了时尚潮流，连有些官方报刊都一窝蜂展开对"道德"、"理想"的群殴，觉得这些词本身就是极左。

知识界的新风尚是"价值中立"，但这种专业化，实际上是市场化和利益化，掩盖了大家内心中的小九九，掩盖了一种摆不上台面的价值偏向。卖就是一切，票房就是一切，迎合大众的发财梦和刺激欲就是一切，这哪是什么价值中立？很多片子的价值观不是暧昧，就是空洞，甚至恶俗。国外拍了那么多军事题材片子，其实乏善可陈。"动作片"么，就是看看动作，看看场面，看看特技镜头。什么《拯救大兵瑞恩》，什么《兄弟连》，有什么呀？能打动人的有几个？大部分都是些现代杂技，玩得花哨，玩得火爆。

国人完全不必把垃圾当宝贝。这个时代确实需要一些一意孤行的人，认准了自己的理由，就往下走，就不回头，像许三多说的,"做有意义的事情","好好活"。当然很多人会失败,由于各种各样的原因而失败,但毕竟有康洪雷这样的成功者,有一小批越来越成熟的艺术家。我看了这几年的一些影视作品,虽然看的很有限,但从《亮剑》《暗算》《白求恩》,还有《血色浪漫》等等来看,我觉得看到了一点希望。这些作品都可能被小资化解读,但有人说《士兵突击》是一种世界观的胜利,这样的观众也还是有的。

张西:我粗略统计了一下,百度《士兵突击》贴吧里,280多万人次跟帖,点击量在3000多万。一年的时间,这个景象是不是很壮观?

韩少功:我女儿当时在美国留学,她说很多留学生也都感到震撼,"钢七连"一度变成他们的一个流行口号。

张西:是那句"不抛弃,不放弃"?

韩少功:对。这六个字概括得很好,很有中国味。

张西:我在网上看到的言论,好像很少有负面影响的。

韩少功:当然也有激烈反对的,大多是那种极端自由主义的知识分子,感情上不大能接受这种英雄主义和理想主义,不大能接受纪律、责任、奉献、利他这一类观念,觉得这一套特别土,特别旧,特别违反人性。这里有意识形态的背景,有全球冷战记忆的原因。

人性当然很重要,人权当然很重要,但社会规范和个人选择不是一回事,立法和艺术更不是一回事。为什么大家都歌颂母亲?因为母亲大多是牺牲自己权利的。为什么教友们会崇敬基督,因为基督是最乐于放弃自己权利的。这里面没有人性吗?其实有更大的人性。自由主义强调个人权利,这没有错。但如果责任不能平衡和超越权利,导致人人都斤斤计较自己的这个权那个权，英雄就不会有了，艺术也不会有了。从更宽广的角度来看，到了这一步，人类的整体人权反而会受到伤害。

全球知识界主流还缺乏这种眼光。听说《士兵突击》要被送去参评美国的什么电视奖。我看不会有戏，也犯不着。光是帽徽领章，就会让某些西方人士反感的。美国军队曾无敌于天下，只在朝鲜和越南吃过"共军"的亏，这个心结一时半会解不开。给这个片子评奖，西方的老百姓可能都不会答应啊。冷战情绪，可能还需要一两代人的时间才能真正化解。

张西：《士兵突击》引发了2007年的一种精神现象。就凭这点，称康洪雷为平民英雄也不为过吧？我准备写一本介绍他的书。

韩少功：这个人值得一写。我对他充满了好奇。我注意到他很年轻，与我差了近十岁。他的价值观是怎样形成的，我有点好奇。

张西：我真希望他听了你这句话能骄傲自得，他太有资格了。

韩少功：他拍《激情燃烧的岁月》和《士兵突击》这两个剧，已经划时代了。如果这不是偶然的成功，这个导演应该有感受、思想、艺术经验的可贵积累。

张西：从某种意义上说，康洪雷是这个时代导演界的终结者，又是开启者。《激情燃烧的岁月》在很长时间里一直被挤对，差一点出不来。它是在播第三遍第四遍的时候，才自下而上地、从民间火起来的。开始连中央台都上不了。《士兵突击》也是如此，慢火。

韩少功：不能不说，有些文化官僚呀，你别看他们也搞点政治形象工程，其实他们内心已经很冷漠，很阴暗，很势利，成天就是想着怎么混权、混势、混钱,对真正美好的情感不敏感,甚至已经完全绝缘。搞那些花团锦簇、流光溢彩、大把烧钱的概念化和公式化,他们懂。搞真正动人的艺术,他们不懂。非但不懂,他们可能还有心理障碍,因为自己的内在精神与生活方式已经恶俗不堪。

还有些人,文化素质太低,不知道怎么做宣传教化,既不知道古今中外的历史经验,也不明白社会现实到底是怎么回事。上世纪90年代以来,很长一段时间中国有些部门的意识形态宣传是多么盲目呵,有些人做了多少蠢事和坏事。而像《士兵突击》这些有益于世道人心的作品,得到的支持往往太少。

张西:这的确是个拢聚民心提升民族感情的契机,我以为聪明些的官员应该珍惜《士兵突击》创下的正面影响,这个感情基础来得很不容易。

韩少功:他们不一定珍惜,在内心深处未必喜欢《士兵突击》。因为这个作品是有挑战性的,与那些官员的生活方式是相冲突的。他们喜欢那些靡靡之音,怎么可能接受这种堂堂正气的东西?我闭着眼睛想象一下,所谓上流社会精英中,能喜欢《士兵突击》的,我估计就是20%,大概就是这个比例。当然,不喜欢可能有别的原因,见仁见智么,应该允许。我不想把话说得太死。

张西:我注意到一个现象,不少官员们更喜欢看和珅怎么玩皇上,看朝廷里的斗争和政治。

韩少功:老百姓也喜欢呵。很多中国人,不管在朝还是在野,都熟悉这一类政治结构,富有这一方面的经验,差不多都是人精,都是里手行家,一看权谋戏就会心。

张西:您怎样看待一个导演和一个好导演之间的差距?

·理想，还需要吗·

韩少功：好导演得有独创性，得有建设性，是吧？不光要有艺术的创造，在艺术史上添加新的语言、手段、风格、境界，还得有益于世道人心。尤其在我们这个时代，原有的精神传统力所不支，眼下在很多地方已是一片精神废墟，需要一种很艰难的重建。从事大众艺术的人，尤其要有所承担。

导演与作家所起的作用是相同的。比如说到王朔，他是一个有时代标志意义的作家。他的杀伤力很强，他可以搞笑，颠覆，反讽，这些都是他的强项。但要说他的缺点，就是只破不立，缺少建设性。比如前不久他特别推崇的一个片子《与青春有关的日子》，表现一帮大院顽主，表现得活灵活现。但顽主的弱点就是缺乏可持续性。你少年时可以是顽主，但你怎么处理你的将来？怎么谋生？怎么成家？怎么对待孩子？靠耍贫嘴，可以解决人生所有的难题吗？这个片子到最后，男一号居然还活得不错，不过是有三个女人死心塌地地给他送钱，一个是女军官，一个是女商人，一个是"三陪女"，都永远宠着他。这就有点白日梦的味道了，有点自恋到自欺的味道了。这是现实主义？或者浪漫主义？在另一方面，一个片子就是从头"贫"到尾，男女老少无人不"贫"，无处不"贫"，是不是也有艺术上的单调和重复？

张西：好像是叶京执导的片子，我有印象。他拍过《梦开始的地方》，还不错。

韩少功：王朔和叶京都很有才华。但艺术就是这样，你要做得大，你就不能光是剑走偏锋。中国有些好演员，也很有才华，不知何时一跟风，就都变成油嘴滑舌、挤眉弄眼的那种，真是很可惜。就算你是个喜剧演员，你看看卓别林，他可不光是搞笑。他其实总是笑中有泪，笑中有大事情，有大道理。晚期的那个《舞台生涯》吧，我不能准确记住那个片名，完全是经典的悲剧。

他的艺术是很丰富的，很厚重的，有很多层面的。

张西：挺悲哀的。现在许多演员耍贫嘴快形成一种恶习，缺少职业精神，我总觉得无论演员还是导演都应该有一种侠气。

韩少功：真正的武林大侠是很文雅的，沉静的，是忠诚和慈悲的。只有那种小打手，下三滥的那种，才会四处惹祸，四处挑衅，仅仅以打砸抢为乐子。

张西：真正的大侠有内在的精神，有高度。

韩少功：绝不会轻易出手。

张西：真高兴你能喜欢《士兵突击》，我觉得它比《激情燃烧的岁月》又宽泛了，受众群扩展了，对当代人的世界观更有冲击力了。

韩少功：《激情燃烧的岁月》还有一些依托和借鉴，比如石光荣身上有夏伯阳和巴顿的影子，但《士兵突击》的原创性似乎更强。许三多在艺术史上是个新面孔。

张西：另外我还向你推荐《青衣》，但那部戏受众面窄了点。当然我更期待他的《我的团长我的团》。那天康导跟我说起这戏，足足三个小时没挪地方，我的腰都快坐断了。他现在又像当初拍"激情"和"士兵"时的状态，亢奋不已，处于一种积极的、紧张的、缜密的临战状态。

韩少功：这人是条汉子，我们往下再看看吧。

（原载于《南方周末》2008年2月）

科技时代的人文价值

时间：2021 年 5 月
对谈人：韩少功
吴国盛（教授，科学史家，清华大学科学史系系主任）

韩少功：人文的发展和科学的发展，几乎是一种相爱相杀、相克相生的状态。达·芬奇是文艺复兴时期伟大的艺术家，也是伟大的科学家、发明家、工程师，包括把焦点透视方法应用到他的美术，取得了伟大的成就。

到了现代艺术时期，有个毕加索，其超现实主义影响了一两个世纪的艺术潮流。据毕加索的传记透露，他之所以画了奇奇怪怪的形象，主要受到爱因斯坦理论的启发，有人给他解释过什么叫四维空间。按我们行内的话说，他有点"主题先行"，就有了后期作品的画风大变。

文学领域里也是这样。如果没有达尔文，也许就没有"上帝死了"这种说话，没有关于对人的认识。在达尔文之前，文学还是神学的状态，像中国的《山海经》、西方的荷马史诗，都是神怪加英雄的模式。到后来所谓现代主义文学，也绕不开弗洛伊德。关于潜意识是不是他首先提出的，这在精神病学界有争议

——我们暂时就不去计较了。至少他对于睡梦、精神病这样的研究,对现代主义文学的发展产生了巨大的推动作用。整个20世纪,现代主义的文学在文学界占了半壁江山,在精英层面甚至构成了主流。每年英语文学著作的回顾性排名中,乔伊斯的《尤利西斯》不是排第一,就是排第二。这本书不太好读,坦白地说,我硬着头皮也没读完,但是它的地位高,其特点是"意识流",是探索和表现潜意识状态下的精神活动。

总的来说,我们的人文一直在受到科学或明或暗的推动。当然,到了当下,出现了一些令人困惑的情况。网上有人说,凡人脑能做的事,电脑都能做,云计算、大数据、人工智能将接管或取代一切人文活动。首先是下棋,人脑已输给了电脑。电脑还能代替我们写字、画画、写诗、写新闻、写理论、音乐演奏。央视做过不少人机比赛的节目,按照他们比赛的标准,结果都是机器获胜。以色列有一个年轻的思想家叫赫拉利,认为电子技术加上基因技术,将使99%的人变得毫无价值。我们以前说"全世界的无产阶级联合起来",有很多问题需要解决,但现在你连"无产阶级"都当不上了,只能是"无用阶级",这问题当然很严重。美国还有一个很有名的发明家,也是企业家,叫库兹韦尔。他说"人机合一"将在2045年实现,碳基生命将同硅基生命融合,计算机可解析世界上所有的思想和情感。到那时,新的创世纪开始了,人类历史进入一个新的"奇点"。新的人类,或者说新的上帝们,已不再需要生物学意义上的皮囊,没有所谓生死的问题,没有所谓男女的问题。今年是2021年,看来我们已活不了多久啊。

作为一个文科生,我觉得这是一些搞科学、搞技术的人在吓唬人,我甚至怀疑他们有商业利益的背景,在故意贩卖焦虑。今

・理想，还需要吗・

天吴老师、胡老师你们来得正好，我需要你们来回答这个问题：人类是否真要消亡？所有的人文问题是否都能用科技手段解决？如果你们相信，相信的理由是什么？如果你们不相信，那么不相信的理由又是什么？

吴国盛：首先我感谢一下组织方，让我有机会跟我青年时代就非常喜欢的作家韩少功老师相聚在同一个讲坛上。韩老师是当代中国少有的能土能洋的作家，他当年是寻根文学的代表人物，又是米兰·昆德拉《生命中不能承受之轻》的译者。我特别喜欢他的《马桥词典》，经常能记起那些令人捧腹大笑的场景。

我自己是做科学史、科学哲学研究的，我是文科中的理科生，理科中的文科生。我见了韩老师就仿佛自动变成了理科生，代表科学来讲话。

刚才胡翌霖老师讲了科学、技术、人文三者关系的历史变迁，我认为科学和技术部分讲得蛮好，人文部分讲得简单了一点。人文这个概念含义很含混，很容易看成与科学技术并列的东西。其实，在我看来科学也好、技术也好，都是人文的一部分。人文是一个高阶的概念。这要从人是什么开始讲起。

人肯定是动物，但是人跟其他动物的区别是什么呢？不能只说 DNA 的区别，当然 DNA 是有区别的，如果只是说 DNA 的区别就没有切中人的本质。人的进化过程中遭遇了一个古怪的突变。人类有两大基因突变造成了今天这样，一是直立行走，二是脑袋变大。很有意思的是，直立行走和脑袋变大这两件事情是严重冲突和矛盾的。矛盾在哪里？人类的直立行走必然带来了人类骨骼全方位的改变，最重要的改变是盆骨变窄，如果盆骨不变窄的话没有办法直立行走。盆骨变窄、脑袋变大的后果是什么？所有的人都没有办法足月生下来。足月的脑袋太大，没有任何一个人类女性能生出足月的人类孩子。按照你1450毫升的脑量,人类胎儿的足月应该是21个月。进化采取的策略让人类整体早产。在座的诸位都是早产,我们都是九个月就出来了。人类生下来的时候不算个人,是个半成品,没有长好,需要后天漫长养育期帮你养育成一个人,人的婴儿跟猪、牛、马不一样,猪生下来永远是猪,一日为猪终生是猪,人就不是这样的。人一生下来还不就是人,有些小孩生下来没有放在人群中养,被狼叼走了,母狼养他,结果养成了狼孩。可是,小猪生下来如果被狼叼走,却变不成狼猪,它永远是猪,人可以变成狼孩。这就给人类本性打下了一个烙印,人是后天教化出来的。后天的养育、教化、培养、训练,使人成为人。我们中国人称之为"文"。人是被文出来的,不是生而为人,人是文而成人。

因此,在这个"文"的意义上,人文的东西就是最基本的,什么东西都是人文。人文具有一种优先性、优越性,科学、技术、哲学、政治、宗教、艺术等等,都是人文。只不过,不同的时代,占支配地位的人文会变迁。比如,如果我们这个年代商人最牛,商人文化就会成为这个时代的主流人文。商人文化盛行,文学艺术大概就要退潮。遥想80年代,那个时代诗人作家的地位是很高的,是当时占支配地位的人文。如果说今天科学文化盛行,那科学文化就成了现代人文的代表。

韩少功: 据说有些北京人骂人,就骂"你是个诗人","你全家都是诗人"。这当然有点开玩笑的意思,但也说明诗人的地位,自80年代以来发生了很大变化。

吴国盛: 对的,的确是某种新的要素进入了人文,我们的人文环境发生了很大的变化。我们这个时代的确是科技为王的时代,但这个时代历史还不长。1950年代,在西方世界出现过两种文化的讨论，以剑桥的斯诺为代表认为，由于分科教育，知识分子分成了两拨人，一拨科技专家、一拨人文学者。这里的人文当然是狭义上的，指的是相对科学家而言的人文学者。这两拨人相互不买账，互相瞧不起。

在那个时代的英国社会，主要是人文学者瞧不起科学家，认为科学家没有文化，连莎士比亚都没有读过，相当于在我们中国连《红楼梦》都没有读过，你能说有文化吗？在传统社会，人文知识分子当然是比较高雅的，它呵护整个人类的价值体系。实际上，近代科学的出现，也是基于某种特殊的人文价值。

今天我们身处科技时代，科技文化成为今天占支配地位的人文。赫拉利的书表达的就是这种占支配地位的科技文化，但是，作为一个历史学家，也是作为一个人文知识分子，他仍然还是得为人类操心，为人类的价值理想操心。因此，这就与他贯穿全书的代表着科技人文的进化史观相矛盾。我读他的书之后，第一个念头就是你要是按照进化史观这么说话，那你写这本书干吗呢？你对人类的未来还有什么好忧虑的？当然他的有些论证很精准，对许多过去人文学者思考的问题，给了一个现代科技的答案，从而消解了问题，因此受到科技界，特别是信息技术界的追捧。这是一个典型的例子，就是科技有一种取代人文的架势。

但是，生物进化论只能解释动物如何生存下来，却不能提供人类生活的意义问题。如果人像动物一样活着、吃饭、混吃等死，那活着为什么呢？

其实，人和动物还有一个重要的区别，那就是人在自己还活着的时候就知道自己会死，动物是不知道的，有些动物在快死的时候大概是知道的。据说大象会自己寻找自己的墓地，还有几天快死了，它就专门找个特殊的地方待着。动物有动物的能力。但是人很奇怪，在离死亡很远的时候就知道自己早晚得死。一个知道自己早晚都得死的物种，就存在一个生活的意义问题，他活着就不是简单的活着，一定是"有意义"的活着。如果当一个人意识到自己生命完全没有价值、没有意义，那就肯定会选择死。这个时候死反而是正当的。因此，生活的意义问题，是人文的核心问题。

现代科技在什么意义上增添了人类生活的意义，在什么意义上消减了意义。这是我们谈论科技时代人文价值的需要着眼的问题。每一个时代，我们都需要重新盘点这个时代的意义体系。

今天的中国人面临双重的困难。一个是文明转型的困难，即中国传统的农耕社会向现代的商业社会、契约社会转型。另一个是现代科技文明带来的对意义世界的挑战，这方面的困难是全世界共同的。比如，基于向死而生的意义系统，遭受到长生不老科技的挑战。有些科技专家宣称，我们在不远的将来，可以实现人类永生。我对此深表怀疑。长生不老什么意思呢？一个人长生不老他还吃饭吗？还上厕所吗？还交女朋友吗？如果你不吃饭，也不上厕所，也不交女朋友，请问你还老活着有什么意思呢？你还有没有后悔、遗憾、痛恨、爱这些与向死而生相伴随的东西呢？如果没有的话，一直活着就变得没有意义。因此，我觉得，只要人还是会死的话，那任何对人文意义的挑战都不是根本性的，都不要紧。我们始终还需要人文。

韩少功： 看来吴老师是值得我们信赖的、很温暖的暖男，让我们放心。吴老师刚才也提出，人要有意义，是人文给我们意义。意义是怎么来的？今天中午吃饭的时候，有一位热心朋友给我们买来长沙最网红的饮料"茶颜悦色"，我是第二次喝，吴老师可能是第一次。我们喝了以后觉得，不过就是奶呗，茶呗。我不知道用科学、用技术如何分析这样的饮品，它的意义在哪里？如果它和世界上几百种奶茶的区别并不是那么大，问题就来了，为什么"茶颜悦色"可以成为网红？有那么多人去排队？据说在深圳一家店出现过万人排队的盛况。也许，这个排队就是意义，喝"茶颜悦色"不排队那是不对的，那是等于没喝。一定要排上队，很辛苦，腿酸体乏，这样喝的意义就来了。这个意义，实际上在奶茶的化学成分、分子结构、原子结构之外，是一种文化，一种时尚，是某种特定条件下的心理活动使然。

经典物理学的研究对象是物，特别是无生命的物。但人文不一样，以人这种生命体为对象。一娘生九子，连娘十条心。一个娘生出来的孩子也不一样，不仅差异性大，变异性还很大，今天是这样，明天是那样，没有统一的价值观和意义观。我曾经知道一件事，中国和一个邻国发生边境战争。中国人打完以后，把伤员俘虏的伤治好，养得肥肥胖胖，又把缴获来的枪炮、战车之类维修好，搞得焕然一新，连人带物退还给对方。后来我去邻国访问，几乎完全听不到相应的我们想当然的预期反应。恰恰相反，我在那里听到的反应是："中国人太坏了，不光打我们，还用如此阴毒的办法羞辱我们，心思也太深了……"这就是价值观的多义性。你以为你是仁慈，人家觉得是羞辱。面对同一件事，物理学家怎么解释？化学家、生物学家怎么解释？

总的来说，人类有一种共约性的精神方向，这个我承认。但人类有个基本特征：既是个体的，又是群体的，而且这两方面互相矛盾和互相依存。一个人不自私自利很难，因为个体的人如果只有一碗饭，我吃了你就没得吃。但我们又是群体的，不可能孤立地存在。离开了人类群体，就会像刚才吴老师说的，人可能变成狼孩或者猪孩，就不会有语言文字，不会有人文。这种群体性决定了，人永远会有一种下意识的冲动，需要安全感，需要温暖的互助，最后用传统语言来说，需要有情有义。海德格尔说"向死而生"，一定是就个体的人而言。如果就群体的人而言，人类是延绵不断的，至少到现在为止好像还不会完结。

西方人常说，我们为上帝而活着。中国人信宗教的少，大多是说要"上对得起祖宗，下对得起后人"，是为祖先和后代而活着的，是指向一个历时性的群体。只有在这个意义，我们才可以理解，为什么有些人在临死之前，还那么自信、那么放达，甚至充满了激情——这是屡见不鲜的历史事实。他们是为意义而活着，就像很多西方人死后回到上帝那里去，很多中国人是到祖宗和后人那里去，会少一些孤单的恐惧。

吴国盛：科技对传统人文的碾压，的确越来越严重。首先从最基本哲学原则、最基本的世界层面上，进化论已经高度介入。甚至价值观这样传统上由文史哲学人来关注的问题，现在的进化论也介入了。过去，人文学界在承认进化论在解释自然问题上的权力同时，还强调进化论不能向社会历史领域漫延，比如生物界是弱肉强食，胜者为王，优胜劣汰，可人类社会有怜悯、同情弱者，在鸡蛋和石头之间，我永远站在鸡蛋这边等，因此，社会达尔文主义是不对的，是对进化论的不正确使用。

但是现在，一种特殊的历史观，即进化史观已经出现了。过去以为是特别人文的东西，它都找到了进化的根据。比如说为什么外婆总是你最亲的人？进化论的解释是这样的，进化基本的动机就是基因传下去，在漫长的进化过程中，进化肯定会选择那些明显有利于基因传递的行为。你肯定是你妈生的，爸爸是谁很难说，你妈肯定是外婆生的，外公是谁也很难说，这样一来，亲外婆现象就有了进化上的根据，无论是高尔基的外祖母，还是何立伟的外婆。

韩少功:"外婆的澎湖湾"。

吴国盛：现在进化生物学想进军哲学家、文学家制造的领域，赫拉利的《人类简史》其实就是一部进化史学。进化论占领人文学领域，可以看成是科技碾压人文的一种显著的表现。

但是，科技对传统人文的挤压，并无可能取消基本的意义问题。比如现代科技可以延长人的寿命，但是，只要人终有一死，活着就是一个"问题"。在这个"问题"之下，长寿是好事还是坏事，并没有一个科学能够确定的标准答案。有些社会认为老而不死是不对的，因为地球就这么大，资源就那么多，你老不死后代还要不要活？另外，长久的活着还得考虑尊严、体面，还得考虑实际的费用支出，还要考虑这些支出是否合理、是否公平。这样想来，长寿问题，就不是一个简单的问题。

韩少功：人是我们当代科学的最重要的主题。看吴老师的书就知道，物理学发展到20世纪，面临一个重大的挑战，就是来自微观和宏观的认识论挑战。生命这一块，特别是生命和人文这一块，按照德国思想家韦伯的标准来划分，有工具理性，有价值理性。即便从工具理性的角度看，医学就还有很多未解之谜，有漫长的路要走。

早在1976年，美国一半的医疗开支都花在病人生命结束前的60天，像人工肺、呼吸机等等。借用吴老师的话，多活那几天"有意义吗"？这还不算另外很多支出，比如说对付性无能、对付秃顶的。

这些研发投入，显然是为少数有钱人准备的。相反，世界上很多病却没有机构去研究，像非洲的地方病。还有一些罕见病，因病例太少，不构成购买力规模，赚不到钱，就不会有医药商去关注。但罕见病很可能是医学研究的重要突破口,是我们某种生命秘密的暴露点,只是因为没有市场价值,就一直被忽略。可见作为工具理性的医学,其本身的发展已经是失衡状态。

至于价值理性,如何判别科学成果的意义,如何使用这些成果,是科学之外的问题。在价值判断多元化的情况下,如何寻求人类的共识,进而达成政策、法律、伦理来指导人类的行为,是一个绝大的难题,不光是科技人员面临挑战。刚才说到了达尔文,社会达尔文主义者,其实在很大程度上扭曲了达尔文。在达尔文的著作里,他承认弱肉强食和优胜劣汰,但这并不是全部。比如达尔文也描述过非常温馨的暖心故事,说一只企鹅为了拯救受伤的同类,叼了一条鱼,竟然步行三十多海里。社会达尔文主义者对这一类故事无感,把它们都遮蔽了。

美国有一本获得图书大奖的书,学术版叫《蚂蚁》,通俗版叫《蚂蚁的故事》,说蚂蚁在很多情况下群体意识特别强,甚至超过人类。有一次遇到森林大火,火线把蚂蚁包围了,蚂蚁突然结成一个球向火线外滚去,直到这个球越来越小,因为外面的都烧焦了,发出了难闻的臭味,但是里面的蚂蚁却得以保存。人类还有贪生怕死的,有开小差的或缺心眼的,那种众志成城义无反顾的蚂蚁精神人类哪有?这同样是自然界提供给我们的启示,同样是科技工作者观察到的事实,却被人文领域的一帮家伙给掩盖了、滤掉了,然后只得出一个"丛林法则",得出"个人利益最大化"的一条所谓铁律。这其实是人文学科干的事,却让科学"背锅"了。

吴国盛:实际上科学本身并不直接给出一个人文结论,从科学而来可以有不同的人文结论。在科学碾压人文的时代,也存在和人文和解的可能性,对科学人文的阐释不是单一的,也不单是科学家说了算的。

韩少功：达尔文变成社会达尔文主义是个典型的例子。

吴国盛：爱因斯坦经常强调，你不要老是说什么科学的力量、科学的应用，科学最重要的是为人类着想，人永远是科学的目标，不要忘了这个事。爱因斯坦这个人是有浓重的人文情怀的。

韩少功：他特别抬举人文的，他自己说过，我们这些科学家做的事情比基督、佛陀可差远了。

吴国盛：爱因斯坦之所以是个伟大的科学家，我对一段话印象特别深。他说科学的最终目的其实不是谋取物质利益，而是获得内心的宁静。内心的宁静是一切宗教、艺术、科学的终极目标。为什么科学能获得宁静呢？科学给我们造就了一种不再畏惧、不再恐惧的氛围，而且，科学提供一种可信的世界观。

人和动物的根本不同，在于人是有世界的。我们不可能经历世界上所有的事情，也不可能经历世界本身，可是人都拥有世界观。科学就是在提供世界观这个意义上成为最深入人性的东西。

西方科学借助于技术改变了科学对人性的影响路径，走上了力量型的道路。比如网络时代强化了虚拟交往模式。比如今天的讲座可以线上直播，不在现场也可以收听收看。随着网络技术向纵深发展，虚拟交往越来越成为占支配地位的交往模式。在这样的交往模式里面，肉身就必然慢慢淡出。

谋面是一件有意义的事情，比如今天和韩老师的谋面，对我非常有意义。为什么谋面如此重要呢？如果按照现代信息世界观看，肉身的相聚、好友面对面，其实没有必要，通过信息网络技术都可以实现信息沟通和交往。这的确是一个有意思的问题。音乐爱好者，听再好的音响唱片，也一定要去现场听音乐家拉琴。

CD可以做得非常地精致，一点噪声都没有，音乐家尽量把拉错的部分重新录一遍，一点错都没有，但仍然不能取代音乐厅的现场。现代科技的极致运作，仍然不能彻底取代某些特别属人的东西。那个特别属人的东西不容易说出来，但是要是缺少的话，意义系统就要崩溃。

当你一旦认识到当面交往和线上交往本质上没有区别，当你发现通过望远镜看天和用裸眼仰望星空没有区别，当你用分子式描写生命的切片和你实际到沙漠、森林里面去看动物、植物没有区别的时候，我就觉得这个时候是不是我们的人文意义系统至少处于崩溃的边缘。

韩少功：科技能不能做一切事情？有些狂热的科技至上主义者觉得能，觉得只要技术进一步发展，你想快乐，就可以在基因上让你快乐；你要尊严，就可以制造一种丸子让你有尊严。这些话你们觉得可信吗？我肯定不信。我们刚刚说到人有个体性、群体性两个方面。有些物质上的需求，个体是可以满足的；但一个人想快乐，如果周围的人都不快乐，都脸不是脸，鼻子不是鼻子，他能快乐吗？一个人没有周围人对他的尊敬，他的尊严在哪里？可见，尊严、亲情、爱情、意义感，这些东西必须在一个群体关系里面才能求解，不可能有自己给自己满足的办法。

我们以前常说到真、善、美，是一个老话题。大体上说，科学是求真的，科学家最重要的品质就是求真务实，讲求客观性、规律性等等。但我们其实也经常需要"谎言"，比如说孩子要考试了，老师说："你是最棒的。"这明明是假话。什么样的孩子是世界上最棒的？不过这个假话可能有用，可能让孩子信心满满，一路上反复念叨这一句，还可能真考好了。很多东西就是这样：艺术不一定是真的，宗教不一定是真的，但它们是有价值的。借助虚构的创造，能让我们解决一些具体的人生难题。

科技在不断进步，呈现出一种线性发展的状态，但人文不一定是这样，我们用电脑写小说，能写得过曹雪芹的《红楼梦》吗？我们借助网络、云数据写诗，一定能超过李白、杜甫吗？可能也未见得。那么，如果这个世界上没有曹雪芹、李白、杜甫，我们生活是不是少了点什么呢？中央电视台办了两次写诗的人机比赛，按照他们的比赛标准，最后都是机器胜利了。但是那些机器写的诗，肯定是平庸的诗，与李白、杜甫的诗不可同日而语。

大体上说，机器人可望替代人类智能很大的一部分，特别是常规性、逻辑性、有确定性、线性思维和工具理性的那部分。但我不相信机器人能全面取代人。这不是我的观点。美国计算机的鼻祖式人物高德纳，最年轻的图灵奖的获得者，他写的《计算机编程的艺术》，已成了IT界《圣经》一样的读物。他就说过"人不假思索就能够决定"的很多问题上，机器人想取代人类，门儿都没有，还差得很远。当然，不是所有人都认同高德纳，相不相信他，是人类的自由，也是机器人所没有的自由。

吴国盛：作为一个作家，"相信"某种意识是可能的。

韩少功：坚信也是人的特权。

吴国盛：你说有事实证据吗？没有，我直觉就是这样的，我就相信科技不能做所有事情，很多事情靠技术的力量是做不来的。1960年代美国的哲学家德雷弗斯，写过一本《计算机不能做什么》，支持了您刚才的那个说法。他举了一个例子来说明，一门心思做逻辑判断的计算机，没有办法处理人间的很多事情，因为人类许多交往其实是超越逻辑判断的。他说，狐狸想吃乌鸦嘴里的肉，不断地歌颂乌鸦："乌鸦妹妹你好漂亮，歌喉好听极了，我就想听你唱歌。"现在请问，这只狐狸在这里说的是真话还是假话。我们作为人都知道，这句话既不是真话也不是假话，真假根本无关紧要。他要做的事情只是让乌鸦张嘴，只要张嘴就行了，并不是说真的认为乌鸦的歌喉好听或者不好听，这个没有关系，这不是关于这个问题的逻辑判断。

他又举了另外一个例子，让机器人做招待员，看上去挺简单的事，但实际上问题很大。比如说来了一个客人，点菜的时候点了一堆奇怪的东西，比如点了"粪便"之类的，如果招待员是一个人，他马上就会意识到这个顾客有问题。可是机器人不会奇怪。再比如，又来了一个顾客，这个顾客不像一般人膝盖是向后弯曲，相反是向前弯曲，以至椅子都得倒过来。如果是人类服务员的话，他会觉得很奇怪，但机器人却不会奇怪。所有这些都表明，人类实际上存在着许多直觉，是机器人不具备的。这些和人类相关的直觉，和人类肉身存在相关联的直觉，没有任何技术能够取代。

韩少功：另有一个计算机方面的专家凯文·凯利召集过全球黑客大会，就这么一个爷。他有多本书在中国翻译出版了。他谈到了人工智能最大的缺陷，就是没有"价值观"。他说机器人是人类的孩子，"需要人类不断地灌输价值观"。比如美国很多大学讨论过一个案例：一列难以制动的火车，前面出现岔道，在一个错误的岔道上有三个人，在正确的岔道上有一个人。那三个人走错了路，自己负有责任，而另外一个人完全无辜。那么火车该选哪条道？是该压死三个有错的，还是压死一个无辜的？按照功利的观点，肯定要留三个死一个，尽可能让代价最小化。机器人大概只能做出这样的价值选择。

吴国盛：这里面还有一个更大的问题，是不是三条人命就比一条人命更贵？

韩少功：对呀，这个价值观怎么形成呢？

吴国盛：万一那个人是爱因斯坦，那三个人是马上枪毙的囚犯，怎么办？更大的问题是说，很多人可能认为，此时的不作为，貌似比作为好像好一点。有些人可能以为，机器人也能有自我概念，也能有道德信仰——它们暂时没有这些东西，只是因为它的程序不够复杂。其实不是，问题的关键是：机器没有身体。

我们人类所有的道德、价值最终是基于人体本身的目的性和意向性。你要发育、生长、趋利避害，因为你是有身体的。你的手碰到烫的东西会本能缩回来，这是手作为身体器官的趋利避害的本能。机器没有身体，因此不需要趋利避害。机器没有身体，不知道死亡，自然不会有伦理、道德、价值观念了，也不会有思想。

现在某些技术狂人认为自己可以制造欢乐剂、尊严剂，问题是，你凭什么喂我东西，你以为你是谁？你居心何在？你给我喂快乐剂，你是不是愚弄我呀？快乐是可以被制造的吗？你的角色是什么？在技术替代人性的方案里面，总是会隐含某种恶劣的人性，某种恶劣的人性慢慢在以一种状态来起作用，普通人、未经反思的人成了无用阶级。现代技术要引起我们警惕，需要警惕的不是它的能力太强了，而是它的隐蔽性，它越强大，人们越是被它的能力吸引，就越是容易忘掉了背后恶劣的可能性在悄悄地膨胀。那些给我们喂快乐丸、尊严丸的人，可能就是一个巨大的恶魔。

韩少功：我觉得此处应该有掌声。

吴国盛：今天从韩老师这里学到了很多。作家的使命是丰富语言、维护语言，因为语言里面蕴含了生活的意义、生命的价值。我们的日常语言往往把事实和价值搞在一起，这其实是最健康的和健全的，让我们人类获得事实的同时，能够自动地产生某些价值。文学家、艺术家实际上是任何一个时代人文的呵护者，因为他们捍卫日常语言。在今天这个通用语言盛行的时代，日常语言、地方语言，都是值得捍卫和呵护的。

现在的问题是，在所谓的数学化语言、科学化语言、程序化语言里面，会不会也自动携带一套价值呢？我们读小说里面那些地道的讲话，会觉得特好笑，特深刻，让人拍手叫绝，太妙了。诗人也好，作家也好，他的最高使命就是要呵护语言的丰富性、里面无穷的寓意。现代科学恰好要求你把语言这个能力消掉，搞成意义单一、精确、明晰。您怎么看待现代社会、现代教育里面越来越鼓励做精确语言化的事情？

韩少功：我认为精确语言、通用语言有它的必要性，但它并不是一切。作为一种公共交流的工具，现在很多翻译软件，应付新闻、公文、商务、旅游文件没有任何问题，确实给大家造福不少。但是这种软件唯一的碰到的"鬼门关"是文学，因为文学太复杂了，变数太多了。

英文一个词 women，相当于中文中的"女人"、"女生"、"女性"、"女子"、"婆娘"、"妇女"、"巾帼"、"红颜"、"女同志"……多了去了，机器人该选哪一个？可见语言一旦进入文学艺术领域，就不仅是一个通用工具，总是携带各种具体语境里文化、情感、心理的微妙密码，千差万别又千变万化，再大的数据库也无法将其穷尽。

很多古诗被翻译成现代诗，内容都对啊，一个意思都没漏掉啊，但就是没有味道了。很多外国笑话翻译成中文，意思也都没错啊，但就是让人笑不起来。可见机器人做翻译，光是按照字典做"对"了，还远远不够。往深里说，真对于美来说，对于善来说，也远远不够。

你刚才说到乌鸦的故事，也就是我们经常说到的"高级黑"。"吴老师你真是太伟大了。"你说我这句话是夸他了还是骂他？一种情况下是夸你，另外一种情况是骂你、质疑你、讥讽你，可以表达很多的情感在里面。但是你以精确的、通用的语言标准来衡量，这句话就是一个意思，一个确定性的意思。事实上，"高级黑"、"高级红"、"高级酸"、"高级恶心"……各种各样的现象，在文学里面太常见了。因为归根到底，人不仅是一个物质和功利的人，还是一个心理的人、一个情感的人、一个文化的人、一个精神的人，在这方面所有科学技术的努力，可能都会有它的边界。

吴国盛：谢谢，此处也应该有掌声。

（原载于《万松浦》2022年第1期）

AI 和作家，谁将掌握未来文学命运？

时间：2017 年 3 月
对谈人：韩少功
傅小平（作家，《文学报》评论部主任）

低价值 / 高价值工作的区别，在人工智能的撬动下突然凸现和放大

傅小平：读完你这篇文章，感觉像是经历了一场头脑风暴。基于人工智能对当下生活产生的潜在或显在的影响，我们即便不知其所以然，但多少明白它是怎么回事。但我想包括我在内的绝大多数人，恐怕都没怎么深入想过它会对人类社会，对我们的生活，对文学艺术产生怎样的影响，更不要说有像你这般系统的分析思考了。我挺好奇，你何以对这方面有如此深入的关注和研究？

韩少功：不是说作家应该关注社会和深入生活吗？人工智能这事已沸沸扬扬，老百姓在谈，企业家在谈，政府官员在谈，作家们充耳不闻倒是不正常吧。在我所居住的那个乡下，一个砖厂老板都买了四个机器人（手）干活，农民都在议论。作家的现实敏感度不应该比农民还低。

傅小平：就我而言，我特别感兴趣人工智能对未来文学的格局会产生怎样的影响，尤其是对文学的多样性会造成怎样的冲击。会不会等到人工智能基本覆盖的那一天，网络文学、手机文学等等都得统统消失，而通俗文学则完全被替而代之。未来会不会只剩下两种文学：不可复制的，更为纯粹的纯文学；可以"繁殖"的，普遍意义上的机器人文学？

韩少功：重复性／创造性工作的区别，低价值／高价值工作的区别，在人工智能这一个杠杆的撬动之下，突然得到了凸现和放大。这一点各行各业都一样。就像我在文章中说过的，像我们这些"构成文化生态庞大底部的庸常之辈"，今后也许还能活，但生存空间无疑将受到极大的挤压。事实上，眼下有些通俗文学的写手已经半机器化了，比如俗称"抄袭助手"的软件，网购15元一个，可用来抄情节，抄台词，抄景物描写等，只是用人类的署名掩盖了这一切。由此引起的诉讼案例已经不少，可视为机器人的"挤压"事实之一。可以想象，当机器人更加"聪明"以后，大规模走上前台以后，我们这些庸常之辈还怎么写，确实是一个难题，与其他行业的难题差不多。

傅小平：我倒是想文学的范畴、概念，会不会因人工智能的冲击而进一步刷新？因为文学是人学，是为了人的文学，当部分写作的主体变为机器人，由"他们"制造出来的文学，该怎样体现诸如人道主义、人本主义、人文主义等价值观？即使有所体现，我们又该怎么去信任这种由机器人预设和制造的价值观？

韩少功：机器人写作必须依托数据库和样本量，因此它们因袭旧的价值判断，特别是传达那种众口一词的流行真理，应该毫无问题。但如何面对实际生活的千差万别和千变万化，创造新的价值判断，超越成规俗见，则可能是它们的短板。

傅小平：很赞同您审慎的乐观态度。历史经验表明，每一次技术革新都会对文学艺术带来重大影响，但这种影响，未必是终结，也可能是另一种解放。比如说，摄影兴起的时候，人们都以为艺术要完蛋了，但艺术到现在还活得好好的。又比如说，影视来袭，人们以为文学要完蛋了，但文学依然有其不可替代的价值。以此类推，也很难说，人工智能来了，就再也没文学艺术什么事了。尤其是你说到的文学最擅长传达的价值观。我想问的是，不可为人工智能所替代的价值观，到底是什么样的价值观？如果是已有的，或是约定俗成的，可以转换为人工编码输入的价值观，我想人工智能是可以达到的。如果是具有很强的个体性，且随着个人的变化而时时有变化的价值观，或许就是另一回事了。

韩少功：我从不算命，给价值观开列清单也会没完没了。还是从具体事例来说吧。江苏卫视有一档很火的节目《最强大脑》。主要是人的识别、记忆、推理能力的比拼，而且还有人机比拼的尝试。很明显，很多参赛选手令人惊叹，"强"得不可思议，但在另一方面，那些能力显然并不构成"大脑"的全部。

可以肯定，机器人将来在这些方面要超过人类的，百度机器人就已经出手赢过了几回，但价值判断呢？人类选手即便输了，他们曾经的学习、锻炼、实践运用等就一钱不值？如果人类选手赢了，他们的能力是否有普遍意义和普及价值？是否值得人们一窝蜂模仿与跟进？更重要的，不论是机器还是人，这些"最强大脑"能解决自然、社会、文化艺术中所有的难题？……这些都是绕不开的价值判断。显然，仅靠识别、记忆、推理这些能力是远远不够的。

就像我说过的，人类在很多能力方面不如动物，比如听觉和嗅觉；在很多方面将来肯定也不如机器，比如记忆和计算。但这实在没有什么大不了的。因此电视节目上的所谓"最强"，只是涉及人类智能的一部分，工具理性的那部分，我们惊呼尖叫之余，却不必在理解上越位。

傅小平：我还想追问下，你说到机器人写作终究只能是一个二梯队团体，恐不易出现新一代屈原、杜甫、莎士比亚、托尔斯泰、曹雪芹、卡夫卡等巨人的身影，我完全赞同。人工智能的倒逼，也会使得我们问问，最高意义上的文学，究竟在哪些核心的方面为一般写作所不及？比如说，文学所必需的故事、情节、语言等等，机器人都能掌握，且未必弱于一般的写作。那不可替代的只是价值观？要这么说，文学之外的哲学、宗教等等，不也同样适合作为传导价值观的载体？

韩少功：所谓"高价值"，并不是体现为一些结论，一些标签，而是体现在你说的"故事、情节、语言等"之全过程，形成一种总体的美学创造效应。哲学、宗教如果要有创造性，也必须回应和处理各种新问题，形成一场又一场生动活泼的思辨接力赛，不是简单地复制前人。否则，和尚念经，牧师布道，哲学家演讲，各种"心灵鸡汤"，只是陈词滥调人云亦云，我们以前称之为"留声机"的那种，当然是可以用机器人来代劳的。事实上它们已经部分地被代劳了。从"留声机"升级为机器人，恐怕是很容易的。

机器人到场以后，有关秩序和规则都需要调整

傅小平：你说到"人类智能之所长常在定规和常理之外，在陈词滥调和众口一词之外"，还有"文学最擅长表现名无常名、

道无常道、因是因非、相克相生的百态万象,最擅长心有灵犀一点通",很让人欣慰。因为我联想到,相比更为偏重逻辑的西方文学,中国文学似乎最擅长表现这些"其复杂性非任何一套代码和逻辑可以穷尽"的事物,而你举到的那些言论,也都出自中国古代文人之语,是不是由此可以推测,在人工智能全覆盖的将来,如果发挥中国传统文化优势,中国文学会有更好的前景,且有望在世界文学的版图上发挥更大的影响?

韩少功:西方文化也是蛮丰富的,比如他们确有很强的逻各斯主义传统,与中国有异,但他们也有过强烈和深入的反思。最早划分"工具理性"和"价值理性"的,就是马克斯·韦伯和法兰克福学派那些人,对于中国学者很有启发,丰富了我们对"术"和"道"的理解。在坚守人文理想方面,可以说东、西方知识界各有贡献吧。

傅小平:说得也是。不过有一个观点,我不是完全赞同。如果说人机关系仍是主从关系,那人工智能还是有赖于人的指令。既然是人在操控,当机器人成立作家协会,确是不会要吃要喝,不会江郎才尽,不会抑郁自杀。但人工智能背后的利益归属还在于人,所以是不是因此就少了送礼跑奖、门户之争,就不好说了。

韩少功:对我那些调侃性的修辞,你不必太过认真。如果人机关系处于主从状态,机器人当然会在不同程度上留下人类的影子和指纹,不过是一种配比不同的人机组合关系。但机器人介入进来以后,情况毕竟会不一样,比如一个像"偶得"那样的写作软件,写出来的诗有无版权问题?这个版权是属于制造商,还是属于购买者,还是属于使用者(如果不是购买者)?抑或有关"版权"根本就不应该得到法律的承认?……这些新问题都会冒出来。维基百科就与所有传统的字典、词典、百科全书不同,是无数匿名者的作品,公共化产品,几乎没有作者和版权可言。在"云"时代,各个终端的"个体"意义越来越弱,而前面说到的公共化、半公共化产品会越来越多。

傅小平:的确如此。文章主要分析了人工智能会对文学产生怎样的影响。我同时也好奇,在不久的将来,文学对其力图表现的人与人、人与社会乃至人与机器人之间的关系会有怎样的呈现?我看过一个报道说,嘉兴某个地方的织袜厂面临倒闭,用机器人代替人工降低劳动成本后,又重新发展了起来。就这个报道来说,我更关心的是,原先在那里工作的工人,离开那个地方后会怎么样。由此联想到,将来要如你提到的,至少45%的智力劳动都要被人工智能取代,那有闲的人倒是多了,按常理说,搞文学艺术的人也该多起来了。但在这样一个人与人之间的社会联系,包括矛盾冲突等,都可能淡化的社会里,文学能表现什么呢?

韩少功:说以后社会冲突会随之"淡化",可能还为时过早。人工智能、基因技术、纳米材料……这些东西将缓解哪些矛盾,又将造成哪些危机,眼下乐观派和悲观派都不少。作家们也许不必急于选边站队,但关心和了解这些新事物,至少是必要的第一步。而且中国人常说"有其利必有其弊",这话反过来说也行。各种新技术的关联影响可能是十分复杂的。比如基因技术似乎也是吉凶并存。它一方面可以帮助人类战胜很多疾病,是大好事;但另一方面,就像以色列学者赫拉利说的那样,在市场化条件下,它也可能催生"生物等级制",让有钱人的基因优秀,没钱人的基因低劣,社会的不平等从基因开始,变得更加严重。这种看法也并不像是危言耸听。

·中编　文明广角·

傅小平：我还想问问，人工智能对读者阅读会产生何种影响？就像你在文章里提到的，很多年前，"深蓝"干掉国际象棋霸主卡斯帕罗夫，去年"阿尔法狗"的升级版 Master 砍瓜切菜般地"血洗"围棋界。也许将来象棋、围棋界，上演的主要是人机对战的现象。不知道到那时，读者是不是还能体会到像茨威格《象棋的故事》、川端康成《名人》、阿城《棋王》等作品中描述的人人对弈的景象的绝妙之处。这是不是意味着文学表现的领域，还将进一步遭到挤压？

韩少功：长袍马褂、大刀长矛早就过时了，但古典文学名著仍然可以让我们兴趣盎然，作家们也仍有写不完的新题材，包括历史题材，《甄嬛传》《芈月传》什么的。问题不在于写什么，而在于怎么写。即使是写原始部落的生活，写数十年、数百年、数千年前的生活，只要写好了，同样可能成为经典之作。说实话，由于有了大数据，作家们利用历史档案的能力大大增强，写历史题材倒可能更有方便之处了。

傅小平：我有时不免想，对于人类的未来，我们是不是过于悲观了？比如，你担心就业危机要是覆盖到适龄人口的99%，哪怕只覆盖其中一半，什么样的政治、社会结构都会分崩离析？这样的忧虑自然是有道理的，但人类在一定程度上还有自我更新和调控的能力。打个比方吧，前些年我们都担心克隆人会带来伦理危机，但克隆人被有意识地通过立法或其他方式制止了。当然，这倒是为文学创作提供了新的空间，英籍日裔作家石黑一雄的长篇小说《千万别丢下我》，探讨的就是克隆人与正常的人之间的关系。

韩少功：我没看过这个作品，没什么看法。但我相信对生命的理解将要遇到重大挑战，那是肯定的。设想将来一部分人类不过是基因公司的产品，那么这些产品享不享有同等的"人权"？毁坏这样的产品与毁坏一台电脑有什么区别？……人道主义的根基，真、善、美的根基，会不会从这一点开始出现动摇？当然，我从不对人类的未来悲观，始终相信自然和社会的自我调适能力。我只是觉得眼下很多文科生太不关心和了解科技，很多理科生则太迷信科技，在价值观问题上脑补不足，严重缺弦，几乎是一头扎进数理逻辑的一神教。这样的两头夹击之下，各种盲区叠加，知识界的状况倒是让人担心。

更应注意高科技对人和人性的改变

傅小平：事实上，读完这篇文章后，我的另一个感慨是，中国作家普遍缺少像你这样的前瞻性思考，我们更多关注历史和现实，至于未来会怎样，那是科学家该干的事，跟作家写作没什么关系。当然近年来，随着科幻文学崛起，似乎有一些科技知识分子，热衷于在写作中融入"未来"。但我们通常所说的严肃文学创作里，还是相对缺乏未来这样一个维度。在你看来，前瞻性思考对于作家写作来说有何重要性？

韩少功：我没有具体的科学专业背景，也从未打算写科幻作品，只是把科技当作生活的一部分，人的一部分，有点瞎琢磨而已。这种瞎琢磨也说不上"前瞻"，其实大多是针对现实当下的。比如微信等通信工具改变了人际的空间关系，让远友变得很"近"，却让近邻变得很"远"，以至"相思"、"怀远"等古典文学中常见的主题，已大大减少了。这就是现实。又比如电子虚拟世界使人们见识很广，信息量超大，但大多数"知道分子"的知识来自屏幕，而不是亲历性实践，因此知识的质量和深度大打折扣，以至知识界主流前不久被全球金融危机、特朗普上台等"黑天鹅"事件一再打脸，暴露出知识与实际的严重脱节。这也是现实。光是看清眼下的这些事，就够我们忙活的了。

傅小平：如果联想到早年你提出了"文化寻根"，很多年后，你倒是对文化、文学的未来孜孜以求，这样大的一个跨度，会不免让人觉得有些穿越。我想问的是，这两者间是否有什么关系？你的这些思考有何一以贯之的地方？

韩少功："寻根"不是当年问题的全部，只是媒体把那一部分声音放大了，就变得拉风和抢眼了，造成了某种错觉。如果你看过我当年几乎同时写过的另一些文章，如《信息时代与文学》，就知道我的关注范围并无太多变化。

傅小平：这对我倒是一个提醒，你的思考即使在同时段里也是多方面的，读者可能关注被媒体放大的某一方面，但这却对其他方面造成了遮蔽。比如，你十一年前就写了一篇文章《一个人本主义者的生态观》，深入探讨了文学与生态的关系问题，现在看来依然具有现实意义和参考价值。你的这些前瞻性思考，也让我想到你的不少创作多少有乌托邦的色彩。但你也知道，中国文学，尤其是大陆文学比较少乌托邦色彩，即使有，也更多只是革命乌托邦、政治乌托邦的折射。严格说来，我们几乎没有乌托邦文学，也没什么反乌托邦文学。我不知道，这是不是我们比较缺少对于未来的想象所致？如果可能，不妨结合对人工智能的思考，试着给读者描绘一个中国文学的乌托邦。

韩少功：你这个想法不错，但对于我来说可能是力不从心。我倒是希望打破专业界限，有更多有科学专业背景的人来参与文学，改变一下文科从业群体的成分结构。我只是希望那些理科生多一些文、史、哲的素养，不要以为背得下几首唐诗宋词，看过了一堆美剧韩剧,就可以人文一把了。我说过,我不满意的,是眼下很多科幻片都不过是"《三侠五义》的高科技版,更愿意把想象力投向打打杀杀的激光狼牙棒和星际楚汉争"。不管这些作品出自文科生还是理科生,他们的知识体系看来都有缺陷,各有各的毛病。他们不应该把高科技单纯看成一种工具,可能更需要看到这些东西对人和人性的改变。

傅小平:回到文章开头,你谈及文学翻译。想到你早年翻译《生命中不能承受之轻》《惶然录》,产生了不小的影响,后来为何就不再翻译了?是不是你早就意识到翻译的局限,意识到翻译终会被替代,兴趣就随之转移了?有意思的是,文章有很多前沿思考,参照引用的却基本上是已译成中文的外文著作及资料。是不是说,现在很多资料都已经同步,不必像以前那样费心去外文里找寻、翻译了?

韩少功:人工智能肯定能大大提升翻译的效率和产能,但这是指一般的翻译,而文学翻译是另一回事。正因为文学翻译是翻译中最接近价值观的一部分,是面对事物千差万别和千变万化的,因此很可能是机器翻译最大的难点,甚至是一大克星。优秀的文学翻译是一种"原创品",production,一种高价值和创造性的工作,至少在可预见的将来,恐怕没法被机器人替代。当然,这并不意味着翻译家们拒绝机器的帮助,就像我们眼下阅读和写作,其实早已受益于百度、维基百科、大数据和互联网等智能化工具。人机之间的互渗、互动、互补已经是一种常态。

傅小平:文章最后谈到"哥德尔不完全性定理",因为涉及一些过于玄奥的理论,虽然经过了你的演绎和转述,于我还是觉得有些不好理解。但你写到在数学家和哲学家哥德尔的故乡,亦即捷克的布尔诺,一条空阔无人的小街的街头,有人随意喷涂了一句"上帝就在这里　魔鬼就在这里",倒是引发了我的兴趣。这么说吧,尼采说,上帝已经死了。进入人工智能时代,会不会像有人预言的那样人也"死"了。要真是这样,人怎么解决自己的信仰问题?

韩少功:兹事体大,只能以后再说。我同意你的看法,"上帝死了"是现代科学的第一个社会后果;至于"人"死不死,人文价值体系还要不要,真、善、美这一类东西还要不要,是科学接下来逼出来的另一个大悬问。

如果信仰不是一个神学问题,需要得到科学知识的有效支撑,那么关心和了解新科技,就是应对新一轮挑战时必不可少的功课。换句话说,如果知识界在这一问题上无所作为,那么所谓信仰就会重新落入神学之手——事实上,当前全世界范围内各种宗教力量以及迷信、邪教力量的大举回潮,居然在一个高科技时代大举回潮,正好证明了知识界的某种危机和无能。文科和理科双方,恐怕都得对此负责。

(原载于《文学报》2017年3月)

强者不过是把不如意的生活过得有滋有味

时间：2017 年 7 月
对谈人：韩少功
黄秋霞（凤凰网记者）

黄秋霞：韩老师，您回到乡下已居住了十多年，有许多人说您在隐居。

韩少功：怎么隐得了？现在每个人都有手机，信息全覆盖，一不小心你的什么事情就到网上去了，任何人都可能暴露无遗。我的实际状态是半城半乡，即便在乡下，也是光纤宽带入户，同外界联系很方便。这不像古代，你在山里躲着就真的能隐居，但现在这种条件已经不复存在。

黄秋霞：前两天刚好看到您一篇文章《渡口以及波希米亚》，里面讲到卡夫卡他顺着自己的蓝墨水在逃亡于内心，就像您去汨罗，有没有带着这种内心逃亡的意思。

韩少功：像卡夫卡那种特别自我封闭的人，是比较极端的一种形态。但是一个人的内与外，总是会有一定纠结。有时候，人们对外部事件很关心，但有时候，人们又希望自己躲避一下，建立某种屏障，把自己封闭起来。这是很正常的一种纠结。这种纠结每个人多多少少不同程度都会有，只是各人处理的分寸有所不同。

我是想营造一种适合我自己性格的生活状态。我的性格偏静，因此就尽量屏蔽掉一些对我来说不必要的信息和关系。当然，有些人就是好热闹，参加很多活动就如鱼得水，那也是他们的自由。

黄秋霞：前段时间流行逃离北上广，到大理、丽江建立一个理想的世界。理智地想一想，这样一个理想的世界也不存在。

韩少功：那是小资们自我安慰的一个梦想。眼前的生活很糟糕，美妙的生活一定在远方。这个想法，一再被生活证明是个很可笑的泡沫。

黄秋霞：外界看您在汨罗的生活，就是他们认为的远方和诗的生活。

韩少功：这都是人们的想象，其实你进入每个人的生活，都会有无奈和沉重的一面。到农村生活，对有些人就不一定合适。农村生活条件还是蛮苛刻的。比如看医生不大方便，家里有老人或自己经常有病的，就风险增大。乡村的教育资源也相对薄弱，你如果家里有孩子要上学，那肯定会犹豫。这是最起码的两条。我算是条件特殊，搬到汨罗之前，刚好孩子已经读大学了，家中老人也走了。

黄秋霞：劳动跟写作对您而言，乐趣有什么不一样？

韩少功：一个人劳动了，就踏实了，就安心了，在大地上两脚生根了。而且只有在劳动中，你才能真正接触到劳动的人。采访什么的，当然也是一种接触方式，但深度是有限的。如果不是在劳动的过程中，他们很多话不会跟你说，你很多问题碰不到，也听不太懂。只有在劳动的过程中，你们才会产生各种各样的话

·理想，还需要吗·

题，你与他们才能产生水乳交融的状态。

何况劳动本身也给我们带来收获，比如干活干累了，我会睡得特别香，吃得特别香，有机食品也特别好吃，让人放心。每次我开车到长沙，都会给城里的亲朋好友带些鲜菜和干菜，分享给他们。

黄秋霞：这么一说，一些爱幻想的人又会对田园生活投射玫瑰色彩。

韩少功：我从不把自己的理念和活法强加他人。像我住在汨罗后，有些朋友来过，也想在那里盖房子或租房子。我说千万别，你得首先考虑你的条件。除了刚才说到的医疗、教育等等条件，你还得考虑你的工作适不适合单干。写作没问题，就是一个人单干。但有些团队性的工作，新闻啊，教学啊，科研啊，交响乐啊，电视剧啊……非团队合作不行，那就只合适在都市里干。

还有些乡下的孩子也说：韩爹，你都能在这里待下来，可见这个地方还不错，那我们有什么待不下去的？我说千万别，你们最重要的任务是看世界，最好能出县就出县，能出省就出省，能出国就出国。等你把世界看完了，再来看这个世界哪个地方最合适你，好不好？这就是说，要怎么活，因情况而异，因目标而异，每个人得实事求是。对自己到底需要什么，能做什么，都要非常清醒。

黄秋霞：就像您所说，农村里面有不少让人无法忍受的坏毛病。您身处其中，尤其还是个名人，遇到的问题应该更多。您是怎么处理？

韩少功：相机处理，区别对待便是。林子大了什么鸟都有，任何地方、任何群体都不是君子国。比如有人时不时会跟我说："老韩啊，你在外面有很多关系，你帮我们找个单位来帮帮我们啊。"我可能直接怼回去：凭什么？你们盖这么好的房子，比我的还好，打麻将手面这么大，一个晚上输赢这么多钱，还要人家来扶贫，好意思吗？

当然，这并不妨碍乡下确实有很多需要帮扶的，确实有不少贫困户、贫困村。怎么办？我能力有限，也没想当什么散财童子，就只能有个大体原则：比如"救急不救贫"，这是一条。你家的娃交不上学费，在义务教育阶段取消学费之前有这种情况的，那我可以管；但如果是你做生意差钱，盖新房差钱，那对不起，免谈。

还有一条是"对面不对点"，就是说帮扶口径要大，比如架桥修路这一类基本建设，都必须以村、组为单元对象，找些老板，联系政府，能帮则帮，但一定要有公益性，决不是给个别人、个别户"开小灶"。否则张家要了，李家也要，王家也来闹，反而会生出更多不痛快，事情没完没了。

总之，你同村民打交道，有时候也要敢于说不，比方不借钱，不借车，不随礼，不写条子……其实对方也是能接受的。相反，因为你直率，有原则，不容易被忽悠，对方反而可能多出几分佩服：这个老家伙还是蛮厉害的啊。这样，以后双方的交往倒可能更正常、更轻松、更亲近了。

黄秋霞：据说您在汨罗做过一些公益活动，在网络上却从未看到过宣传。

韩少功：这没什么好说的，他们要立碑什么的，那更不能容许。有些事能做不能说，说就变味了。

黄秋霞：这也是您为人处世的一种方法吗？

韩少功：这么说吧，人在这个世界上不能做坏事，因为做坏事是在利益上损害他人。其实做好事也有风险，因为做好事经常是在名誉上损害他人。比如说,那些被帮助的人,也许并不一定高兴说你帮助了他。因为处于被帮助、被同情的境地,不是什么荣耀。还有一些旁观的人,心理上也可能受伤害。凭什么就你出风头?就你沽名钓誉?就你当白莲花?所以做好事和做坏事,都可能要受到报复的。你得有思想准备。

黄秋霞:不管在写作,还是生活状态中,您呈现给人的感觉就是什么事都想得通,似乎任何事在您身上不挂碍。

韩少功:不挂碍很难吗?我觉得不难。有一句老话:上半夜想想自己,下半夜想想别人。一般老百姓都能做到这一点,都可以换位思考,超越自己某些利益的局限。一个读书人反而做不到吗?

黄秋霞:您会因为危机感,去讨好读者吗?比如为了吸引年轻读者,会加重写些他们喜欢的话题?

韩少功:没想过吸引他们,爱看就看,不看拉倒,无所谓,你们看着办。年轻人不是一个统一的概念,有些年轻人可能讨厌我,有些可能喜欢我,其实中年人也一样,不会是一个声音。每个作家都有特定的读者群体,全民喜欢,既不可能,也不是什么好事。在这方面我有过深刻教训,比方给外国报纸写稿,老想着西方人爱看什么,最后无一例外都会写砸。这就像厨师做菜,演员上台,把你最好的水平发挥出来就好了,千万不要想别人怎么看你。当你不顾一切的时候,把自己该做的做"嗨"了,做得美滋滋了,忘乎所以了,就可能是你最对得起受众的时候。

黄秋霞:是不是也因为您慢慢卸掉自己在官场的职务,完全回归到作家身份?

韩少功:行政管理不是我兴趣所在,我也没有这种才华。因某种特殊原因,我曾经被推到某个位置,那就只能顺其自然,尽我所能。省作协主席算不上官,连僚都算不上,我同时当编辑、当秘书、当司机、当清洁工，什么活都干。后来当文联主席，差不多是名誉性职务，不用管实事，直到兼任党组书记，又"实"起来了。"举人才，立规矩，筹粮草"，我定的这个九个字的小目标，条条实在，条条硬。包括"筹粮草"，我一介书生，懂什么呀，那时候却成天忙于房子问题、位子问题、票子问题、车子问题、电子（即电脑化）问题，我称之为"五子登科"。

直到这些事情都忙完，我向省委提出，该走了。他们说你还没到退休年龄。我说我已经干了十年，按常规来说，连续两届也够了，最重要的是，我能干的都干完了，接下来就只能混了，于公于私都不利。他们也开通，尊重我的意见，所以让我提前退位。那一天，我做完换届报告，向机关人员交还汽车和办公室两把钥匙，那一刻的感觉，用我私下同朋友开玩笑的话说，叫"翻身农奴得解放"！

黄秋霞：最后一个问题，韩老师，您觉得自己偏现实主义多点，还是理想主义多点？

韩少功：这么说吧，真正的理想主义，或者说高质量的理想主义，就是在现实中找到理想。现实肯定有缺陷，有很多无奈，比如我们做十件事情，真正自己想做的，能做成的，可能就一两件，而七八件都可能属于那种不能不做的，却是比较应景的，甚至泡沫性的。但是我们只要把那一两件做好了，做得有激情、有诗意、有价值，那就是理想主义，就是乌托邦了。

总是以为生活在远方，那不是理想主义，或者说只是低质量理想主义。真正的强者，就是把不如意的生活过得有滋有味，过得自己开心满意。

（主要部分载于凤凰湖南《人物专访》2017 年第 18 期）

域外坐标

下编

依照物理学中"熵增加"的原理,同质化和均质化就意味着死寂,只有差异、多样、竞争乃至对抗才是生命力之源

昆德拉在中国的再生长

时间：2003 年 9 月
对谈人：韩少功
许钧（翻译家，浙江大学教授，中国翻译协会原常务副会长）

许钧：韩少功先生，几年前曾就你的小说《鞋癖》的法文翻译问题与你交换过意见，很高兴今天有机会谈一谈昆德拉，谈一谈他的作品的汉译问题。翻译是一项历史悠久的跨文化活动。萨特在《什么是文学？》一书中曾经说过，"一旦人们知道想写什么了，剩下的事情是决定怎么写。往往这两项选择合而为一，但是在好的作者那里，从来都是先选择写什么，然后再考虑怎么写"。翻译也一样，对一个优秀译者来说，选择译什么，显然也是非常重要的，因为翻译不仅仅是一种纯个人的语言活动。在今天看来，你在上个世纪 80 年代选择翻译昆德拉的《生命中不能承受之轻》，不仅仅需要文学的眼光，更需要文化的意识和政治上的勇气。我想知道，当初你选择翻译昆德拉的《生命中不能承受之轻》，是出于哪些方面的考虑？

韩少功：主要是因为他的这本小说写得好，眼界和技巧都有过人之处，比照当时中国一些流行的伤痕文学尤其是这样。中国

·理想，还需要吗·

与捷克是两个很不同的国家，但都经历过社会主义实践的曲折。看看捷克作家怎样感受和怎样表达他们的社会生活，对中国的作家和读者应该是有启发的。这就是我当时的考虑，很简单。

许钧：你在《生命中不能承受之轻》中译本的前言中说，这部书是由你和韩刚合译的。非常有趣的是，中国读者似乎只记住了你的名字，对此，你是怎么看的？能否谈一谈你们合作的经过？

韩少功：韩刚是我姐，在大学教英文。最开始我把原作推荐给出版社，希望他们找人译，但他们没找到愿意动手的人，大概很多人对昆德拉不熟悉，还没有太大兴趣。我觉得有点可惜，便拖着韩刚参与，自己来干。我们把原作一分为二，各译几章，再由我来做中文的统一调整和润色。读者后来提到我的名字多一些，可能是因为我从事文学写作，读者更熟悉一些吧。

许钧：在我看来，翻译虽然看上去是一种语言的变易，首先要克服的是语言的障碍，但翻译决不是简单的语言层面的转换，它是对原作生命的一种延续或扩展。拿本雅明的话说，翻译是原作的再生。你的译本自问世以后，在内地（大陆）和港台地区都拥有广泛的读者，在你看来，你的译作与昆德拉的原著应该呈一种怎样的关系？

韩少功：意大利哲学家克罗齐说得更极端，说翻译不是再生品而是新生品（not reproduction but production），但大体意思与本雅明差不多，都是强调翻译对原作有所变化和有所置换的一面。这当然是对的。文字不光是字典上定义了的符号，其深层的文化蕴涵超乎字典，在词源、语感、语法结构、修辞方法、理解和使用习惯等多方面很微妙地表现出来，因此用译文严格地再现原作几乎不可能。

我们的译本当然也只能给出一个汉语语境中的昆德拉，译者理解和表达中的昆德拉。把文言文翻成白话文，把某种方言翻成普通话，都难以做到"月亮还是那个月亮"，中、西文之间翻译的再生性质更可想而知。何况昆德拉的这本书是用捷克语写作的，英语本和法语本本身就是翻译，我们借二传来三传，因此这个汉语的昆德拉，肯定不再是个纯种捷克人了，肯定有其他文化的气血充盈其中。

许钧：我非常同意你的看法。最近，我就原作与译作关系的问题做过一些思考。确实，拿钱锺书的话说，翻译是一个脱胎换骨、灵魂转世的过程。在这个过程中，由于语言的转换，原作的语言土壤变了，原作赖以生存的"文化语境"必须在另一种语言所沉积的文化土壤中重新构建，而这一构建所遇到的抵抗或经受的考验则有可能来自目的地语的各个层面：文化层面、语言层面、读者的心理层面以及读者的接受层面等等。语言变了，文化土壤变了，读者也变了，译作由此为原作打开了新的空间。正是在这个意义上，著名哲学家德里达认为："翻译在一种新的躯体、新的文化中打开了文本的崭新历史。"也正是在这个意义上，我们可以说译作为原作拓展了生命的空间，而且在这新开启的空间中赋予了原作新的价值。在新的文化语境之中，作为原作生命的延续的译作，面对新的读者，便开始了新的阅读与接受的历史。但是，不管怎么说，译作与原作有一种割不断的血缘关系，原作者一般都很看重他的作品在另一个国家的命运。就我所知，昆德拉非常看重他的作品的翻译问题，而他对翻译有一个严格的要求，那就是忠实。你对此是怎么看的？你认为你们的翻译是否达到了他的这一要求？

韩少功：我理解的"忠实"，与前面说的"再生"并不矛盾。

·理想，还需要吗·

土豆一个个结出来，有"再生"的大小优劣之分，但我们不能拿一个南瓜当土豆，这就是要"忠实"。很早以前，周立波先生同我说，他的英译者帮他写了好几段，他很生气。我的一篇文章在法国杂志上发表时，我不懂法文，但也看出被删改了一段，恰恰是对法国有所批评的一段，我同样不会高兴。

我想译者大多能体会到原作者的心情，如果说有时做得不够好，是水平有限。《生命中不能承受之轻》反响很大，对翻译的评头品足也就多，这是我们的幸运。有一个台湾教授，把我们的译本与英译本进行了周详的比照，提出很多批评，使我修订时省了些查检工夫，也学到了更多翻译知识。我很感谢他。

当然，有些错，是出于错印，比如有一句话中漏印了一个"不"字，刚好把意思搞反了，真是急死人。还有些错，则是80年代政治气氛使然，有成段删掉的，也有些敏感词被换掉或拿掉。那时候捷克还是共产党的国家，有个中国与捷克的外交关系的问题。出版社请示过外交部门，不能不这样。这就是我没法承担责任的方面了。

到后来，环境宽松了，但碰上中国加入世界版权条约，出版社与昆德拉没达成版权协议，修订本在出版社一压十几年，没法面世。只是在台湾出版了，就是时报出版公司的版本，不知道许钧先生看到过没有，应该说，它比大陆那个初版要完善一些。

许钧：台湾版，我没有看过。在历史上，"忠实"一直被看作译者的一个基本的品质。无论是作者，还是读者，都希望译者在翻译中能够做到"忠实"。作者希望他的作品能忠实地传达给异语读者，读者则希望读到原汁原味的东西。但翻译活动非常复杂，字面的机械忠实，有时反而会导致精神的扭曲，可谓形似神散。另外，如你所说，翻译中有许多译者难以左右的因素。译本问世时，署的是译者的名字，但译本所包含的许多东西，译者是承担不起的。比如删节问题，要受到意识形态与其他文化历史因素的限制。施康强先生做过一个个案分析，分析的正是昆德拉的作品，好像是《不朽》，里面有很多删节，他认为在有的历史时期，译或不译，对译者都是个问题。好在随着中国改革开放事业的不断深化，翻译大环境变得越来越宽松，当初有的删节今天看来完全没有必要。就具体翻译而言，每一个译者都会有体会，翻译中要做到忠实是十分困难的。《生命中不能承受之轻》这部小说的题目的翻译就存在着很大的困难。昆德拉的法译本用的是 être 一词，英译本用的是 being，这是一个哲学概念，可译为"存在"，在该书的第4页，作者就用了这个词，你译为"存在"。你为什么要将该词译为"生命"呢？另外，原文讲的是"不能承受的存在之轻"，"存在"作为"轻"的限定词，而"生命中"要宽泛一些。能否就此谈谈你的看法？

韩少功：当时我想到莎士比亚一个名句——to be or not to be，被译成"活着还是死去"，已经被中国读者习惯了。此其一。be 可说接近汉语中的"在"，但汉语的"在"似乎比较冷感，义涉一切物事，包括生命体也包括非生命体。而很多西语中的"在"，比如从德语中译出来的"此在"、"亲在"等，海德格尔经常用的 sein，如细心辨析，多在人的主体论框架里展开，"在"就是活，就是生。西语与汉语中"在"的这种微妙差别，从词源学的角度来看，是不是与欧洲传统中的泛神论和泛灵论有关，我不得而知。但不管怎样，西语中的"在"更多与生命体相关联，这与莎士比亚汉译者的理解也是一致的。此其二。最后，我在"生存"与"生命"两个词中选择时，觉得后者更上口一些，更容易理解一些，与作品的整体意涵切合无碍，那就这么着吧。

我当然相信这不是唯一的译法，也不是最好的译法。我后来注意到，昆德拉在一篇文章里说过，他的 be (ing) 既不是 existence（一般汉译为"存在"），也不是 life（一般汉译为"生命"），看来他颇受现象学感染，要同我们玩一把现象学了。那么，我一时确实不知道该怎么译。总不能译成"在的不可承受之轻"，或者"不可承受的在之轻"吧？那还是人话吗？

搞现象学的有些人肯定会说：只能这么译。对此我无话可说。

我从来都觉得，"在"与 be 并不是严格对应的，就像我们译的"生命"与 be 也不是严格对应的。比方说 be 通"是"，汉语的"在"与"生命"通"是"吗？也许我们都碰到了一个文化差异的难题。

许钧：昆德拉的这部作品具有浓厚的哲理色彩，其中涉及的一些哲学概念非常难译。前几年，我曾接受三联书店的邀请，承译俄裔法国哲学家让凯莱维奇的《第一哲学》，在翻译过程中，遇到了许多障碍，其中最主要的，就是由于文化的差异，造成了许多词的概念无法相互对应。

傅雷是个很有成就的翻译家，在给友人谈翻译的信中，他特别强调语言与文化的差异给翻译造成的障碍，并指出在翻译中，要根据目的语文化和读者的审美习惯进行调整。如果说翻译中有些客观障碍难以克服，可有时，障碍并不存在，译者完全可以根据原作怎么说跟着怎么说，但有的译者个性比较强，在翻译中比较注重自己的语言创造和发挥。

在《被背叛的遗嘱》中，昆德拉谈到译者有一些在他看来很不好的倾向，如"同义词化"的倾向和"丰富词汇"的倾向。他还举例说，有的译者一看到原作中的一个词，特别是简单、中性的词,马上就要选择一个同义词,比如把"作者"译为"作家",把"作家"译作"小说家"。还有的译者有美化原文的倾向。细读你的译文,可以明显感到你也有这方面的倾向,你这样处理是否有特殊的追求?

韩少功:译者在用词方面,其实比较受原作的限制,没有多少自由。但在词序、结构、节奏、语调等方面,还有很大的空间。用长句还是用短句?句子紧张一点还是松弛一点?用心不同就有不同的效果。这是亦步亦趋的自行其是,**是戴着镣铐跳舞**,是翻译的特权也是翻译的乐趣。

我没有特别的自觉,只是想让译文好看一些,把英译本中的那种"精气神"挖掘出来,甚至在不伤原意的情况下尽可能更加强一点,如此而已。私心以为这也是原作者的愿望所在,但事情也难说。

我译佩索阿的《惶然录》,虽然力求字字有据,字字有所本,但后来有个读者还是说:怎么看也像是你在说,这是不是佩索阿啊?我吓了一跳:天知道佩索阿在天之灵高不高兴这种效果。我译昆德拉的时候,里面有一个结巴,说出的话却一点也不结巴,至少英译本是这样。我斗胆地给他改结巴了,就是节奏上讲究一下,属于我心血来潮擅自做主。虽然我是一片好心,想让这部小说像英文版的《喧哗与骚动》一样,傻子讲话就有傻子的味道,但天知道原作者高不高兴这种手脚。

我觉得一个对文化差异、语种差异有所了解的原作者,应当明白天下不会有字字严格对应的翻译,因此只能反对那些低能的"美化"或者"同义词化",而鼓励一切有助于原作思想和精神充分传达的文字创造,不在乎个别词是译简了一点,还是译繁了一点,译浓了一点,还是译淡了一点。昆德拉想必会同意我这个

·理想，还需要吗·

看法的。

许钧：你的观点很有意思。法国作家纪德也有类似的观点。纪德是个很有名的作家，得过诺贝尔文学奖，有外国人翻译他的作品，他开始时对译者要求很严，要求译者忠实于他，认为译本与原作贴得越近越好。后来他翻译了莎士比亚、康拉德等作家的作品，知道了其中的难处，理解了在翻译中应该允许一些变通的手法，所以又回过头来劝他的译者千万不要成为原作词与句的奴隶，不要过分斤斤计较于一词一字之得失，但有个前提，那就是译者要非常精通两种语言，能够深入把握他所翻译的作者的精神与感觉。

在你的翻译中，我发现了一个很有趣的现象，你特别注意原作色彩、节奏的传达，有的词语很难译，但你却译得很传神。但对比法译本，不知是不是英译本与法译本不一致，总之在你的译本中，我发现有些认知性的词句，比较简单，可你却不太在意，比如在小说开头第二段，原作说"哪怕有30万黑人在残酷的磨难中灭绝"，你却译成"10万黑人"，另外将"上午"译成"下午"，将"女友"译成"情妇"等等。你认为这些问题的存在影响一个译本的价值吗？

韩少功：你说的是初版吧？我现在手头上没书，无法查证这些是错印还是眼误。但译者的眼误肯定是有的，在再版时是否全部改正过来了，也不能完全肯定。这应由我来承担责任。

我看到另一个昆德拉小说的译本，有一个地方把"公元前"译成了"在基督面前"，一看就知道是眼误，便给译者去了信，私下里提醒一下。我这个人较粗心，有时候连自己的创作校对三四遍以后还是有眼误。《马桥词典》再版都好多次了，编辑、作者、校对员都校过不知多少遍了，有位读者叫单正平，也是个作家，还能给我开出几页纸的勘误表。我希望这样的读者再多一些，多来帮助我们。

许钧：你的译本问世已经十几年了，在今天看来，你认为在哪些方面可以改进？这次上海译文出版社和昆德拉合作，想在中国推出他的全部作品。出版社几次跟我联系，邀我根据法文本重译你翻译过的这部作品。我想翻译本身就是一项文化交流与文化积累的事业，你的译本起过重要的作用，对重译工作来说也奠定了基础。这次重译，希望得到你的帮助。能否给我一些建议和忠告？

韩少功：修订本也在台湾出版多年了，我这些年忙着一些别的事，说实话，没工夫考虑这本旧书。如果还有人指正，再版时还可继续吸纳正确的意见，力求更好一点。只能这样。我一开始，就在译者后记中呼吁专业翻译家来译这本书，现在好了，总算把你给呼吁出来了，总算有个着落了。我也就可以下班了，下岗了，不负责任了。我是译书的临时工和游击队，相信你一定会比我译得好，那还用说吗？我等着看你笔下又一个再生的昆德拉。

（原载于《译林》2003年第3期）

差异、多样、竞争乃至对抗才是生命力之源

时间：2015 年 12 月
对谈人：韩少功
高方（翻译家，南京大学外国语学院教授）

高方：韩少功先生，感谢您能抽出时间，接受我的访谈，请先生就文学创作、文学翻译，特别是就中国当代文学在海外的译介问题，谈谈自己的想法和观点。实际上，关于文学交流与译介，您有着切身的经验和持续的思考。自 20 世纪 80 年代以来，您的作品被译为法语、英语、越南语、日语、德语、俄语、荷兰语、意大利语、波兰语等十多种文字，在海外广泛传播，有很大影响。能否请您谈一谈，您的第一部作品是在怎样的语境下被翻译出去的？

韩少功：最早是一些作品被译成俄文，比如《月兰》和《西望茅草地》，但出版方给两本样书就完事了，没有更多联系。当时中国也没有加入国际版权条约。后来，第一本法文版中短篇小说集《诱惑》出版。那是 1988 年我到法国开会和访问，遇到了

汉学家安妮·居里安女士,她后来又介绍出版商与我见面,三方共同敲定了这一件事。我的第二本法文版小说《女女女》,也是在这家出版社出版的,也是安妮·居里安译的。当时中国的国门初开,改革开始发力,法国知识界和社会公众对中国的"文革"和改革开放都不无好奇感,小说成为一个认识入口,大概是很自然的。在西方国家中,法国的"多元文化"视野大概最为开阔,也是重要条件之一。

高方:20 世纪 80 年代,中国新时期文学蓬勃发展、多元共生的状态引发了外部的关注与兴趣,一批代表性作家纷纷被介绍到国外,而您作为寻根文学的倡导者和践行者,得到汉学家、域外中国文学研究者的关注是一个必然。必然之中,也有着相遇的机缘,我们知道,您的作品最早被译成的外国语言是法语,被译得最多的外国语言也是法语,这应是离不开您的法译者,特别是安妮·居里安女士的持续努力。她是学者型译者,对您每个阶段的写作探索都有追踪和研究,通过翻译来进行介绍,译的作品包括小说集《诱惑》(1990 年)、《女女女》(1991 年)、《山上的声音》(2000 年)、《马桥词典》(2001 年,节选发表)和《暗示》(2004 年,节选发表)等。安妮·居里安为推动中法文学交流做出了许多实绩性的工作,您和她有近三十年的交情了,一直有着良好的互动,您也在不断见证中法文学之间的互动、交流与对话。因着您作品在法国的影响以及您对中法文化交流做出的贡献,您于 2002 年获得法国文化部颁发的"法兰西文艺骑士勋章"。能否请您谈一谈翻译在文学、文化交流中所起到的作用?

韩少功:说实话,翻译是文化交流中的重中之重,最实质性的工作。相比之下,开会、展演、旅游等,要么是缺乏深度,要么是参与面小，充其量也只是一些辅助形式。就说开会吧，一个人讲十几分钟，讲给几十个人听听，可能还夹带不少客气话和过场话，能有多大的信息量？翻译好一本书，其功德肯定超过几十个会。

我们很难设想，如果没有林纾、傅雷、王道乾、李健吾、郑克鲁等翻译家，中国人心目中的"法国"是个什么样子，将会何等地空洞和苍白。在这个意义上，我们要特别感谢翻译家。你提到的安妮·居里安女士，当然是我的朋友和优秀的合作者。她对语言、文学、中国文化都有良好的修养，持续和广泛的兴趣非同寻常。《马桥词典》全书也由她译完了，最近将要出版。还有杜特莱先生，他翻译的《爸爸爸》再版多次，可见译文质量不错，受到了读者欢迎。这些汉学家隐身在作者身后，不大被一般读者注意，其实是默默无闻的英雄。

高方：您曾撰文《安妮之道》，专写自己的译者居里安女士，是一幅很形象的人物小品，文中，您说"如果说翻译也是创作，那么法国人心目中的这些中国作家已非真品，其实有一半是她的血脉，她的容颜"，这是否能够理解为您对于原作和译作、作者和译者之间关系的一个隐喻？

韩少功：当然是这样。一位西方学者说过，翻译是 production（原创品），相当于二度创作，并不是照瓢画葫芦的那种机械性转换。译者处在差异性很大的两种语言、两种文化背景、两种生活经验之间，要兼顾"信达雅"，实现效益最优化的心智对接，并不是外行想象的那么简单。

现在有了翻译软件和翻译机，在商务、新闻、日常用语的翻译等方面大体还行，可提供一定的帮助，但对文学翻译基本无效，甚至往往坏事。原因就在于文学的感受太丰富了，一词多义,一义多解,微妙意味的变数太多,经常出现超逻辑或非逻辑的状态,很难固化为机械性的线性编码。

常见的情况是,有些好的原作被译坏了,有些比较弱的原作则可能被译强了。依据同一本原作,不同的译本也都面目各异,特别是在语言风格上可能形同霄壤。最近有人拿不同译者笔下的泰戈尔《飞鸟集》来比较,就吃惊得大跌眼镜。这都证明,文学译者有"自选动作"的更大空间,有很大的个人裁量权,说他们是半个作家并不为过。

高方:在当代作家群体中,您是为数不多的做翻译的小说家。您曾倾力译过昆德拉的《生命中不能承受之轻》和费尔南多·佩索阿的《惶然录》,通过翻译实践,您对于语言也有着更为深切的体会。在不同场合您曾表达过这样的观点,大致归纳应是这样:文学中的人物美、情节美、结构美等等大体上是可译的,而对语言特别下功夫的作家,往往面临着美不可译的挑战。那么,在您看来,在您自己的作品中,有哪些语言或语言之外的因素有可能体现出一定的或绝对的抗译性?

韩少功:一般来说,器物描写比较好译。但有些器物在国外从未有过,比如蓝诗玲女士做《马桥词典》英译时,我把一些中国特有的农具画给她看,她也无法找到合适的译名。中国的成语更难译。外语中也有或多或少的成语,但中文的成语量一定最大和超大——这与中文五千多年来从无中断的历史积累有关。一个成语,经常就是一个故事,一个实践案例,离不开相关的具体情境和历史背景,要在翻译中还原,实在太麻烦,几乎不可能。

中文修辞中常有的对仗、押韵、平仄等,作为一种文字的形式美,也很难翻译出去——类似情况在外译的过程中也会碰到,比如原作者利用时态、语态、位格等做做手脚,像美国作家福克

·理想，还需要吗·

纳和法国作家克劳德·西蒙那样的，意义暗含在语法形式中，因中文缺少相同的手段，也常常令译者一筹莫展。

还有些差异，来自一种文化纵深和哲学积淀，浓缩了极为丰富的意蕴，比如英文中的 Being 很难译，中文中的"道"也很难译。把"道"译成"道路"、"方法"、"态度"等，都不对，都会顾此失彼，离"道可道，非常道"的意境太远。因此，我们可能不必对译作要求过苛。古人说"诗无达诂"，文学大概也没有绝对的"达译"。我个人的看法是，能够把损耗管控在一定的程度，就应该算成功。

高方：《马桥词典》是您创作历程中又一力作，它以语言为叙述对象，阐述了一个中国文化寓言。这在语言和文化两个层面对传译都带来了极大的挑战。然而，从接受的角度来看，这部作品的英译本是成功的。2003 年英国汉学家蓝诗玲推出了《马桥词典》的英译本，由美国哥伦比亚大学出版社出版，获得媒体广泛好评，一方面是对您作品的认可，另一方面是对译者翻译质量的认可；2004 年和 2005 年，该译本又相继由澳大利亚的珀斯·哈林斯出版集团和美国的兰登书屋旗下的矮脚鸡－戴尔集团再版，这也从市场的角度证明了该书在英语世界的成功。2011 年，《马桥词典》获得美国第二届纽曼华语文学奖，译者蓝诗玲可谓功不可没。

不过，蓝诗玲在"翻译说明"中特别指出，原文中有五个词条，因传译的困难，需增加大量补偿性翻译信息，会影响读者阅读效果，得到您的允许后，在翻译中得以略去，这五个词条是"罢园"、"怜相"、"流逝"、"破脑"、"现"，以及词条"归元"的最后一段。我想，您精通英文，应能够理解翻译的具体困难，从这个角度来看问题，翻译的本质是否是妥协呢？除英译外,《马桥词典》还有荷兰语、波兰语、西班牙语、瑞典语及越南语等多个语种的译本,您和不同语种的译者是否都有这样深入而有效的沟通?

韩少功:世界上的事物很难完美。实践者不是相对超脱的理论家,常常面临"两害相权取其轻"的现实难题。在完全不交流和交流稍有折扣之间,可取的恐怕是后者。我在《马桥词典》英译过程中同意拿掉的五个词条,都比较短小,不是太重要,拿掉了不影响全局,所以我就妥协了。翻译过程中的妥协或多或少难免,是否接受,要看情况,不能一概而论。我的原则是保大弃小,以传达作品的主要内容和艺术特点为底线。另一条是宁减不增,其意思是译者要是难住了,可在双方同意的情况下少译一点,但切切不可随意增加。我不能接受译者的改写和代写,因为那样做涉嫌造假,搞乱了知识产权——中国的有些原作者就碰到过这种令人尴尬的情况,比如已故作家周立波曾告诉我,他的英译本《暴风骤雨》就被译者代写了不少。

你提到的那些译本,其中西班牙文、波兰文的版本是依据英译本转译的,可能那里汉学家少,合适的译者不容易找到。其他版本的译者都与我有过沟通,大体上沟通得都不错。特别是蓝诗玲女士,她做得很谨慎很仔细,跟着我到"马桥"现场考察了好几天,上山下乡呵,吃了不少苦头。很多英文读者盛赞她的译文,我对此一点都不感到奇怪。

高方:学界有着一致的认识,《马桥词典》能够在域外广受好评,广泛传播,主要在于这部作品的内在价值,在本土文化书写中体现出世界诗意,是民族文学走上世界之路的成功个案。文学走出去是近年来的热点话题,您对这个问题很早就有着思考,也一直有着冷静而清醒的认识。在您看来,就文化立场而言,是

·理想，还需要吗·

不是越能体现出异质性的书写，就越能吸引国外出版界和读者的关注？从世界文学这个角度来看，您三十年前写的《文学的根》是否还有着现实的意义？

韩少功：重复总是乏味的，不管是重复古人还是重复外国人。这就需要写作者扬长避短，各出新招，形成个性，术业有专攻，打造特有的核心竞争力，即你说到的某种"异质性"。30年前我写《文学的根》，就是希望中国的写作者做好自己，用好本土资源，形成"中国风"的美学气质和精神风范，不能满足于"移植外国样板戏"式的模仿，不能满足于做"中国的卡夫卡"或"中国的海明威"。

但话分两头说，所谓"越是民族的"，并不一定就"越是世界的"。这个定律不能完全成立。长辫子和裹小脚是民族的，但它们能是世界的吗？创造个性并不是猎奇，不是搞怪，不是搞一些文学上的"民俗一日游"。

相反，在回应人类精神重大问题上，在思想和艺术的创新贡献上，各国同行其实都有共同的价值标尺，几乎是进入同一个考场应考，有同质性的一面，或说普遍性的一面。"口之于味，有同嗜焉"。人家做汉堡包，你做阳春面，但不管做什么，口感和营养不能掉到60分以下，否则你的标新立异就一钱不值。很多中国写作者在这一点上恰恰还做得不够，常常把追求特色变成了狭隘和封闭。

高方：目前，尽管我们的很多作家都拿过国际性的文学奖项，各界对促进文学走出去也做出了很多实质性、实绩性的工作，而中国文学在世界文学格局中边缘化的地位还没有得到根本性的改变。20世纪末，法国有学者对世界文学的等级性结构有过论述，得到比较文学学界的广泛关注。她认为文学间的中心-

边缘关系，源自语言间的文学资本较量，源自语言间的中心－边缘关系，而汉语与阿拉伯语和印地语一道，虽然广泛被使用，但因在国际市场上很少被认可，被归入"小"语言和被"统治"语言的行列。我想，她指的汉语，应是现代汉语。您对于这一论述是如何看的呢？语言因素是否是影响中国文学走向世界的最大障碍？

韩少功："资本较量"是一个很清醒的说法。西班牙曾代表第一代西方资本主义，因此西班牙语成了全球性大语种。英、美代表了第二、第三代西方资本主义，因此英语继而风行全球，在很多地方还抢了西班牙语的地盘，比如，在菲律宾。可见决定等级性结构的，有语言所覆盖的人口数量，有语言承载的文化典籍数量，但最重要的一条：还是资本的能量。语言后面有金钱，有国力和国势。

普通话以前在香港边缘化，一旦内地经济强盛了，商铺、宾馆、公司、机场、银行就都用普通话来吸引和取悦内地客，普通话教学成了热门生意。这是同样的道理。汉语、阿拉伯语、印地语之所以是弱势语言，就是因为"含金量"低，因为相关国家曾经很穷，或眼下依旧很穷。

人们学习语言首先是为了生存，为了吃饭穿衣，其次才是为了艺术、宗教、哲学之类，因此"含金量"高的语言会成为他们的首选，全球语种的等级性结构也无法避免。如果你说这是人的"势利"，当然也无不可，算是话糙理不糙。据说现在全球有一亿多外国人在学中文，原因当然不用说，是因为中国发展了，大量商机涌现了。但人们这样学的首要目的是来做生意、找饭碗，比如签合同什么的，不是来读小说和诗歌。将来怎么样？不知道。

但有一条可以确定：什么时候他们乐意读原版中国文学作品了，就是中文最终摆脱弱势地位了，进入全球市场的语言障碍最小化了。对这一过程，我们不妨抱以谨慎的乐观。

高方：有国内评论家称您为"考察中国当代文学的标尺性作家"。在四十多年的写作过程中，您一直得到评论界的关注，国内的和国外的。请您谈一谈，国外研究者对您的解读是不是有不一样的地方？透过来自异域的目光以反观自身的文学创作，是否有所启示呢？

韩少功：两个读者的解读都不可能一样，不同国家的读者群当然更难全面对齐。我有一个短篇小说《暗香》，里面有一段描写俩老头之间的互相问候，问遍了对方的全家老少，问得特别啰唆，欧美读者觉得非常有趣，但中国读者对此基本上无感觉。另有一本《山南水北》，记录了很多乡村生活中的体验和感受，在国内市场卖得很好，比《爸爸爸》更受读者欢迎，但进入西方市场并不顺利。

似乎很多西方读者更能接受《爸爸爸》的那种"重口味"，更能接受神秘、痛苦、惨烈一点的中国——这当然只是我的一种揣测。我了解情况有限，也没法对双方差异做出一个像样的全面梳理。我的想法是，写作者就像一个厨子，按理说不能不顾及食客的口味，但一味迎合食客反而会把菜做砸。这是常有的事。何况食客口味像月亮，初一十五不一样。如果一一顾及，哪是个头？这样，厨子最好的态度可能就是埋头做菜，做得自己心满意足就行，不必把食客的全体鼓掌当作一个努力目标；恰恰相反，应该明白那是一个危险的诱惑。

高方：您曾多次出访国外，法国去得最多，应该在不同场合和读者有直接的接触。能谈谈您对外国读者的认识吗？法国汉学家程艾兰在谈中国思想、文学、文化在法国的接受时,有一段关于读者的描述,她说:"对于法国读者,我觉得还要防备另一种性质的双重危险。一方面要抵制猎奇的诱惑,这种猎奇的渴望长期以来将中国变成一幅巨大的屏幕,在这屏幕上人人都可以投射出自己最疯狂的奇思异想;另一方面也不能将自己封闭在过于深奥过于专门的寓言中,以至于吓跑那些好奇而善意的读者。"您对这段话有何感想?有无体会到类似的"危险"倾向?

韩少功:我理解她这一段话,是要提醒人们防止那些关于东方的惯性化想象。这当然是很重要的提醒。很长一段时间以来,西方对东方知之不多。他们的知识界主流先是以基督教为"文明"的标尺,后来又以工业化为"文明"的标尺,两把尺子量下来,当然就把东方划入"野蛮人"的世界。在西方国家多次举办的世博会,总是找来一些原始人或半原始人,圈起来一同展示,就是要反衬"文明"的优越,"文明种族"的优越。连培根、孟德斯鸠、黑格尔、马克斯·韦伯等很多启蒙精英,也都是这样,多少有一些"欧洲中心论"的盲区。这当然会长久影响部分读者对文学的兴趣和理解。

问题是有些中国写作者,也愿意把自己写得特别古怪。比如有一本书写到中国女人到 20 世纪 50、60 年代还在缠足。另一本书写到中国女人从未见过裙子,因此到西方后不能辨认公厕门口那个有裙子的图标。如此等等,可见"疯狂的奇思异想"也产于中国这一方,常常是某种里应外合的结果。

随着东、西方经济差距逐步缩小,甚至后来者有"错肩"赶超的可能,我感觉近一二十年来双方舆论场上的情绪化因素更多了,不少人相互"恶搞"的劲儿更足了。这当然不算什么。我们要相信欧洲人的智慧肯定不会被偏见绊倒。"好奇而善意的读者"，还有同道的作者和译者，最终能纠正文明交流的失衡，化解很多过时的想象。

高方：您的写作有着深厚的思想深度和广度，读您的文字，能体会到您对于文字、文学和文化的不断思考。"异"是翻译，是文学交流的出发点，也是交流的最大挑战。就我的个人理解，我觉得您在《马桥词典》后记中的一段话能很好地揭示翻译的使命、本质和所遭遇的悖论——"所谓'共同的语言'永远是人类一个遥远的目标。如果我们不希望交流成为一种互相抵消和互相磨灭，我们就必须对交流保持警觉和抗拒，在妥协中守护自己某种顽强的表达——这正是一种良性交流的前提"。最后，能否请您为广大翻译工作者提一点希望或者说几句鼓励的话，谢谢！

韩少功：差异是交流的前提，否则就不需要什么交流。之所以需要持续不断的交流，就在于即便旧差异化解了，新差异也会产生。差异有什么不好？依照物理学中"熵增加"的原理，同质化和均质化就意味着死寂，只有差异、多样、竞争乃至对抗才是生命力之源。即便我们实现了"地球村"式的全球化，生活与文化还是会源源不断地创造新的差异，并且在文学上得到最敏感、最丰富、最直接的表现。在这个意义上，翻译永远是一种朝阳事业，是各种文明实现互鉴共荣的第一要务，是人类组成命运共同体的强大纽带。作为一个读者和作者，我始终对翻译家们心怀敬意。

（原载于《中国翻译》2016年）

20 世纪的遗产

时间：2018 年 10 月
对谈人：韩少功
阿西斯·南迪（Ashis Nandy，印度政治心理学家和社会学家）
主持人：刘禾（Lydia H. Liu，理论家，美国哥伦比亚大学讲席教授）

刘禾：我先介绍一下中印作家对话的缘起。这种对话坚持了将近十年之久，都是在中印两地展开，比如第一次在新德里，后来还去了北京、上海、孟买等地。每一次对话都要举办一些公开的活动，比如今天晚上在隔壁房间的诗歌朗诵，还有我们现在的思想对谈，还有音乐演出等等，当然也有诗人和作家之间私下的交流。从 2009 年至今，已经正式举办的对话活动有三次，这次是第四次，我们很荣幸在香港有机会和香港的文学同人、艺术家、艺术爱好者共聚一堂，进一步推进作家、艺术家和思想家的深入交流。

今天下午的对谈活动邀请的两位嘉宾，是阿西斯·南迪先生和韩少功先生，他们是著名的作家，也是思想家，在各自的国家里都产生了非常重要的影响。

他们两个人有一个共同的特点，就是他们几十年如一日持

·理想，还需要吗·

续不断地思考新的问题，而且总是能做出尖锐的、不同凡响的分析。无论是应对变化中的世界，还是思考人类的生存困境，南迪先生和韩少功先生总是走在思想的最前沿。今天他们的对话题目叫《20世纪的遗产》，这也是他们多年来思考最多的一个话题。

我现在开始问我的第一个问题。南迪先生，20世纪的遗产究竟有哪些？对这个问题的答案，在不同经历的个人和群体，肯定都是不一样的，有的人看到的是传统与现代的冲突，城市和乡村的剧烈变革，有人看到的是科技变化发展的逻辑，资本对文化的全面侵蚀等等。您觉得20世纪都有哪些最值得我们回顾和反思的遗产？

阿西斯·南迪：这是一个很大的问题，如果要完整回答的话，我们可能三天三夜也说不完。我们主要谈论大家都知道的事情，认不认可就是另一回事了。但是大家注意，20世纪的遗产很重要，而且我们的看法必须保持一致。我想在进入这个话题之前，引用我曾出版过的一本书的简介中的一个故事，来回应这个问题。

几百年前，印度还处于殖民期。中国和印度都遭受了殖民主义的侵害。在这种情况之下，亚洲各国传统和现代之间的连接受到冲击，而且出现了断裂。我们必须尝试着去重建这些连接，为此，我们成立了维斯瓦·巴拉蒂大学。在南亚的第一个研究中国的机构是彭教授建立的。他当时本来要去美国任职，但中途停了下来，去拜访泰戈尔。因为泰戈尔是一位著名的诗人，是第一位荣获诺贝尔文学奖的亚洲人。他们的谈话内容我们无从得知，但最终彭教授没去美国，而是选择留在印度的维斯瓦·巴拉蒂大学。之后彭教授想在加尔各答市旁边这所小小的大学里面设立第一个研究中国的机构，可惜并没有获得成功，否则我现在就不需要用英文回答问题，而可以用印地语直接和中文对话了。

谈到遗产，我的回答是比较悲观主义的。我不是经济学家，所以不会讨论价格增长率或者变化趋势。我也不会谈论已经完善的国际机构。我认为它们往往是种族团体，比如美国团体、南亚团体、非洲团体等等。这不是我要讨论的问题。如果单看20世纪的遗产，我首先想到的是种族屠杀。在这个世纪，我们可以找到无数关于种族屠杀的数据。过去不为人知的一些种族屠杀，据我现在的了解，你们国家也曾经遭遇过。

根据夏威夷大学研究员数十年研究统计的数据，在20世纪，约有2.25亿人在种族屠杀中失去生命。让人很难过的是：其中近2/3，实际上超过2/3的人是在自己的国家被杀的。也就是说，国家并不一定能够提供安全的庇护。20世纪第一场种族屠杀发生在非洲西南部，那里其实是德国的殖民地。当时赫雷罗和纳马这两个部落的族人几乎都被杀害，而德国人却为此感到骄傲，他们认为这些人是社会的渣滓。之后，德国人开始在欧洲进行规模更大的种族屠杀。当时没人会关心赫雷罗族人和纳马族人遭遇了什么，有消息称这两个部落的幸存者还不到七八百。他们被赶逐到沙漠，德国殖民者在沙漠里架起了机关枪，安排了狙击手，把这些人都杀死了。

20世纪还有一种种族屠杀的新方式：饥荒。比如1943年孟加拉饥荒事件，饥荒难民多达300万，但当时粮食并没有歉收，粮食产量很正常。这次饥荒的部分原因是，二战期间德军轰炸了伦敦，英国需要从加尔各答把粮食运到英国，去救援英国的居民。于是英国政府在孟加拉市场大批购买粮食，导致当地市场粮价大涨，所以即使卖掉粮食的农民也买不起其他食物以维持生存，于是最终有 300 万人活活饿死。驻印度总督蒙巴顿将军承认确有此事，记述该事件的书籍，虽在英国遭到部分谴责，却仍在讴歌英国取得的胜利！在接受采访时，蒙巴顿将军说："我最终还是救了 150 万人的性命。当时船停在加尔各答港口，我没有让粮食从东印度运往英国。我以后死了，去天国见上帝，应该会因为救人而得到奖赏。"

接下来我们需要谈谈的是，种族屠杀的根源是哪里？我们可以追溯到 18 世纪和 19 世纪，启蒙运动之后，出现了一套新的理论成果，叫作"人文科学"，一大批预测人类未来和前途的伟大哲学家在这时出现。科学领域有了很多新的发现，人们想要将其扩展至社会层面。人们追随德雷克船长和库克船长，传播"日不落帝国"的殖民主义，香港便受过英国殖民统治。从此人类进入一个完全不同的世界。

我认为殖民主义是第二波全球化浪潮，从本土辐射到全世界。第一支开辟全球化的船队是跨大西洋奴隶贸易船队，跨越了四大洲。它并不是简单地诱拐非洲黑人贩卖到其他国家的行为，而是组织严密的人口贩卖。人口可以买卖，那是资本主义的逻辑。坦白讲，资本主义保留了残酷屠杀行为的特质。不过我不是经济学家，所以我按照自己的方式审视资本主义：资本主义正当性的来源是什么？在我看来，它直接来源于启蒙运动所倡导的思想。一种所谓世俗化，活生生地吞没了我们的信仰。就好像尼采所说，上帝已死。在一个缺乏信仰和自我怀疑的年代，科学和理性被神圣化。对于很多人来说，科学是中性的，是世俗化和客观化的，社会工程学和人类工程学成了重要口号。你认为你拥有了神性，独一无二的价值和科学，就可以任意对待人类。人类已经渺小为一个小小的数字,即使种族屠杀里面死去的人,也不过是无足轻重的数字而已。纳粹为种族屠杀辩护的理由,就是来自19世纪的生物学,即公共卫生和优生学的"科学"概念。达尔文的进化论几乎被应用于生活的各个方面。

早期的文化存在很大差异性。中国与印度不同。但两国的发展是基于同一个平面,在某种意义上,你会遇见或进入另一种文明,而这些人和这种文明也会走向你。所以文化是不同的,具有不同的功能、不同的创造形式和不同的潜力。社会达尔文主义却是第一次将水平面转换成垂直面,声称所有人类都是一样的,如果有差别的话,那么只有先进和落后的差别。甚至连孩子也无法摆脱这种改变,就像查尔斯·狄更斯书中描述的,你得理解人类社会在对待和塑造儿童上充斥着怎样的暴力,好好地教育他们如何成为"文明人"。比如非洲人就是半野蛮的毛孩子,只有像西班牙和葡萄牙这样的殖民国家,才可以拯救他们,既掠夺他们的财富,还教育、同化他们,给他们进入文明社会的权利。

如果你认为激进理论更好,那么请阅读马克思和恩格斯之间的书信。恩格斯曾预测阿尔及利亚被法国征服。马克思答复说:很好,阿尔及利亚现在可以得到文明了。阿尔及利亚可是有2500年的悠久历史,而法国的历史呢,要短太多。这里是不是有一种名副其实的傲慢?

我不想占大家太多时间,但我想明确阐述这些事件带给我们的一些担忧。有没有所谓的"亚洲"?尽管民族主义正在艰难地回归,但民族主义本身就被视为一个想象的共同体。如果民族主义是这样,那么"亚洲"同样可以是一个想象的共同体。印度、中国和其他亚洲国家的一些决定,确实推动了亚洲作为一个更大的政治新实体这种想法。那么,亚洲应该怎样与西方话语体系进行对话？我们是否已经起码在官方层面，建立起相应的制度结构呢？如果不愿意照搬现代西方知识体系，提出异议的学者、知识分子、作家、画家等将为新的团结愿景提出何种底线呢？

刘禾：非常感谢南迪先生精彩和尖锐的对于20世纪的总结。其中提到殖民主义屠杀，还有资本主义，还有启蒙运动带来的进步主义、进化论等等，包括所有造成的这些暴力，包括民族主义问题。

我现在想请韩少功先生把这个话题再推进一步，你这些年做了很多的思考，尤其是对于20世纪的中国。比如说最近一部书就是《革命后记》，提出了很多痛苦的思考。如果中国革命本身的出现是对刚才南迪先生提到的这些问题的回应的话，那么我们对于殖民主义和帝国主义的回应，也是20世纪中国的思想遗产。但是好像这一部分遗产很难被人说清楚，困难究竟在哪里？比如我们怎么样向印度的人民解释这个困难？如何表述中国20世纪所做出的努力，我觉得你的这些思考可能能够帮助我们理清这个困难。

韩少功：南迪先生讲得很好，对于我们中国学人有很多启发。他说到20世纪的一个特点是种族残杀，另一个是殖民主义，这确实也是中国现实的一部分，特别是构成了外部压力的一部分。比如说到殖民主义，我们会想到香港、澳门、台湾。说到种族残杀，我们也有日本和中国之间一场长达十多年的战争。

当然，在相同点之外，中、印两国也有很多差异。比如就国家内部而言，种族问题在中国有，但不是特别突出。中国20世纪最大的那次内部族群冲突，是"驱逐鞑虏"，推翻了晚清政府。但是据我所知，那一次整个过程中杀人并不多，据说仅在西安、武汉有伤亡,而全国各地大体和平,清廷的遗老遗少还受到了相当的礼遇。相比之下,我们在种族问题之外,更为突出和严重的是阶级问题,特别是经济意义下富人和穷人的问题,以及与此相关和叠加的一个官僚专制和人民大众的冲突问题。

面对阶级分化问题,资本主义和社会主义各有自己的解决方案。美国有一个历史学家叫卢卡斯,中文译名还有卢卡克斯,是匈牙利裔,提供了一个说法,他说20世纪是一个"短世纪",只有75年,从1914年到1989年。这是什么意思?1914,是第一次世界大战爆发之年。1989,是柏林墙倒塌之年,在卢卡斯看来可能是冷战结束的节点。当然,韩国人不一定赞同这么说,因为朝鲜半岛的冷战结构至今犹在,没什么变化。印度人可能也不赞成这么说,因为印度在冷战中尽力避免选边站,差不多一直置身事外,那么1989年对他们来说,也许就没那样重要。

不过,我们权且把卢卡斯的看法拿来讨论一下。

显然,卢卡斯描述的20世纪意味着两件大事。一是资本主义受到了极大的重挫,遇到了危机,主要表现在两次世界大战,还有整个全球殖民主义体系的崩溃。第二件事情就是以苏联为代表的社会主义,在这个世纪的后半场同样遭遇重挫,遇到了危机,出现了东欧剧变、苏联解体。正像刚才南迪先生所说到的,"上帝死了"以后,科学和理性成了新的上帝。其实20世纪的资本主义和社会主义都认为自己是科学的,是理性的,但不幸的是,就在同一个世纪里,它们都先后遭遇了重创,不得不在后来发生自我改变。二战以后的资本主义可以叫作2.0版的新资本主义。柏林墙倒塌以后,中国以及其他国家的社会主义,也可叫作新的社会主义。

刚才主持人提到我的一本书叫《革命后记》。这是一本随

・理想，还需要吗・

笔，在内地一本杂志上发表过，由香港牛津大学出版社出版。这本书无非是要面对一个难题——这样说吧，很多人都知道，在中国，20世纪发生了两件我们应该承认的大事。一是中国经历了很多苦难，不光有战争，还有1949年后的反右、三年困难时期、"文革"等，构成了很多人痛苦的记忆。这是事实。另一方面，我们也应该承认的事实是，20世纪也是中国发展最快的世纪。在全球所有发展中国家中，脱贫速度最快，眼下综合国力最强，远超非洲、西亚、拉美，甚至东欧等地。

问题是，这两件事情看起来很矛盾啊，让中国的知识界特别分裂。我们很多知识分子，不管是左翼还是右翼，都只有半张嘴，只能说，甚至只愿说其中一部分事实。比如右翼只谈苦难，谈反右和"文革"；左翼则只谈奇迹，谈"厉害了我的国"——这就是变成了两张皮，贴不到一块。

我之所以要写这本书，无非是想把两张皮变成一张皮，恢复我们的两只眼睛，既有左眼，也有右眼，力求用一个逻辑来解释两种看似不同的事实。这样做当然很困难。实际情况也是这样，很多左翼和右翼对我都不满意，在文学界尤其这样。在史学界、哲学界似乎还好点，让我略感安慰。很多人更习惯于用一只眼，甚至祭出万能的道德化神器，似乎世界上有好事，那就是好人办的；有坏事，那就是坏人办的。问题是，这个世界永远有好人和坏人啊，历史凭什么变化？为什么中国就变成这样，印度就变成那样？

稍加回想，就不难知道，强势政府是中国两千多年来政治文明的一个特点，有时候是很多奇迹的原因，有时候又是风险和灾难的原因。面对这个几乎数千年的特色，是清查好人和坏人更重要，还是清查一下这一大特色形成的各种历史条件更重要？

与此相关的是，如果提到文学方面，我觉得自19世纪的人道主义文学达到高峰，实现了爆炸式繁荣，到20世纪，则出现了一种分化。第一种潮流，就是从俄国文学的"人民性"开始，即陀思妥耶夫斯基评价普希金的三点：表现人民大众的生活；汲收和运用人民大众的语言；追求人民大众的利益。从那以后，一直到中国以鲁迅为代表的作家提倡的"普罗文学"，乃至遍及日本、美国的"红色30年代"，形成了一个巨大的文学潮流，以阶级论为思想核心，可称之为向下看的"人民路线"。就像鲁迅先生说的，世界上没有抽象的流汗，只有香汗和臭汗——这就大大拉开了与19世纪人道主义和善恶论的思想距离。另外一种文学潮流，或可以称之为"自我路线"，同样对19世纪的人道主义有所不满。一些作家以个人、潜意识等为思想支撑，从乔伊斯、普鲁斯特开始，一直到卡夫卡，把文学这个窗口变成了镜子，把社会广角镜变成自我内窥镜，使文学全面"向内转"。这一脉在西方发达国家特别兴旺，包括迷宫式、狗血式、幽闭式的各种玩法，直到今天，这种文学潮流虽然不一定能吸引大众读者，但至少能成为院校精英们的标配谈资。

"人民路线"和"自我路线"，即"向下看"和"向内看"的文学，分别对标马克思和弗洛伊德的思想引领，都在20世纪取得了丰硕的成果，构成了重要的文学遗产。就我个人的感受，我和我的中国同行们的巨大野心，就是想对两个遗产兼收并蓄，左右通吃，想把好事都占全。

当然，我们很快发现，进入新世纪后，这两种探索其实都遇到了巨大困难。人民，今天的人民在哪里？谁是人民谁又不是人民？一个企业高管，根本没有资本，只是个受雇者，却可能富得流油。一个打工仔,却可能也有股票,有小铺面,还算得上"无产阶级"吗?这都是阶级论者需要重新面对的难题。再说自我,自我在哪里?这个那个"自我"真有那样独立和特别吗?自有了克隆技术和人工智能,很多"我"其实都是可以格式化、数据化,甚至精确预测和管理的,千篇一律的"我"算什么?至少到目前为止,人的体力、智力都可望被机器逐步取代,而最难取代的,人类最后的差异性,恰恰是人的情感、价值观、创造力——而这一切,恰好是涉及他者与群体的,是不那么"自我"的,是大大超出了"自我"边界的。

刘禾: 感谢韩少功先生。接下来的时间大家可以提问题,无论是给南迪先生还是给韩少功先生提问,欢迎都提出来!

提问一: 南迪教授,我有一个问题问您。我们谈及追溯历史时以及在追溯历史的方式中,可以看到有一种替代危险存在。比如说,在现在的印度,在吠陀科学的约束下,以国家支持的纪念这些自我怀疑时期的做法或者所谓光荣历史中的科学来替代科学理性,这本身就是一个危险的计划。那么如何反驳来自这些所谓文化或民族的论述或谎言呢?

阿西斯·南迪: 我认为这个问题没有一个很好的答案。就在昨天晚上,我看到一个网站上发布的一名印度小说家撰写的专栏。内容非常精彩,她也提出了这个问题。你该做些什么?部分答案是,由于对过去的疏忽,我们允许某些民粹主义者拥有抓住过去并肯定过去的意识。但没有任何东西赋予他们拥有道德权威的权利。我认为他们过去的方案没有任何长远价值。它的政治效益是短暂的。正是因为我们否定了过去,他们才有了机会。我们这两国的新一代作家和思想家,必须向过去施加强有力的回应。正如我们谈论的那样,我相信国际力量站在我们这一方,而不是在他们那边。

提问二：韩少功老师您好，我是《革命后记》的一位读者。我们知道，左翼激进派不断总结自己的"文革"理论，发展自己的经济理论。我注意到，关于资产阶级的法权理论是当时一个非常重要的脉络和焦点，我想请教韩老师对于这个问题有什么样的思考？

韩少功：大概是1975年，中国在毛泽东的推动下，全国知识界和群众都开展了一场关于资产阶级法权的讨论，包括讨论商品、私有制、工资级别待遇等等。这是一种有关共产主义理想制度极为罕见的讨论。但当时的讨论并没有变成具体的政策。据说上海准备了一套消除工资等级差别的方案，山西的农民出身的国务院副总理陈永贵，也提出了在农村里把生产队核算制变成公有化程度更高的方案，但都没有被推广。所以那次讨论，仅仅是一种讨论而已。

实际上，完全消除资产阶级法权的做法，在我看来过于理想主义了。我在《革命后记》里有一段，标题叫"乌托邦的有效期"，大意是指这世界上乌托邦是有的，以后还会有的，但纯粹靠情怀支撑的群体运动，相当于圣人运动，几乎没有可持续性。这样的社会实验一般不能超过半年，实际上巴黎公社也就是七十几天。我在一生中参加过两次类似的团队试验，也都不超过半年，半年以后，一定大乱。比如收入差距，作为所谓"资产阶级法权"之一，完全取消大概是不可想象的吧？绝对的平均分配，一定是保护懒惰和鼓励懒惰，本身并不公平，最后可能给大家都带来危害。

提问三：现当代的印度知识分子是如何理解新中国诞生这件事情的？

阿西斯·南迪：印度是一个拥有多元声音的国家。那我个人如何看待印度人对新中国的看法呢？我认为中国政府和印度政府在很多方面比我们更了解彼此。我认为民族国家以外也有生命存在，这是借用 19 世纪欧洲的概念，我们需要依靠民族国家来生存，因为国际机构是在民族国家基础上设立的。但我们不仅仅是国家，我们是群体，是有共同核心的群体。在中国你可以同时拥有中国人、汉族人、儒家学者、佛教徒等身份，没有任何问题。在印度同样如此。我们应该充分把握这种多元声音、多层次的自我，并充分利用它。中国对我们来说既是诱惑又充满无限可能。印度对中国同样如此，既是诱惑又是可能。现在我们应该认识到我们还没有充分探索各种可能性。

如果浏览 12、13 世纪甚至更早时期中印两国相互到访的学者的有关记录，你会发现我们的祖先在很多方面进行了更好的探索。这是一些关于文明愿景的不同概念。我们的政治家有文明愿景，他们对中国和印度的愿景通常都是借用欧洲的。他们在寻求全球意义上的战略力量。我认为这是一个错误。应该避开这一点，建立更多人际的关系，就像我们在日常生活中避开政治体制一样。我相信这才是对的。

提问四：韩少功老师您好，我想问一下刚刚您提到的，现在 21 世纪的作家遇到两个难题，一个是认识自我的难题，一个是认识人民的难题。那么您认为 21 世纪的文学会出现一个什么新的发展方向吗？或者说您觉得怎样去面对这两个难题，有什么突破口？除了写那些代理的符号，宋朝人、火星人之外。还有我特别想问的一个问题就是，您对 21 世纪新的作家，特别是我们在座的可能很多想要尝试文学创作的同学有什么建议？

韩少功：我算不了卦，不知道将来会怎么样。最简单地说，大道至简，文学最基本的功能不会变，无非是认识生活与人，是使用语言文字，表达自己的思想情感。至于新的人民和新的自我是什么情况，或许在人民和自我之外，出现了什么新的怪物，谁知道呢？这些都需要我们重新去发现，去捕捉，去表达和释放。

现在对文学影响最大的两个因素，一个是技术因素，以互联网为代表，还包括人工智能的出现，给我们的文化生态带来了巨大冲击；另一个是制度因素，就是市场化和消费化的问题，使文学变成了一种商品、消费品，于是创作、传播、评价等机制都受到了严重扭曲。这些挑战能不能被化解？能不能在短期内被化解？现在大家都没有底。

上个世纪也有不少难题，但其中不少是刚性的，比如绝对贫困，是有吃和没吃的问题，非常简单，没饭吃，就闹革命，必须限期解决。但眼下可能更多的只是相对贫困，只是吃好和吃差的问题，人们忍受极限的弹性就大多了，一时没解决，天垮不了，问题的延续期也许就要比我们想象的漫长得多。我们在面对文化难题时，可能也要准备更多的韧性。

提问五：我觉得现在的社会并不是很欢迎真相，对真相其实是想要掩盖的，无论是从政府的角度还是大众的角度，因为真相总是很残酷。20世纪发生了很多事情，我想问，从作家的角度，您觉得用什么方式可以让大众看到真相？在外在条件并不是那么好的情况下，您觉得作家是不是有一个责任，告诉大众真相？如何去讲故事，让老百姓也能有一种共鸣？您刚刚讲到市场化的问题，其实作家在市场化的时代，他要考虑到消费者愿意读什么样的故事，您如何去平衡这种挣扎？

韩少功：什么是"真实"，这个问题很大，可以写一本书，写三本书，都讨论不完。这是一个非常哲学的问题。广义相对论和量子力学的"真实"，就一时没法和解和统一，只能各说各的。当然，也可以简单地说，"修辞立其诚"，写作人一定要诚恳，要诚实。这需要作者诚实地去观察和表现世界，同时还要诚实地面对自己，面对自己对世界的认知，防止这种认知成为悄然发生的自欺。这就是说，我们需要一种双重监控，监控这个世界，同时监控对这个世界的监控。对于一个写作人来说，这是一个很高的标杆，是更高程度的求真。

阿西斯·南迪： 我认为作家不仅陈述现实，同时也构建现实。这是至关重要的一点。你正在构建什么样的现实？你认为现实是什么？它是否符合你自己的道德自我？这是否与特定读者群的特定自我相符？

没人能彻底解决这个问题。我能想到许多踌躇犹豫的作家。像所有作者一样，他们试图阻止现实，或者讽刺现实，但是正常情况下，有一些东西还是需要理解。我经常举乌托邦作品和反乌托邦作品的例子。令人难忘的书籍，大多数存留的书籍，谈论的都是反乌托邦，而不是乌托邦。即使创作乌托邦小说和反乌托邦小说的是同一位作家：就像每个人都知道《勇敢的新世界》和《岛屿》，但没有人记得《岛屿》，因为它是一部乌托邦小说。但是大家都知道《勇敢的新世界》。同样地，人们都记得《1984》和 H. G. 威尔斯的《世界大战》，但是《莫罗博士的岛》，他们不记得了。也没有人记得《像神一样的男人》。这是因为人类就不应该怎么做比应该怎么做更容易达成共识。在我们提出应该怎么做以及什么叫作好的这些问题时，往往存在意见分歧。但我认为人类对于不应该怎么做更敏感，可以达成一个更加坚定的共识。我虽然讲了这些，但我不是作家。我只是心理学家。

提问六：我想问两位一个问题：新世纪有20世纪带来的遗产，经济快速发展，有好处也有坏处，比如说贫富差距越来越大。两位觉得是否有什么解决方案？政府能做些什么？作家能做些什么？我们个人比较小的行为上，是否可以做一些小的举动，来不断地尽自己的一份力？

阿西斯·南迪：这是一个非常大的命题。作家的力量远没有我们想象的大。他们只能写作，当然，有的作家在公众生活中表现得也很活跃，这很好。作家与每一位普通公民承担同样多的责任。他们也仅仅是公民而已。但作家与不从事写作的普通公民还是稍有不同。我认为作家承担的责任不过是要谨慎选择言论，谨慎选择立场。

就是这样。我比任何一位政治家都更认真地对待作家的言论。将一张政治家的照片贴在报纸的头版，阐述他做了哪些好事而对立方却没有做到。这对我们来说毫无意义。也许你有自己的观点——但作家的责任就是这些。他需要必要的自由来解释他的观点。

幸运的是，作家可以做出这些选择。在公众生活中，从他们的需要和人民的选择中进行选择，不管人们是否知道这个选择。我认为作家除此之外没有别的责任。他们真的带来不了多坏的影响。

韩少功：我不太相信有完美的世界，包括最好的印度、最好的中国，都不会有。但是这并不意味着我是一个消极主义者，或者是一个虚无主义者。我认为政府应该努力，民众也完全可以和应该努力，但是我们的努力的意义，也许是阻止世界变坏。这就是说，没有最好，但是可以不坏，至少可以不更坏。

刘禾：感谢韩少功先生和南迪先生带给我们这次非常丰富的

·理想，还需要吗·

对谈，也感谢大家的参与。我知道还有很多问题，也希望这次对谈能够打开更多话题，让大家做更多的思考。

一个棋盘，多种棋子

时间：2009 年 2 月
对谈人：韩少功
罗莎（Rosa Lombardi，意大利翻译家、汉学家）

性相近而习相远

罗莎：您的作品被翻成了许多文字。您从 80 年代开始就在中国既是作家，又做文学评论，同时还在大学任教，您是一位重要的观察家。我想请您谈谈：您对在意大利介绍中国文学的方法和翻译选择，特别是已被翻译的当代文学作品有什么印象？您两年前参加了一个在意大利举行的中国文学研讨会，在罗马还参观了一个中国作品译本展览，与其他中国作家一起参加了国家图书馆举办的圆桌讨论。按照与会者当时提出的问题和在场讨论，您觉得意大利人对中国文化和文学有怎样的了解？

韩少功：我知道意大利出版了不少中国文学作品。虽然有些出版选择受制于西方口味和市场风向，但这已经相当不易。中国去年仅长篇小说就出版了上千部。一个中国人要全面了解这些作品，也力不从心，怎么能苛求外国人比中国人做得更好？如果说我在意大利听到一些肤浅言论，那也不会比我在中国听到的更多。

罗莎：几年前在中国举办的一个研讨会上，您曾说过中国读者对外国文学的了解程度大大高于外国读者对中国文学的了解程度。有时候，一个中国读者能列出至少五十甚至一百个外国作家的名字，而一个西方读者是不可能举出五十个中国作家的名字的。您认为原因何在？

韩少功：中国在19世纪以后深陷困局，此后便有一百多年学习西方的热潮，翻译出版西方著作的数量全世界罕见。哪怕在铁幕森严的"文革"，中国也以"内部出版"的方式，出版过几百种西方作品，包括各种反共读物。这就是说，中国人一直在睁大眼睛看西方。这些翻译总体质量不错，得益于中国一流的作家和学者几乎都学习西方语言，都参与翻译。相比之下，西方不大可能有这种情况。我们怎么能想象欧洲一流教授和作家都学中文？都参与汉译工作？双方文化交流不平衡，在很长时间内几乎是"单行道"，这是历史造成的。

罗莎：意大利的现代汉学研究始于19世纪。这要归功于那些曾经在法国学习过的知识分子，因为法国在这一领域的研究比意大利早一个世纪。在20世纪，一些意大利作家和知识分子开始接触中国文化，其中的一些人从英译本将中国文学作品（包括鲁迅的小说，林语堂的杂文和小说）翻译过来。50年代末期，第一批意大利记者、作家和知识分子访问了中国和其他一些东方国家，进行了短暂的旅行，然后写出文章和旅行日记，向意大利人讲述和描绘中国。他们中间有卡尔诺·卡索拉（Carlo Cassola）、卡尔诺·贝尔纳里（Carlo Bernari）、弗兰科·福尔蒂尼（Franco Fortini）、库尔齐奥·马拉巴特（Curzio Malaparte）等。七八十年代阿尔贝托·莫拉维亚（Alberto Moravia）、焦尔焦·曼加内力（Giorgio Manganelli）等也访问了中国。他们都不懂中文，其中的一些人甚至对中国文字感到敬畏和麻烦，正如卡索拉所说"汉字让人感到自己是文盲"，希望早日被拉丁字母所取代。20世纪对华进行访问的意大利作家当中鲜少能与所遇到的少数中国作家建立直接接触。我们知道一位著名的意大利记者和评论家姜卡尔诺·威克雷利（Giancarlo Vigorelli），他在50年代末期认识了诗人艾青，并彼此成为朋友。当时还有一位结束了在中国漫长逗留期以后而写了一篇著名文章《我爱中国人》的意大利作家库尔齐奥·马拉巴特。他曾有机会见到了毛主席，但没有遇见过当时的中国著名作家，只遇见了一批写社会主义现实主义作品的年轻人。某些意大利作家在华旅行中曾有机会接触到巴金和丁玲。80年代中阿尔多·德·雅克（Aldo De Jaco）还遇见过沙叶新，但他们之间的交流短促而匆忙，此后也没有任何持久的成效。可以这么说，在整个20世纪，意大利作家与中国作家之间的接触，局限于狭小圈子，对中国文化和文学在意大利的传播几乎没作出什么贡献。

目前，尽管有很多中国文学作品被翻译成意大利文出版，更多被翻成英文和法文，但中国文学还继续被认为是"非主流文学"，也就是说读者还对它不够了解和注意。意大利作家和知识分子对当代中国作家的作品还很少提及。相反，很多中国作家读过并提到了莫拉维亚和卡尔维诺（Calvino）。我认为无论是在意大利还是在其他西方国家，尽管在许多情况下，人们对中国文化的认识常常不够完整和全面，可还太倾向于表达自己的判断。

我知道您参加了一些在欧洲或在欧洲以外国家有关中国文学的大会，并与一些欧洲、美国的读者和汉学家进行过接触。我想问您，您是否觉得在西方人眼中，中国还是那么神秘、无法了

·理想，还需要吗·

解？尽管在世界范围内已出版了大量有关中国的书籍，有些事对于我们西方人来说还是很难理解。您认为西方对中国文化和文学有足够的认识吗？

韩少功：要了解一个国家的文化，靠短期旅行与访问远远不够。而且人们认识异质文化时，包括在进行翻译、出版、评论的时候，容易选择那些自己熟悉的东西，"懂"的东西，容易解说的东西，这就可能形成一种有选择性的半盲。

西方对中国的认识泡沫，一种是美化，一种是妖化。前者多见于50年代和80年代，后者多见于90年代以后。知识精英并不是上帝，不是圣人。现实利益关系总是扰乱正常的认识过程，对对方产生各种美化，比如西方需要拉中国一起对付苏联的时候；或者妖化对方，比如中欧之间贸易摩擦和文化碰撞增加的时候。

类似的社会心理需求，容易使认识发生偏移。这对中国认识西方和西方认识中国，都是同样的难题。依据中国的资讯也不一定可靠，因为在西方政治、经济、文化的强势之下，中国人对自己的解释也常常是混乱与扭曲的。一些垃圾作品可能被多数中国人热捧，一些假情报会受到西方主流社会的欢迎和奖赏，正如个别伊拉克人的假情报，就曾被美国当作发动战争的根据。

中国不会比意大利更神秘，肯定不是一维空间或六维空间的什么怪物。孔子说过"性相近也，习相远也"。这是指人们在自然本性方面没有太多的不同，但在文化形态方面千差万别，不可能完全对等和重叠。中国正处于剧烈的文化交汇和文化转型时期，其特点是多种逻辑和多套符号同时在起作用。这好比西方是一个棋盘，棋盘上只走象棋，比较容易让人看明白。但中国这一个棋盘上既走象棋又走围棋，可能还混杂了其他棋子，需要我们多一点小心和耐心。

同名不同姓

罗莎：您觉得为了更好地了解和认识中国，应翻译哪些作品？当代作家还是现代作家的作品？古典文学还是别的？还是我们西方人在与之不同的民族面前的态度应该改变？

韩少功：我觉得主要问题不在于古或者今，重要的是翻译家要好，这样他们才能选择和传达最有价值的信息。中国对于西方人来说比较陌生和另类，是因为西方各国之间具有文化同质性，西方与世界多数地区也有过文化融合，在历史上有过语言（比如，澳大利亚和南亚）、宗教（比如，非洲）、人种（比如，拉丁美洲）等方面大规模的流动。即使在东方，印度、菲律宾等广泛使用英文，东南亚的基督教和伊斯兰教来自广义的西方的传播，日本有一大部分词（用片假名表示）是来自外语（如西文）……只有中国一直较多延续着自己的文化特性，包括躲过了西方的殖民化。不难理解，因为这一无法更改的历史过程，中国对于很多西方人来说有较多认识难度，中文本身就是难度之一。我觉得现在的情况比过去已经好多了，十年或二十年后可能会更好些——那时候可能会有更多优秀的翻译家。

罗莎：评论中国作家和中国作品的时候，常常可以听到或读到汉学家这样的评论，"某某作家是中国的卡夫卡"或者"中国的福克纳"。中国作家对这样的评论感到高兴吗？你觉得这是利用西方读者已有知识背景来让西方读者接近中国文学的方法，还是一种西方中心主义的表现？

韩少功：类比方法有时候可用，可用来引导和启发人的想象。但类比又不必被人们过于当真，比如，人们不要以为母亲真是一块土地，或者女人真是一朵花。只有思想懒汉才会太依赖类比，把孔子类比柏拉图，把中国革命类比法国革命，于是把世界简化成几个标签，随意地贴来贴去。"中国的卡夫卡"或者"中国的福克纳"有没有呢？这种文学仿制现象肯定有。但是第一，仿制不是什么好事，只是学习的初级阶段，不值得作家和批评家们过于兴高采烈。第二，任何仿制都不是照相和克隆，都有重要的变形和变性，比如，你在很多国家的文学中都可以找到"卡夫卡"的影子，但它们"同名不同姓"，其中的差异也许更值得注意，是更大的认识课题。

罗莎：我想问一个中国作家经常被问到的问题：从文学和文化的角度来说，80年代初期西方文学的介绍在中国有哪些影响和重要性？西方现代文学流派对中国作家和读者有哪些影响和重要性？如果有这种影响和重要性的话，在哪些方面表现得最为突出？

韩少功：80年代中国文学界最活跃的思潮，一是个人主义，表现出对极左政治的逆反；二是感觉主义，表现出对思想控制的逆反。这些都有西方现代派文学的明显胎记。尼采的"酒神"说、弗洛伊德的"潜意识"说，柏格森的"直觉"说，以及后来的解构主义，等等，都曾经在中国有过意义重要的发酵，是包括我在内很多中国作家的兴奋点。

有点不幸的是，这一切对中国的影响并不很深，而且在不少作家那里很快变味，与市场消费主义合流。于是，在一个缺乏宗教传统的国家，在本土道德资源也大遭毁弃的情况下，"个人"加"感觉"，很快变成了欲望主义，变成精神底线失守，变成了反社会和反理性的极端态度，并且与商业化投机关系暧昧。

直到最近这几年，才有一些人开始认识到，对个人／社会、感觉／理性采取二元对立模式，算不上什么聪明。作家因此而出现的自恋癖和自闭症，一旦过了头，恰恰会阻碍文学。你翻开一本小说，里面每十几页就有一次上床，这种千篇一律有"个人"吗？这种陈词滥调有"感觉"吗？从某种意义上来说，我更愿意把这种情况看作对西方优秀文化的误读和消化不良，比如卡夫卡的表情从欧洲来到中国，总是出现在一些小奸商的脸上。

罗莎：西方某些人批评中国文学不太关注性格刻画，探索研究人物的心灵以及他们的内心深处。您同意这一观点吗？您不认为80年代末对到处弥漫的个人主义、个性论的兴趣弥补了这一缺陷？

韩少功：应该说，性格刻画在两千多年前的《史记》里已有相当成熟的表现。中国传统文学比较缺乏的，一是心理表现，二是情节营构——特别是那种"焦点透视"式的情节结构。以至五四新文学代表人物胡适先生说，中国古典小说没有一本算得上"真正的小说"。

我猜想，西方小说在这些方面的比较优势，可能与文明传统有关。比如西方人在天主教时代习惯于"忏悔"和"告解"，忧心于"原罪"和"救赎"，因此会更多地关注灵魂，更多分析个人内心——但中国除了内蒙古、西藏等地，是较少这一类宗教活动的，也就失去了很多内心审判的机会。

西方人在古希腊和古罗马时代盛产戏剧，因此会在小说中更多运用戏剧经验——而不像中国小说有更多散文痕迹。因此，西方文学进入中国当然是大好事，包括你说的"个性论"等等，都给中国文学增加了活血，提供了参照和启示。

罗莎：我认为中国和西方最大的不同在于社会性质，一是集体社会，一是个体社会，看重个人。这对两方的文化和文学发展可能有了很大的影响。

韩少功：中国文化传统重视"人格"，但不大讲"自我"或"个性"，就与你说的这个原因有关。这后面，有农耕历史中长期定居、家族稳定、人口密度高等制约条件，也有现代转型期民族矛盾和阶级冲突空前剧烈等制约条件。在这些情况下，"个人"是必然受到限制和遮蔽的。

直到 80 年代以后，"个人"才得以合法化，并且成为社会演进的重要动力。至于这一过程导向很多作家的自恋癖和自闭症，是受制于社会和时代的条件配置，比如遇到了消费主义。这好比一个医学的故事：人们在一种新型病毒面前缺乏免疫抗体，就会生病。也好比一个生物学的故事：有些物种在原产地不是灾难，到了新的地方以后，失去了天敌制衡，就会造成严重的生态危机。中国文学当下最重要的危机是价值真空，以及由此引起的创造力消退。要解决这个问题，仅靠 80 年代的"个人主义"和"感觉主义"可能已经不够了，仅靠西方文化的输血也不够了。

罗莎：在 70 年代末 80 年代初，中国有一段"解冻"时期。在开始了经济改革以后，经济的发展和生活水平有了提高。有人指出"文化大革命"的悲剧事实上对 80 年代的文学有着积极影响，因为在那一阶段开始出现了具有一定价值和让人感兴趣的作品。比起十七年文学和"文革"文学，80 年代初开始了一段文化和文学复兴时期。你同意这一看法吗？你认为这一灾难阶段，比如"文化大革命"，实际上对中国文学是有益处的吗？

韩少功：从总体上说，70 年代末到 80 年代实现文学"解冻"，构成了五四新文学运动以后又一个文学高峰。"文革"无疑给作家们提供了重要的经验资源，也提供了思想解放的条件，比如，压迫会带来反抗，危机会诱发思考。但这样说，并不意味着"文革"是一件让人高兴的事。历史上经常有一种两难，如古人说的"国家不幸诗人幸"。危机的社会里英才辈出，安康的社会里庸人遍地。我们能怎样选择呢？如果历史可以由我们来选择，也许我们情愿文学平庸一点，也不希望社会承受太多灾难。但实际上我们没有这种选择权。

任何有活力的文化都不是复制品

罗莎：在中国当代文学史中，诗歌起着一个重要的作用，促使人们思考，推动语言运用方面的革新。依您看，诗歌是以何种方式来影响年轻作家在语言和风格方面的更大尝试？

韩少功：据我所知，我们这一辈作家大多是从写诗开始的，至少有过爱诗的兴趣，善于从诗句训练中体会词语的性能和品相。"诗"在中国古代被奉为"经"，在各种文学门类中具有最高地位，是一切文学作品的灵魂。当然，诗人成为小说家的并不算多。诗与小说，也许是灵魂与肉体的关系，互为依存但不可互相替代。

罗莎：你们这一代的作家和诗人，除了您，还有莫言、北岛、阿城、王朔，再晚一些苏童和余华，都是改变中国当代文学面貌最有代表性的人物。你们每一个人都是来自中国不同地区的。你们当时相互认识吗？你们之间当时有没有联系？你们当时最常谈论哪些话题？你们当时在文学理论方面有着同样的看法吗？当时你们作家讨论最多的话题是什么？当时你们以为新文学应从何处开始？是从主题的差异开始吗？还是从更多的自由的表达方式开始？是从艺术风格的尝试开始还是在"文革"文学式语言多年占据主导地位以后,对一种新语言的挽救?这些是你们作家最常讨论的话题吗?抑或这些只是那些官方评论家后来重组的论点?

韩少功:80年代的文学讨论密度最高,作家们都乐于串门和交流,对你所说的那些话题都有涉及,而且确实有过不少争论,因为现代主义、现实主义、古典主义等等在当时组成了文学解放同盟,互有联系又互有区别。我与你说的那些作家,因为不在一个城市,只是偶尔见面,没有太多联系。我相信我们对文学会有一些相近的看法,比如,对某个作品优劣的判断,大概不会相差太远。但我们肯定也会有差异,来自不同的人生经验、艺术兴趣、处世态度、政治倾向,甚至地域文化背景。有时候一个作家今天和昨天的看法也不会一样,那就更别说不同作家之间存在差异了。

但一般的情况下,记者和批评家也许更喜欢争议不休,更喜欢谈论主义和流派,而大多数作家并无兴趣经常发布理论宣言,也不太愿意把同行之间的分歧大声说出来。因为大家都明白,观念并不是文学,再正确、再高超、再精彩的观念,并不会自动产生好作品。决定写作成败,有太多复杂的因素,观念是诸多因素之一,仅此而已。

罗莎:您提到过在现代主义、现实主义和古典主义之间存在着联系与差异。您能否针对中国那些年的情况来解释一下您想说的意思是什么?除了少数情况,我觉得在对社会主义现实主义的排斥和反思过程中以及在新的流派繁荣以后,很多作家,尽管其中有必要的差异,但曾有回到新的现实主义的倾向。这种"新现实主义"更加接近时代、更加"客观",对经历的新现实和新出现的问题表达批评和反思。在"新现实主义"复兴的同时,也曾有通过一种新语言以探索新主题的尝试。与古典主义的联系，是通过重新创作和中国古典传统相关的题材而建立的，还是通过创作本世纪初更为现代的题材而建立的？尤其是如何表达的？

韩少功："主义"都是简化的命名。有时候，我觉得采用中国式"写意"和"写实"这一组概念也许更方便些。80年代很多小说重在"写意"，把情节、人物、主题这些元素都淡化了，批评家喜欢称之为"现代主义"什么的。到了90年代，很多作家重在"写实"，又把情节、人物、主题找回来了，批评家们喜欢称之为"现实主义"。这样说可不可以？当然可以，但不必太当真。

张炜的《刺猬歌》又写意又写实，叫什么"主义"？我这些年发表的《报告政府》是写实，但《801室故事》《第四十三页》是写意，那么我该戴一个什么帽子？至于古典主义，在我的想法中是指汪曾祺那样的，更多受到中国古典文学陶冶，其作品趣味既不怎么"现代"，也不怎么"现实"，似乎更合适"古典"这顶帽子。当然，这也是一种简化的命名，帽子可以随时摘下来。现在有很多青春小说和消遣小说，表面上看来也"现实"也"现代"，但把它们称为"现实主义"或"现代主义"都会怪怪的，因为它们与欧洲18世纪后的诸多伟大传统都相距太远。这些作家也经常虚构古代的故事，但与我心目中的"古典"精神气质同样相距太远。我觉得批评家最好是创造一些新的命名来描述它们。

罗莎：现在我们谈一下文学评论。在意大利，人们开玩笑地说许多评论家之所以干这一行，是因为他们未能实现当作家的梦想。在中国，社会主义现实主义似乎过时了，很多人还排斥正统的马克思主义评论，因此也许会产生独立或者更加客观的新一代

·理想，还需要吗·

文学评论？比起那些正统的评论，这些评论有何分量？

韩少功：在眼下的中国，很多"正统的"官方批评已经边缘化，书店里肯定是哈耶克比马克思的书要火爆得多，教授们在讲坛上痛斥中国和盛赞美国，更是司空见惯——特别是在这次全球经济危机发生之前。文学批评的情况并不太令人满意。最主流的声音，是记者批评，是报纸上巴掌大一块的那种，一天能写出两三篇的那种，几个标签随意贴来贴去。另一种是小圈子里的学院批评，虽然也有一些有分量的文章，但普遍的弊端：一是从书本到书本，缺乏现实感受和思想活力；二是"批评"中的"文学"越来越少，比如都做成了所谓"文化研究"，只剩下意识形态一个视角。这好比无论拿来白菜还是萝卜，批评家只会分析它们的维生素。问题在于：垃圾也有维生素呵。那么我们的维生素专家们怎么来区分垃圾和萝卜？怎么区分坏萝卜和好萝卜？

罗莎：有名的评论家刘再复写道，80年代中国文学出现的一个有特点的新现象是多元化，即文学的流派和主题开始多样化。从那时到现在，已过去了近三十年。再看过去，你不认为80年代作家其实都有追随文学主流的倾向，比如伤痕文学、寻根文学、现代派、先锋派？是不是很少能听到独特的看法？为什么在当代文学史的各个时期，中国作家都属于某一个主流？为什么集体（家庭、团体）观念比个人观念更强、更根深蒂固？你同意这一观点吗？或者你认为这个观点是错误的和片面的。你对此有何看法？

韩少功：这里有两方面的情况：一是中国很多作家确实喜欢跟风，以前认为真理都在莫斯科，后来觉得真理都在纽约，缺少个人的独立选择。这种情况不是一时半刻就能消除的。二是有些"主流"，是批评家和记者虚构出来的，是刻意筛选事实以后的结果。比如,你说的那些"团体赛",伤痕文学、寻根文学、先锋文学什么的,就很可疑。当时既不"寻根"也不"先锋"的作家,也可以列出一个长长的名单啊。又比如眼下,中国文坛也很难说还有什么主流,但很多批评家和记者不耐寂寞,还是一会儿拼凑一个主义,一会儿拼凑一个流派,在报刊上折腾得人们眼花缭乱。他们可能觉得"团体赛"比"个人赛"更方便于思考和评论。我对此也表示理解,因为二三流的从业者也得吃饭。

罗莎: 另外,那个年代的中国作家很像以前的文人,自己认为都有使命,都要去努力解释,要去教育读者,要承担社会责任。是不是当时很少有人提到文学不一定要承担社会责任而作家们应该去自由地探索?

韩少功: 你说的这种情况在 80 年代比较多见,但现在情况刚好反过来了。据我对周围的观察,大多数作家是不喜欢谈"社会责任"的。比如两年前有几个作家提出"底层文学",提倡关注社会底层状况,结果引来了文学报刊上广泛的嘲笑与讥讽。

近期不乐观,远期不悲观

罗莎: 你在 1985 年发表了一篇题为《文学的根》的文章,对当时文学状况进行反思,呼吁作家恢复中国丰富的传统文化而不是竭力仿效西方作品。西方文学也恰恰在那一阶段被大量介绍到了中国,为此还掀起了一股真正的文化热。有人认为在不同的阶段(在 1985 年或是近几年)你站到了保守派一边,首先反对许多人对西方作品表现出的热情,然后在近几年又站在反对描绘内心思想倾向和商业倾向的那一方。在前一阶段,某些评论家主张只有介绍和研究西方的理论,才能使中国文学走出国界和具有世界性。中国是需要革新的，而革新不能来自传统文化。你对此有何看法？

韩少功：倡议"寻根"的文章发表于 1985 年。那一年我恰好在某大学进修外语，为后来翻译米兰·昆德拉、费尔南多·佩索阿一类做准备。所以把"寻根"视为排外，视为反西方，在我看来十分可笑，至少是一种强加于人的曲解。

有些非洲国家全盘接受了西方的语言、宗教、教育以及政体，但并没有出现文化复兴，反而有长久的动乱和贫困。这是我们应该吸取的教训。与此相反，欧洲人依托古希腊和古罗马的文化母体，才得以更好地吸收中东的宗教、阿拉伯的数学、中国的科举制度。这是我们应该借鉴的经验。"左派"在"文革"时期全面排外，右派在市场时代"全盘西化"，在我看来都是文化近视。

任何有活力的文化都不是复制品。真正的革新者不会把复制当作创造，不会用输血替代造血，因此不会轻视包括本土文化在内的任何文化资源。这不正是欧洲的经验吗？如果说要学习西方，我想这就是西方最值得学习的一条：在广泛学习的基础上自主创造。与这一点相关，我从来不觉得"保守"是一个贬义词，比如我觉得西方"白左"，比如美国民主党、法国社会党等等，在政治、经济批判上不无合理之处，但他们在文化上过于"自由主义"，不够"保守主义"，将来很可能因文化这条短腿而摔跤。

罗莎：文学是了解一个民族的心灵和文化必不可少的一个源泉。关于这一点，我想插句话，自 90 年代末，一些旅居海外的中国作家（主要是在美国、法国和英国），吸引了各国读者的注意。我指的是像哈金、裘小龙、戴思杰、虹影这类作家，也许在中国还不为人知晓或不太知名。他们在风格和修养上各不相同，但其作品都有一个共同点：以第一人称的形式轻快灵活地讲述中国，讲述中国的文化和历史。

您认为作家移居海外还能向西方人讲述中国吗？此外，您认为西方人对他们的兴趣不断增长的原因，是不是因为他们用其他语言（英文和法文）进行创作，作品能未经很多过滤便到达西方读者面前，没有从中文翻译过来的问题？还是因为他们生活在西方，更了解西方读者的口味，寻找到了一种更适合西方读者的文字和风格？还是因为他们的题材的选择（实际上，他们中大部分人所选择的题材关系到社会问题、贪污腐化、性）对生活在中国的人来说也许太敏感了？

韩少功：你提到的这些作家大多在中国出版了作品，而眼下国内作家也不难把"敏感"作品拿到境外去出版。所以我觉得中国官方和西方舆论虽然立场不同，但都高估了某些"敏感"作品的意义。前者高估了政治意义，后者高估了文学意义。

有的作家"敏感"，但官方禁得了吗？不说互联网，光是出境旅行者在去年就达到 4000 万！那么他们在境外或境内阅读这些书，有什么不同？更多海外中国人经常接触 CNN 和 BBC，是否就一定被洗脑了？

另一方面，现在很多"敏感"，甚至"地下"的诗歌、小说、电影，通过各种渠道送入西方，它们中间也许确有优秀之作，但到底有多少算得上优秀？一个作家仅凭"敏感"的入场券，就能身价百倍？至于你说的这些作家在西方受欢迎，可能有很多原因，不同读者群体的不同兴趣也是正常原因之一，而这些作家已熟悉了西方群体的兴趣。这没什么不好。我们需要各种各样的作家。

罗莎：您的作品，还有其他作家如阿城、莫言、苏童和余华的作品都在国内外获得了很大的成功。这些都证明你1985年的断言是正确的。应以批判的方式再认识被遗忘的和被破坏的文化，应该归中国文化的根，重新找到一个新的生命活力。但是后来又发生了一个变化。90年代经济改革带来了一些成果。中国的经济取得了飞速的进展，生活条件也有了改善。也发生了很大的社会变化，同时出现了跟工业化国家一样的问题（贫、富差距加大，失业，缺乏医疗保障，存在不同程度的腐败），可以看到传统价值的丧失，人们都忙于获得物质财富。这一社会变化从文学的角度来看产生了什么样的结果？

韩少功：很多中国作家对批判极左政治比较有经验，对于全球化和现代化缺乏经验。80年代以后的"美国梦"，使他们后来对于环境、资源、贫富差距、道德崩溃、民族主义等新问题几乎丧失了反应能力。一个简单的事实是，如果中国要变成美国，那么我们还需要五六个地球。如果人道主义变成了欲望主义，那么人道和人权反而会在无穷的腐败和掠夺中消失。

不幸的是，这些都成为了某些中国作家的盲区。中国现在遭遇了一些疑难杂症，既有极权主义疹状，也有极金主义——这是我创造的一个新词——的疹状，没有现存的药方可用。面对这样一个社会和时代，如果要做出更有创造力的文学反应，作家们也许还需要更多的体验和思考，更多的勇敢和智慧。

罗莎：许多作家，其中包括那些对社会政治问题最有负责感的，从90年代开始，他们没有因为要过着自己的生活而从政治和社会舞台上退出？评论家陈思和把作家退出的现象称为边缘化。您认为这一现象的出现是不是因为对当代史中的反知识分子运动的厌倦？还是因为对社会和政治问题出现了一个逐渐冷漠的态度？这也是不是因为出现了一个富裕和舒适的新形势？还有某些人在国内外获得了成功？去年马原先生出了一本书《中国作家梦》，书中收集了作者自 90 年代开始的对一百多名作家的采访。这本书好像证实了这一看法。几乎所有的采访似乎都不可避免地暴露出一个话题：改善自己的物质生活条件的要求以及一些作家的困难，特别是那些靠写作为生的诗人。这就像一个无法摆脱的想法，您把这称为"金钱主义"，它好像充斥了中国各个阶层。在中国的马路上，我经常听到人们的谈话，令我感到惊讶的是无论男女老少，人们最常提及的似乎是"钱"这个字。这正是中国的情况吗？还是我们在国外的人还没察觉到，而在中国正产生的某种现象？

韩少功：你说的，也正是我忧虑的。90 年代中期，我和几个朋友批评"拜金主义"，几乎成了文学界的人民公敌，被老中青众多同行齐声痛斥。有什么办法呢？历史只有走到了尽头，只有遭遇了惨痛灾难，人们才能有所警醒，包括知道金钱之外有更重要的东西。眼下，这一过程在中国还没有完结，在全世界也还没有完结。

罗莎：王朔在 80 年代后期断言中国文学患了一种叫"太严肃"的慢性病，即作家们过于认真，主要考虑怎么面对重大问题。不仅是中国文学过于严肃，而且还常常包括其他的艺术表现形式。王朔的作品被评论家称为"痞子"文学，"商业化的叙事文学"，等等，但是销售量巨大。在不到二十年的时间里出现了卫慧、棉棉，近期又涌现出了郭敬明、韩寒这样的年轻作家，这些年轻作家的作品被称作"商品文学"，他们的作品主要谈论个人的激情，个人的生活，好像除此以外不存在其他事情。不过，这批年轻作家的"商品文学"跟当时的"商业化作品"根本不同。如你在一次发言中所说，我们今天生活在一个"感觉解放

·理想，还需要吗·

时期"，这是个性的再发现和认可。不过，有了这种再发现和认可，应该能够看到很有独创性的文学作品才对。但结果呢，与预期相反，文学作品倒是出现了一种同类现象。你对此有何看法？

韩少功： 王朔很有杀伤力，对伪道德和极权政治是一种解毒剂，但缺点是建设性不够。一谈到建设，就得有点严肃，不能只是油腔滑调吧？但不管怎么样，王朔的个性是在丰富社会阅历中发育出来的，看看他的作品和履历就可以知道这一点。如果他的模仿者，误把时尚当个性，误把自恋当独立，当然就只会有贫乏和雷同。在这个意义上，王朔的理论害得很多人当不成王朔了。

因为所有天才性的感觉，比如，球员、木匠、警察、水手的职业性独特感觉，主要是从他们艰辛甚至"严肃"的长期实践中产生的，不是在酒吧里随便玩玩就能得到的。我们千万不要误解感觉，不要随意自封天才，不要以为感觉天才就这么廉价。

罗莎： 您认为一部好作品应具有什么样的特点？是要具有好的语言、结构、风格还是内容？

韩少功： 面面俱佳当然最好，但实际上这种情况很少，十项全能式的冠军不容易当。一个作家能在某一方面有所创造，拿一个单项奖牌，就已经很不错，就值得我们备加珍惜。

罗莎： 近几年中国也出现了跟其他国家一样的问题：文学不再像 80 年代那样流行，读者对文学也越来越不感兴趣。中国的书店到处摆着教人们"如何在一个星期、三天以内或一夜致富"的书，"怎样成为成功的商业人士"的书，等等。许多诗人放弃了写诗而去写所谓"卖得出去的"叙事文学，另一些人则改行从事电影，还有一些人认为现在是"图像时代"，不再是"文字时代"。您的看法如何？您认为再过几年我们又能看到好作品，这只是一个过渡时期吗？现在中国文学不足之处是什么？

韩少功：新兴传播技术出现，是一个不可逆的变化。人们欲望过分膨胀，则是一个可逆的变化。文学眼下正处在不可逆和可逆的双重变化之中。

我的看法是近期不乐观，远期不悲观。从根本上说，文学表达人类的情感和思想，只要人类不灭，文学就可以长存。但人类灵魂并不是时刻处于苏醒状态，并不会把价值理性时刻置于工具理性之上。处于经济发展高速和文化价值重组的中国，情况当然更是如此。

其实，欧洲18世纪至20世纪的文学繁荣，文学几乎成为上帝代用品的辉煌时期，也不是历史常态。把它描写成历史常态，是史家们的天真，或者故意造假。但人类的灵魂也不会永远沉睡。当危机逼近，当灾难出现，人类的情感和思想就必须做出有力反应，重新孕育出优秀文学。这是肯定的。作家们不能基于职业利益而期盼危机和灾难，但一个平庸腐败的世界，能有其他结果吗？

（原载于《花城》2009年，由吕晶协助翻译）

中国及东亚文学的可能性

时间：2011年5月
对谈人：韩少功
白池云（韩国翻译家，韩国延世大学教授）

白池云：您好。这次能请韩老师来做一次对话，觉得非常荣幸。您深刻的思想和不断的实验精神，对于面对文学危机的韩国文学界来说，也许将提供不少启发。

韩少功：我也很荣幸。

白池云：这次访韩应该不是首次了吧。您对韩国的印象怎么样？和韩国的作家和知识分子有不少的交流吧？

韩少功：这是第二次来韩国。十年前我接受瑞南财团的邀请来过，与韩国作家们交流不是那么多，但学者见了不少，像崔元植先生、白永瑞先生，还有其他一些老师。首尔这个城市很大，管理得很好，充满活力。这里与中国没有多大的时差，食品口味也接近，所以对于我来说有一种在家的感觉。

白池云：老师是湖南人。湖南和韩国的菜有点相近吧？

韩少功：他们问我能不能吃辣，我说，肯定能吃。

白池云：一般韩国人不知道，湖南菜比韩国菜辣得厉害。还有，湖南出了不少有名的现代文学的作家，像丁玲、田汉……对，我还去过沈从文的故乡，凤凰，很漂亮的小城。学生时代我在读他的小说《边城》时，不太理解在1920至1930年代中国那么严酷的环境下，怎么会产生这样一幅画儿似的作品，但到了凤凰，疑问就自然消解了。小说里的布景就在现实中。听说，老师您也在湖南乡下居住？

韩少功：已经11年了，每年有半年住在湖南的汨罗，那里有一条汨罗江。

白池云：就是屈原投江的地方。

韩少功：我这次就是从汨罗来。从汨罗开车到长沙，有130公里。长沙现在有直飞首尔的航班，但我不知道，还去上海转机，多费了一些时间。

白池云：老师是因什么契机回到汨罗江那边去了？

韩少功：11年前，我要辞职，我的工作单位不同意，最后是双方谈判，各让一步：我不辞职，但他们每年给我半年自由。这样，我就可以阶段性地待在乡下了。我觉得这样做的好处，一是可以劳动，出点汗，接近大自然，对健康也有好处；二是脱离知识分子这个圈子，换一个环境，了解社会底层的生活；三是节省一些时间，因为你在乡下可减少应酬，没有那么多饭局和会议。

白池云：我看到《山南水北》照片中您家附近的自然风景，那个很大的湖，感到很羡慕。

韩少功：下次欢迎你去我那儿走走。

中国文学的大体方位

白池云：谢谢。那我们从现今的中国文学谈起吧。近来，中国作家的写作非常活跃,韩国图书市场上的中国文学虽不能说特别红,但 2000 年以后推出了不少译作,渐渐有了影响。余华、苏童等获得了一些程度上的读者注目。但问题是,韩国读者不大理解那些作家在中国文学地图上站在什么位置。再说,韩国读者对中国的现代以来的历史和文化背景也没有成熟的了解。因此,我想先请老师讲一讲,您如何看待现今的中国文学?有多大成就?处于什么样的地位?

韩少功:简单地说吧,大概从 70 年代末开始,十年到十五年之间吧,是文学在中国特别热闹的一个时期。那时候我们一本小说很容易卖到 50 万册。

白池云:那么多?

韩少功:当时刚刚结束"文革",大家有一种文学的饥饿感。没有电视和网络,报业也不太发达,文学成了中国人的主要娱乐。到了后一个阶段,比如 90 年代后期,文学出版开始出现商业化,畅销书多了,但其中大多是色情呵,暴力呵,小资时尚呵,品质出现下降。还有一些实用类的书,用英文叫"HOW TO"一类:怎么炒股票,怎么谈恋爱,怎么出国留学,等等。这样,通俗读物迅速变成了主流,加上电视和网络的巨大冲击,文学就变成非常小的一块了。用苏童的玩笑话来说:我们的读者是一个零一个零地在减少。

在这一小块里,如果要大致分分类,我不妨用几种颜色来说。第一种,黄色的,是指那种商业化的畅销书,属于吸金功能极强的。第二种,红色的,是指官方特别支持的,大多正面表现革命历史和英雄人物。第三种,黑色的,是指那种特意写给西方人看的,按照西方胃口来订制的。最后一种,所谓白色的,是指比较纯洁的,接近我们"纯文学"这样一个概念。你说的莫言、苏童等等，艺术和思想上有探索的作家，都算是白色的吧。这当然是一个非常粗略的划分，不一定准确。

白池云：现在中国的畅销作家是哪一些作家？

韩少功：韩寒、郭敬明是很畅销的吧。还有些畅销书，你们大概也不会翻译过来，比如，有一个叫木子美的女作家，专写性爱，在中国很有名。还有一本《上海宝贝》，也曾风云一时。

白池云：《上海宝贝》，韩国有翻译。

韩少功：据说中国去年一共出版了长篇小说6000多种，平均每天有10来部出版。这个数量大得吓人。但另一方面，文学与普通人的关系似乎却越来越远。我曾在某大学问一些文学研究生，读硕或读博的，问他们是否读过《红楼梦》，结果只有不到1/4的举手。我又问谁读过3本以上法国文学，结果举手的依然很少，大概不到1/3。这个事情如果放在"文革"那种比较禁闭的时期，也是不可思议的。那时候很多中学生，随口说出十本俄国小说或十本法国小说，都不是太难。

白池云：这样的情况韩国也一样。像1980年代那样政治环境非常严格的时候，文学倒很丰饶。我觉得，社会的苦恼和对文学的热情是偕行的。

韩少功：物质主义、消费主义、享乐主义的潮流，挤压了人的精神空间，应该说是主要原因。以前的出版社也要利润，但只求一个总体上赢利，并不一定每本书都得赢利。可是现在不一样，普遍实行"单本核算制"，每本书都得挣钱，而且这个挣钱与编辑的利益挂钩，这就使很多文化生产胎死腹中。诗歌呵，学术呵，是最早的一些灾区。这种制度不是把文化向上引，而是往下引。

在另一方面，电子网络的冲击也是一个技术性原因。现在很

·理想，还需要吗·

多年轻人都习惯于上网，因为这样既方便，成本也低。很多人甚至习惯于"一心多用"，一边听音乐，一边看股票，一边网上聊天。很多人逐渐丧失了沉静和深思的能力，与传统意义上的文学当然变得格格不入。

白池云：可是，从外面看来，好像90年代以后的中国文学，在世界上的位置渐渐变高了。在此我说的世界主要是指欧美，但韩国、日本也越来越重视中国文学。

韩少功：确实，30多年来，中国作家的作品在西方得到大量译介。特别是在80年代，西方把中国看成一个准盟友，共同对付苏联，所以对中国非常热情。当时中国与他们的贸易摩擦也少，经济上不构成威胁。欧洲和美国仍在上升时期，技术转型升级，全社会自信心很强，所以有一些不错的批评家、出版人以及读者群，对非西方的文化非常关注。不过，近年来这一情况好像正在变化，主要是经济摩擦与文化摩擦都在增加，让很多西方人不安。他们可能更关注中国了，但心情与80年代已经有异。比如他们在80年代对中国作家说，你们的写作一定要摆脱政治。但他们现在对中国作家说，你们离政治太远了，你们应该更激烈地同当局对抗。这种变化为什么发生？

白池云：听到您讲的话，我感觉中国在80年代已经是"去冷战"时期，但在我们韩国的实感中，80年代还是冷战的延续。中国的"去冷战"比韩国来得早。

韩少功：那时候西方的主要冷战目标是苏联，不是中国。邓小平70年代到美国大受欢迎，美国《时代》杂志把邓小平作为封面人物，当作英雄介绍给读者。

白池云：当时中国也有跟美国联盟对付苏联的想法吗？

韩少功：中国与苏联的关系曾经很紧张，发生过小规模战争。高层领导有过联美抗苏的考虑。

白池云：这么看，反而到90年代以后，中国的反西方的情绪增加了。1996年《中国可以说不》出版。

韩少功：冷战以后，中国知识界的主流是亲美的。你说的《中国可以说不》，当时在知识界其实蛮孤立，甚至曾被官方查禁。但到了最近十多年，主要是涉藏问题、涉疆问题，以及苏联解体、亚洲金融危机、美国金融危机等，让中国的疑惑者越来越多。比如说西藏。中国实行计划生育，汉族每个家庭生一个孩子，但少数民族可以多生。于是藏族人口很快从100多万增加到200多万，怎么是"种族灭绝"？西藏地区寺庙和僧侣的密度，超过了任何一个基督教地区，怎么是"文化灭绝"？

但西藏在西方人那里另有一种理解，是他们想象中的"香格里拉"，是这个堕落世界的最后净土，最美丽和最神圣的地方。你们把汉人的语言、饭店、机器、官员、军队送到那里，还在那里宣扬无神论，不是暴力和侵略吗？这样，西方人不理解中国人——特别是汉族人怎么想，中国人也不理解为什么西方人要那么闹。这样的摩擦太多，就导致了像你说的，本来是少数派的声音，《中国可以说不》的声音，慢慢地变成一个强大的声音。美国皮尤中心的多次民调结果，也证明了这一点，比如中国国民对本国的满意度一度升至88%，远高于美国的39%，让很多西方人难以理解。

"文革"前后中国文学的激变

白池云：您刚才以四种颜色来概括中国文学的情况，我想把前面三个搁置一下，先谈谈"白色的"文学。因为现在韩国读者

·理想，还需要吗·

接触到的也是这一块。那您对现在的"白色"文学怎么评价？

韩少功：谈到这一点，我非常矛盾。中国文学有很好的成长条件。第一，起码它市场很大，13亿人口，这是作家们的幸运，相对于冰岛的30万人口，丹麦的500万人口，瑞典的900万人口，希腊的1000万人口，中国的大市场也有利于翻译，可以养活大规模的翻译队伍，便于向世界各国学习，包括把日本、韩国的文学引入中国。第二，中国有五千年历史，打打折扣，也有三千年的文字记载史，留下丰富的文化遗产。中国的东西南北还分布了56个民族，生活形态五花八门，为作家们提供了多样化的文化资源。第三，中国近一百年来有特别多的灾难，特别多的危机，特别多的痛苦，激进的社会主义和激进的资本主义都留下了很多故事，为文学提供了巨大的素材资源。

有事故，才有故事。一个特别管理有系、和平安康的社会其实不容易产生文学的。相反，"不平则鸣"呵，"悲愤出诗人"啊，一个动荡不安、灾难频发的百年，倒可能成为文学生长的强大动力。从这些方面来看，我对中国当代文学寄予很大的希望。事实上，中国也确实出现了一批不错的作家。不过，中国这一百年对自己的文化也伤害太深。

白池云：这不是很矛盾吗？您不是说有折腾和痛苦才产生好的文学吗？

韩少功：我的意思是，文化需要一种积累，当代中国在这一点上明显不足。第一次大规模的文化自残是"文革"。那时候读书很危险，独尊"革命"，罢黜百家，大学几乎全部关门，书店里空空荡荡，可说是一片文化沙漠。第二次大规模的文化自残，是开始市场经济以后，全社会狂热地拜金纵欲，连很多教授也不读书了，商业化了，市侩化了，文化的精神品质下滑。这两种情况殊途同归，在伤害文化、否定文化这一方面，有共同的效果。

白池云：既然谈起了"文革"，我想再听一些。您刚才说"文革"时代的学生，读书的修养甚至比现在的年轻人高。可是，当时是那么封闭的时期，他们从哪里找到国外的作品？

韩少功：当然不是全部，我是指一部分人。中国在50、60年代并不像外界想象的那样封闭。那时候有一批很好的翻译家，像译法文的傅雷，译俄文的戈宝权，译英文的萧乾，译意大利文的吕同六，译北欧文字的叶君健，等等，翻译了很多外国文学，都是公开发行的。即便到了"文革"时期，也容许出版了几百种"内部读物"，俗称"黄皮书"、"灰皮书"，包括哈耶克、索尔仁尼琴等等。这些书虽然只卖给高层的干部和知识分子，但实际上很多流散到社会上了。

白池云：在某一个您的英文采访中，您说中国文学大概在新中国成立初期主要是以苏联文学作为模范，后来与苏联对立起来了，作家开始转向欧美文学。那个转折点，我以为是80年代。现在听您说，原来50年代已经开始接受欧美文学了。

韩少功：以前最大的老师是苏联。因为苏联受法国影响大，所以中国读者也连带地喜欢上了法国。在我当知青的时候，雨果、巴尔扎克、莫泊桑、大仲马这些法国名字对于我们来说并不陌生。到了80年代，很多青年人的主要阅读对象才转向了欧美的现代主义，比如超现实主义、荒诞派、意识流等等。

白池云：对现在年轻的作家，您有特别关注的吗？

韩少功：我已经注意到一些名字，安妮宝贝、笛安、张悦然等等，希望他们长成一棵棵大树。说实话，我们这一代作家眼下还有饭吃，完全是因为不少新人还不大争气，对自己要求过低了。我曾接待一个中学生。他把一个U盘给我，请我帮他看看作品。我以为是一个短篇,打开一看,哇,七个长篇小说。第一个是写唐朝的,第二是写明朝的,第三个是写火星人的,第四个是写机器人的……后来有一个网站的技术员告诉我,在他们那个网站,小说成千上万,几乎是论"斤"来卖的。他们就不能写得慢一些吗?不能对自己的要求更高一些吗?

东亚小说传统与现代性

白池云:我觉得,能写下来那么多就已经很厉害了呵。那么,我们把话转到老师您自己的作品吧。我翻译《阅读的年轮》时,在韩国还少见您的著作。后来,《马桥词典》被翻译了,《山南水北》也被翻译了。跟别的作家相比,您的作品进入韩国读书界晚了一些。坦白地说,我翻译的在韩国没成畅销书,但读过的人都说他们很感动。我曾以为像《阅读的年轮》这样的书,如果读者对中国的文化和历史没有深刻了解,不太容易接近。但情况似乎不是这样,他们是从您的文章里收获了某种感觉。《马桥词典》的文体形式还引发了不少的好奇。那,我先想问一下,您是因什么样的契机,想到了用词典的形式写小说?

韩少功:我中学毕业后当知青,在农村劳动了六年。我发现那里的方言很难懂。很多年以后,在大学听语音课,看了一张语音地图,才知道湖南的方言确实特别复杂,所谓"十里有三音"。这样,我少年时期就进入了"双语"和"多语"的状态,开始了语言比较学的"田野调查"。语言比较多了之后,你会产生一个很好奇的问题:为什么有些东西在不同语言里,找不到准确对应的关系?你翻译过外文书,也有这种经验吧?

白池云:是。有些汉语里的词在韩语没有,而某一个韩语词，也没法找到准确对应的汉语词。

韩少功：我去过蒙古，发现蒙古人关于马有很多词，一岁的马有个词，两岁的马有个词，三岁的马有个词……汉语里根本不会有这种情况。这里的原因，就是语言后面有生活，有故事，有人物，有特定的历史和文化。到了 90 年代，我再次想到这一点，是因为接触到西方一个重要的哲学讨论，被西方人称作"语言学转向"的，大义是自维特根斯坦以后，很多人认为哲学上问题其实都是语言学问题。我并不是特别赞成这种看法，但这种看法启发了我。

白池云：《马桥词典》的叙事形式，确实跟语言哲学有关系，但这里我觉得还存在另一种试探，就是小说和散文的结合。《马桥词典》中提到主导性人物、主导性情节、主导性情绪的霸权——您所说的应该是西方现代小说吧？依我看来，您想创造一个和西方小说不一样的另类小说。

韩少功：就我所及的阅读范围而言，似乎有两个小说的传统，一个是"后散文"，另一个就是"后戏剧"。东亚很早就有了纸张，比如晚近出土的"西汉纸"。有了纸张，你可以写字，以至汉代作家们常有几十万，乃至几百万字的写作量，都吓死人了。所以那时候教育很发达，文学也很发达，不过当时的文学主要是散文，其次是诗歌。但西方走的是另外一条路，因为他们直到 13 世纪才学会草木造纸。在那以前，他们只有羊皮纸，非常昂贵，也不方便，因此文化传播主要靠口传，先是史诗，后是戏剧，一开始都是口传的文学。

口传与书写有很多不同的特点，比如前者面向观众，包括识字的和不识字的，那么作品就必须趣味性非常强，像亚里士多德强调的，必须注重人物与情节，才能把观众紧紧地吸引住，不然演出就无法进行下去。但书面文学不一样，它是给读书人看的，给"小众"看的，甚至只是给"知音"写的。如果没遇上知音，那么宁可将作品"藏之名山"。散文与戏剧不同的诸多功能特点，由此可见一斑。

在这里，也许可以看出，脱胎于戏剧的欧洲小说，大多比较戏剧化，人物、情节、主题，构成了三大要素。而脱胎于散文的东亚小说，从《史记》中的本纪和列传，到《三国演义》，等等，都有散文化的痕迹。中国四大古典名著，在胡适先生眼里都算不上严格意义下的小说，因为他是采用西方文学的标准，几乎是亚里士多德的戏剧标准。

白池云：按照胡适的尺度，《马桥词典》也不算小说吧？

韩少功：肯定不算，因为作品中的人物不连贯，有前无后，或者有后无前。不过，中国《四库全书》里"说部"的90%恐怕都不能算小说。那又有什么关系？我们完全可以有一种很欧化的小说，但也可以有一种不太欧化的小说，比如，来一点散文和小说的杂交，未尝不可。

白池云：在《灵魂的声音》这篇散文里，您说过小说似乎在逐渐死亡。依我看来，您是通过《马桥词典》这样的尝试，摸索一种突破性的另类小说。

韩少功：在古代东亚，不光是小说、散文不分家，文、史、哲也都不分家的。这有什么不好呢？就像我们的人脑，有时候能把事情想清楚，就用逻辑和理论；有时候没法把事情想清楚，就只能用描绘和细节——差不多就是一种文学了。这种"夹叙夹议"的混杂，其实是非常正常的。恰恰相反，如果一个人成天给别人讲道理，或者一个人成天给别人讲故事，肯定会把所有的人都吓跑。

但我们眼下的学科专业越分越细,人才都是所谓"专才",都在画地为牢。以至一个学者如果说自己是治"哲学"的,就会被人家笑话,被看成骗子;只有你说自己是"搞黑格尔的",或者是"搞海德格尔的",对方才觉得你说的是行话,够水平了。这种专而又专、偏而又偏的狭隘,是不是也可能隐藏着重大危险?会不会导致一种僵化和封闭?

白池云:其实文学,尤其是小说,就是多样形式共存的地方。我在读《马桥词典》的时候,就联想到巴赫金的对话理论,据他说,小说里面各种各样的、互相对立的体裁(genre)、语言、信念体系在共存。那样的多音性(polyphony),好像在《马桥词典》里活生生地体现出来。

韩少功:事物变化的过程,往往不是一因一果,而是多因一果和一因多果。后戏剧的小说模式,特别是线性叙事逻辑,很容易遮蔽这种复杂性。

白池云:但是对读者而言,《马桥词典》会经常让他们遇到困难。注意到这样的断续性,对于很少读书的人来说并不容易。前面登场的人物,过了很长时间再突然出现,读者就搞不清楚他(她)到底是谁。我也是这样,不断回到前面去找那些人物,很困难。要是在韩国出版第二版的话,您一定要加上人物索引。

韩少功:生活并没有那么完整,某种适度的"碎片感",其实正是真实的一部分。今天我在街上见到一个人,这个人永远都再见不着了,但是这个人可能给我留下了很深印象,成了我生活的一部分。这种破碎感既然真实存在,为什么要把它统统割掉?

白池云:在此,我想回到语言的地方性问题。不仅《马桥词典》,在别的文章里,您都特别重视方言或地方性,对以北方为中心的中国文化,似乎显示出某种立场。比如您谈到北方"龙"

·理想，还需要吗·

和南方"鸟"的差异，这种解构中心和挑战权威的尝试，与西方的后现代主义有些相近。但我从《阅读的年轮》中，感觉到您又与西方后现代主义保持距离，甚至表现出批判锋芒。所以，我感到有点矛盾：您对后现代主义似乎是一种既拒又取的双重态度。

韩少功：后现代主义者热心于解构中心和颠覆权威，有积极的一面。在普通话这个问题上，普通话 is the language of army，这是一个英国语言学家对我说的。"普通话"是军队的产物，政治的产物，有一个权力化的过程。因此，普通话的权威地位并不是天然的和必然的，这正如世界上最大"普通话"是英文，与英、美两代全球霸权的历史密切相关。后现代主义的一些方法，可以帮助我们看清这样一些历史真相。但有时候，后现代主义说的太极端了，比方他们否定一切意义和价值，就太极端，甚至与他们所反对的敌人走到一块去了。绝对的"有"，绝对的"无"，都是绝对。把相对主义绝对化，本身还是一种绝对主义。方言也并无绝对的合理性，因为方言也会有糟粕，对更小的语言群落也有压制功能。

白池云：既然说到地方问题，我想再听一些您与南方文化的关系。中国从古代开始，就有北方的《诗经》，南方的《楚辞》，这样的区分，表示着中国两大不同的文化气质。您的作品，让我联想到《楚辞》所代表的，一种自由奔放、有反抗性的南方文化的气势。

韩少功：中国最早的文化典籍，主要是黄河流域一些文化人记录下来的。那时孔子、孟子主要活动在黄河中、下游地区。秦、西汉都建都在西安，也是在北方。那时南方当然也有文化，但大多没有被记录下来。比如80年代在中国四川发现了三星堆遗址，有很多精美器物出土，但这样的文化在中国史家那里几无记载。直到宋代起，事情才开始发生很大变化，主要原因是北方的游牧民族，比如蒙古，强大起来了，把汉人挤到南方去了。南宋人到杭州建都，到湖南办学校，南、北文化才有了深度的融合。

白池云：我不知道这样区分开来，会不会有点勉强，是看您的文章，让我情不自禁地想，好像您对儒家，没有对道家或佛家亲切。说"反儒家"也许会有点过分，但您对老庄和佛家的爱好，似乎构成了您思想和文学的一个重要部分。

韩少功："儒家"这个概念，有时候是一个大概念，几乎涵盖整个中国古代主流文化；有时候是一个小概念，是指与道家、法家等等相区别的一个学派。现在很多人谈"儒家"，不分大小，不分前后，概念用得比较乱。从汉代到宋代，儒家变化很大。具体到某一个人或某一个派别，外儒内道，阳儒阴法，复杂的情况还很多。在某种意义上，我也赞赏儒家的思想文化遗产，但儒家也有蛮多问题，比方说他们过于精英主义，主要是关心政治、社会、伦理这样一些东西。在这些问题之外，比如生命哲学、认识论、方法论等方面，道家和墨家，可能更让我感兴趣。

白池云：巧合的是，道家的老子和庄子，不都是文化版图意义下的南方人吗？好像老师对南方文化具有一些特别的感情。

韩少功：我出生和生活在那个地方，在战国时代是"楚"。广义的"楚"还包括长江下游地区，比如楚霸王的家乡，即吴越一带。小时候，我听老百姓常用一个词，叫"不服周"，意思是不惧怕、不服从。为什么多出一个"周"字？其时，"周"是指周天子，即春秋时代的中央政府。"不服周"就是我南方人要捣乱、要自强、要挑战权威。这个词里所隐含的某种勇气和豪气，我确实很喜欢。

白池云："不服周"这个词，眼下在日常生活上经常用吗？

韩少功：还经常用。是不是有点无政府主义的味道？

白池云：韩国文坛最近很热门的话题就是"文学和政治"。文学对社会要扮演什么样的角色？这个问题似有点陈腐，但像今天文学定位很不稳定的时候，我们不得不再次提出来。您的作品不仅仅艺术性高，并且有强烈的批判性。众所周知，在中国的政治环境下，对政府的批评曾经不是容易的。可是，您还是用隐约的方式发出声音。在另一个方面，我特别同意您在《马桥词典》中关于"甜"的说法，就是说西方人分不清中国有各种各样的反抗，都把它笼统地概括为"反共"。韩国人了解中国的时候，也经常掉入这种陷阱。在这里，我想请您讲得更清楚一点：您觉得西方人所期待的反抗与您的反抗区别点在哪里？或者，您觉得中国作家应该保持怎样的反抗精神？

韩少功：权力与资本，或者说极权主义冲动和极金主义冲动，是中国社会的两个毒瘤，两者结合就是权贵资本主义，需要我们努力地抗争和克服。这将是一个长期的任务。但中国与西方确有历史和文化的很多差异，我们的批判必须对症下药，不能简单地照搬其他药方。比如西方人对种族这个问题特别敏感，特别是犹太人问题，但这样的问题在中国、韩国可能就没那么敏感。同性恋问题，在亚洲一些地方也不那么敏感。相比之下，中国人对家庭特别重视。

前不久，报上有一条新闻，一个男人在车祸中死了，然后他的兄弟和父亲来帮他还债。如果按照现代西方的法律，他们不必还这些债，每个人的债权债务都与他人无关。这就是西方的"个人本位"。那么，我们怎么来看待这个现象？"家庭本位"也许会带来不少负面的东西，比如，"家长制"、"裙带风"、"人情社会"等等，但也有正面的东西，比如，前面说到的还债。如果只是站在西方法条主义的角度，对这个进行嘲笑或指责，就可能无法理解世界历史的多样性。我们现在常常是"左右开弓"，应对两方面的抗争，既要警觉本土的"遗传病"，又要警觉外来的"传染病"。

白池云：《马桥词典》和《山南水北》中，您对老百姓的观察非常敏锐。好像您看到了老百姓那里一种微妙的现象，一种表面上很单纯、不合理、在深层却真切有力的逻辑。比如，他们在国家面前很脆弱，但他们有应对国家的特殊方式。《马桥词典》中有一个好玩的故事，马疤子原来打算跟从共产党，后来阴差阳错没找到共产党，遇到了国民党，就跟随国民党。对他们来讲，跟随共产党还是国民党，与政治理念完全没有关系。就像您写的那样，老百姓对1948年的记忆，不符合于国家的公式化历史。即使不是顽强的对抗，但好像他们有自己的"反抗"的方式。而且这样的"反抗"，和西方人所想象的"反政府"或"反共产党"，也有差距。我觉得这个差距虽然微妙，但很重要。

韩少功：生活很复杂，但意识形态很简单。意识形态就是制造一个对一个错，似乎黑白两分。但在实际生活，在老百姓那里，有很多疑难杂症，有很多难于取舍的困境，远远超出了书生们的想象。因此，文学有点好处，它描述一些具体和细节，可以尽量避免冷战意识形态的简单化。

文学该如何记忆"文革"？

白池云：您80年代的小说，直接或间接地涉及"文革"。从我个人来讲，这些作品给我很大的冲击。第一个原因是其形式上的前卫性和现代性,这个话题等一会再谈。第二个原因是,这些早期作品使我开辟了以前完全没有的另一个视域。即使我这种中国现代文学的研究者,以前说到"文革",只会联想到《芙蓉镇》那种,很沉闷,很压抑。当然老师的作品里也不能说没有阴暗面,但像《飞过蓝天》和《西望茅草地》,非常有意思的是,知青并非完全是国家压迫下的被动人物,似乎也有明显的自我主张。比如《西望茅草地》的主人公,一方面轻蔑那个霸道的农民干部,看不起他的愚忠,但另一方面,对自己的思想也有苛刻的要求。这样矛盾性的人物性格,好像显示您对"文革"抱有另一种看法,有一种分裂的认识。是这样吗?

韩少功:"伤痕文学"的大毛病,就是简单化。电影《芙蓉镇》的作者是我的一个朋友,但我还是要批评,这个电影把"文革"写成一些绝对的好人和绝对的坏人,太幼稚了。可惜的是,西方带着冷战思维的人很容易接受这一类作品,似乎这个世界就是黑白两色。在"文革"中,上层和下层的情况不一样,前期和后期的情况不一样,甚至一个派别、一个人都有多面性。一些受害者也迫害别人,这种情况很普遍,并不是奥斯威辛集中营那种景象。你怎么看?有些人是反抗者,但他们的思想资源和斗争手段是不是有很大的问题?他们是受害者,但他们的受害是否被夸大?或者受害之外的一些恶行是否被掩盖了?单是一个冷战思维,是没办法来理解这些事情的。几年前,我曾就此写过一篇文章。

白池云:啊,我看了,是 2008 年在美国期刊 *Boundary 2* 上的,《"文革"为什么结束》,是吧?

韩少功:对,我在那篇文章里说到,当时的反抗起码有三种类型。一种是逆反型,比如,开始是拥护"文革"的,到后来自己受苦了，就转而反对了。第二种是疏离型，就像作家王朔写的那些青年，包括一些官员子弟，吃喝玩乐，调皮捣蛋，喜欢西方音乐，虽然远离政治，但也构成了一种间接的反抗。第三种是继承型，就是完全接受"文革"的那一套思想理论，甚至是一些马克思主义者，但后来也激烈地反对"文革"。当年的天安门事件中，这种人还是大多数。有些西方人按照冷战逻辑，特别不理解这一点，说马克思与"文革"是一回事，信奉马克思的怎么会反对"文革"呢？他们最希望"文革"只是他们理解的那个样子。

白池云：《飞过蓝天》的主人公是留在农村的最后一个。那些知青开始抱着理想投身农村，但经过一段时间，他们的理想褪色了，就用各种各样的办法离开农村，只是主人公，因为没有关系，就无法逃出去。一位朋友给他写信说，"你白长了一个脑袋，要干部推在（荐）你，实在容易。让他们喜欢你，有这号本事没有？如果没有，就得让他们怕你……逼他们甩包付（袱）"，这个地方很滑稽。这好像很接近您的自传性小说。是不是？

韩少功：很多小说里都有我的影子，《西望茅草地》也一样。那个退伍军官，很霸道，很专制，但他又是一个对社会充满热情的人，无私的人。但这篇小说在1980年代引起很多争议，当时很多人不能接受这种复杂的人物。

白池云：这很奇怪吧，从常识来说，老师小说中的这些人物其实更能接近真实情况。在韩国80年代的学生运动中，人们也经常接触到这种矛盾人物。

韩少功：当时有些官方政策也在鼓励简单化。

白池云：您的那篇《"文革"为什么结束》说到，"文革"虽然是很难以理解的事情，但文学的任务，就是要使不易理解的事情变得易于理解。虽然我读的中国现代文学不算多，但您说的

·理想，还需要吗·

那种深度揭示"文革"的作品，恐怕还是比较少。我们最开始接触的是伤痕文学，主要描写知识分子怎么受压迫；然后，像余华的《活着》《许三观卖血记》，涉及老百姓，描写他们怎么忍受"文革"的动荡和灾难。但是，像红卫兵、知青等等，总是未能成为主角，充其量只是"文革"的背景。

韩少功：对"文革"的禁忌化和妖魔化，都削弱了对"文革"的批判。你把它妖魔化，它就变得不可理解了，不可理解了就是认识的失败。尽可能还原事实，才是批判者应有的自信。

白池云：对您个人来讲，在您的写作上，"文革"占什么样的地位？

韩少功："文革"是我笔下的一个重要题材，也是我青春时期印象最深刻的一段时光。我父亲就是在运动中自杀的，因此有位台湾作家说，韩先生对"文革"是有发言权的。但我并不赞成用一种情绪化态度来对待过去，包括对待当时的很多迫害者。他们并不是魔鬼，其行为有各种各样的原因。真正给社会治病，就要把这些原因找出来。

白池云：以前，我一直以为知青是受强迫到农村去的，可是看老师的小说，才知道那时也有青年是自愿去的。

韩少功：大部分是被强制下乡的，应该说是不高兴的。但也有一部分青年，受理想主义和英雄主义的熏陶，是自愿下乡的。我当时就属于这一种。因为未满十六周岁，既可以升学也可以下乡，我选择了后者。

白池云：外面的人恐怕不太能了解这样的情况，您的父亲在"文革"当中受压迫，但在那种环境下您怎么自愿下乡呢？

韩少功：说来话长。我父亲自杀，但几个月后就被平反，恢复了名誉，而且政府开始给我家发放生活津贴。这样的事情同样发生在"文革"。我对在这一过程中主持公道的人心怀感激,而且认为自己更应该努力追求社会公正,用革命来实现这种公正。这是我当时的想法。说老实话,"文革"那时候,我有时是魔鬼,同时也是羔羊。学生都不想上课嘛,所以学校停课,学生可以反对老师,让我很开心,也跟着起哄,用一些很夸张的政治大帽子去吓唬老师。这当然是我魔鬼的一面。但我父亲受迫害的时候,我也是一只羔羊。甚至,我还是一个热血青年,在乡下涉嫌"反革命"而坐过牢,按照伤痕文学的眼光,有点像"英雄人物"了。很复杂嘛。很多中国人都是这样的多面体。

文学的创新和世界性从哪里来

白池云:我们把话题移到文学的形式实验吧。依我看来,您80年代的那些作品即使放到现在,也是非常前卫的,比如,《归去来》《爸爸爸》《女女女》等,里面有老庄、魔幻现实主义、意识流、表现主义等,东西方的多种形式很尖锐地变奏。当时好像中国作家们的形式实验都非常激进,到了90年代反而回归寻常了似的。80年代为什么会有那种现象?

韩少功:"文革"以后,很多作家在审美方面有一个反省,觉得"现实主义"太狭窄了,需要给予打破,需要多样化和多元化。恰逢国外文艺思潮和作品大量进入中国,刺激了大家,激发了大家创新的兴趣。而且那时作家们没有感觉到市场压力,有较大的自由表达空间,哪怕你写得很难懂,像卡夫卡那种的,也能卖得出去。在这些想法推动下,作家不光考虑"写什么",也重视"怎么写",不约而同地做出各种尝试,形成了一种井喷式的繁荣。

·理想，还需要吗·

到了 90 年代，一是市场变成一种巨大的压力，挑战大众审美习惯的实验性作品，越来越难以生存了。二是对西方文学的消化基本完成，该知道的都知道了，该玩的都玩过了，作家们开始重新确定各自的定位。比如，我也玩过"意识流"什么的，但最终觉得这种手法不大合适我，就放弃了它。

白池云：莫言、苏童的小说都被张艺谋拍成了电影。

韩少功：电影是一种高投入的工业生产，对文学逐渐产生巨大影响力。很多小说家都改写电影，或者把小说当作电影的前工序，几乎可以由导演拿着小说直接分镜头。从这里，你可以看出资本的作用，文学的指挥棒有时操纵在投资商手里。

白池云：1985 年，您提到的"寻根文学"，在中国当代文学史占有非常重要的位置。可是，现在想我觉得这里也有点模糊的地方。一般说"根"，就令人想到传统，但当时您那些作品，哪怕按照现在的感觉看，也算是非常现代的。从这一点看，当时的"寻根文学"的口号，似乎具有一种多义性。

韩少功：传统与现代有时候很难区分。一个基因专家告诉我，最好的物种基因可能是古老的，得到坟墓里去找，到原始森林里去找。但识别、查找、利用这些原始物种，常常又需要最先进的现代基因技术。所以，这些物种是最古老的吗？是。是最现代的吗？也是。古老与现代在这里是互相缠绕和互相渗透的一种关系。80 年代的"寻根"，涉及本土文化这样一些东西。但"本土化"刚好是现代化的一个现象，是全球化所激发出来的。如果我们没有对西方的了解，就不可能真正知道亚洲是怎么回事。反过来说也是这样。这就像葡萄牙作家佩索阿说的：我们之所以能欣赏到裸体之美，是因为我们都穿上了衣服。

白池云：还有，您在《米兰·昆德拉之轻》等文章里说过，

80年代中国有过拉美热。韩国大概也是在那个时期，出现了关于第三世界的深刻讨论，参照过拉美地区的变革理论和依附理论，有了民族文化的视野。不知道我从哪里看到，莫言也在某个地方说过自己受到魔幻现实主义的影响。您对此有什么想法？

韩少功：拉美的魔幻现实主义，大量运用了印第安人的传统文化资源，包括神话、传说、迷信等等，对中国作家有很大的启发。不过，把它理解为第三世界文学，其实不是太准确，因为它也是欧洲文学的一个延伸部分，是西班牙语文学的地方版。

白池云：像您说的话，魔幻现实主义以后，很长时间没有出现具有全球影响力的文学高峰。最近，因为出版市场的跨国化，大家对文学的世界性越来越关心。可是，新的世界文学，应该区别于以前那种以西方文学为中心的世界文学。

韩少功：你说得很对。以前的世界文学，隐含意义是欧美文学的世界化。而我觉得需要提出一个新的世界文学概念，即全世界各种文学平等对话的新机制，一种同质化和异质化并行不悖的新格局。什么是世界？什么是国际？很多中国人的误解特别大，以为西方就是世界。我估计韩国、日本也有类似现象。就像穷人最容易互相看不起，但大家又都对富人特别看得起。在这种情况下，大家眼睛朝上看，不向旁边看，更不向下看，使大量的经验资源和文化资源无法浮出地表。比如，一个中国人，说起美国头头是道，但他对周边的缅甸、泰国、印度居然一无所知，这是不是很危险？

另一方面，"世界文学"绝不意味着一种同质化，而永远是同中有异和异中有同。换句话说，不是所有的文学都变得一样，而是在互相交流的过程中，形成更为丰富、更为成熟的多样。这一点，我可能与有些前人对"世界文学"的理解有所不同。

白池云：我也同意。全球化的风潮滚滚，但我们对邻居国家的理解仍然浅薄。对韩国来讲，隔壁的中国变得那么快，那么大，韩国人对中国的社会和文化的了解，仍然差得太远了。大家还是只看西方。像您说的，打破自我封闭，开放眼界，这样的世界化，不是光看西方，而是东亚区域互相参照。可是，最近东亚文学界有了一种有意思的尝试。韩国的《文学存》，中国的《小说界》，和日本的《新潮》，三家联手，在每个国家选两三个作家，给他们提出同一个话题，让他们对此写出短篇，然后在这三个杂志上同时发表。不知道在中国有没有反应？日本、韩国都有些反应了。我看到苏童、须一瓜、毕飞宇等写的短篇，都很好。这样小小的交流实践，蛮有意义的。

韩少功：这种做法值得提倡。具体的做法还可多种多样。重要的是发出声音，明确目标和方向。旧的世界文学，充其量是半个世界文学，甚至假世界文学，因为它只有西方视角，因此对西方的描述和解释甚至也错误太多。举个例子吧，美国经济起飞的时候，原油价格大约是一美元一桶。这是西方的真实吗？是，也不是。因为价格这么低，是以世界上绝大多数人不用石油为条件的。相反，一旦日本人、印度人、越南人、中国人、韩国人都用石油了，原油价格就大涨到一百美元一桶。那么，如果我们看不到西方之外的情况，就很难真正理解西方。所以我说，新的世界文学一定要面对世界的复杂性。这不是什么反西方，也不是什么反东方，只是说建立真正的世界眼光。这对西方肯定也是有利的。

白池云：我最后一个问题，是中国和东亚的问题。恐怕，这话题有点敏感。您的文章中有一篇叫《国境的这边和那边》，大概是您十年前来韩国时发表的。当时您的发言比较有争论性。您说自己不担心中国没有亚洲意识。如果中国以后强大起来，自然会再次把亚洲纳入视野，但提出哪一种亚洲观，才是更令人担心的。我觉得您说中了要害。就亚洲的历史实感和经验而言，中国与我们韩国有颇大隔阂。比方韩国人对东亚认同比较容易接受，而中国呢，国土面积大，接邻国家不仅仅是东亚国家，所以对中国来讲，东亚只是一个部分。这样，相邻的两个国家难以相互认同和信赖。说实话，韩国人中认为中国能成为我们亚洲同伴的，恐怕不多。大部分都觉得中国会成为威胁，有一些担心。

韩少功：中国块头比较大，所以韩国人、日本人不安心，是很自然的。所以就把美国人扯在一块。美国一驻军，中国人心里也不高兴，觉得你老说"东亚"、"东亚"，怎么把美国人搞进来了？这个互相信任很难以建立。我觉得东亚团结很重要，但还要讲更大的团结，否则东南亚、南亚的人怎么想？这是第一条。这个团结的真正实现，可能要靠困境，甚至危机，比如生态危机或经济危机，才能把大家的团结愿望"逼"出来，把一些障碍给克服掉。这是第二条。

白池云：有这个可能吗？很难吧。因为中国经济肯定会越来越好，你们会遇到困难吗？

韩少功：不见得啊。2008年全球金融风暴谁知道？下一步又会出现什么？美国、欧洲、伊斯兰世界会出现怎样的变化？……到那时候，没人帮我们，必须由我们东亚人来解决自己的问题，甚至承担世界责任。但中国现在并未完全准备好。特别是在很多人那里的文化混乱、价值空虚、精神迷失，是一个很大的定时炸弹，说不定就要炸掉经济成果，炸掉继续改革的可能性。我们不能以为经济发展了，一切问题都好解决。南美，东欧，都曾经有过不错的经济发展，但说垮也就垮了，说乱也就乱了。东亚人是很聪明的,应该看得更远一些。

上次我到韩国来,觉得朝鲜半岛的北方和南方还处得不错。朝韩边境板门店的展览里没有什么刺激性语言。但为什么这几年,反而南北关系越搞越紧张?如何解决朝鲜半岛问题,不能靠别人,得靠南北方认真地想一想。

白池云:关键的是中、韩两国有体质上的差异。中国表面上是个民族国家,是个 nation-state,但内在的中华帝国体制的记忆似乎依然延续。考虑到它的领土规模和多民族共存的特殊情况,这里也许有某种必然性。可是,怎样避免民族主义的反目?这样势力、面积、体质都不太对等的国家之间,怎么样才能建立和平共存的关系?我们对此需要努力一起找出答案。

韩少功:美国和沙特阿拉伯不一样,但能大体相安无事。中国与巴基斯坦差异很大,但也处得不错。所以我觉得处得好不好,主要是看能否互相尊重。现在的中国是一个"千面之国",有黑暗的一面,腐败啊,贫富分化啊,还有你担心的民族主义心态,都是真的。但中国也有积极的一面。我们不是算命先生,很难知道以后会怎么样。我说过,如果中国以后成了一个帝国,到处派军队、搞殖民、行霸权,那你们就要勇敢地反对它、抵抗它、打倒它。这没什么好说的。有良知的中国人也应该参加到这样的斗争中去。如果中国人到非洲去只是买资源和卖商品,不转让技术,那也是利润至上,与殖民主义没多少区别,就很丢人和很无耻。在我看来,转不转让技术是一个重要标尺。派不派军队去杀人,也是一个重要标尺。我们要用这样一些标尺来观察每一个国家。

当然,从长远来看,民族国家体制最终要退出历史,罗素和马克思都这样设想过。超越民族国家的架构,比如跨国公司,以后还可以有更多的跨国实体。为什么不可以呢？民族国家这种形式本身消亡的时候，东亚会变成另外一种说法了。

现在我们一出国，就得有护照，护照上盖了政府大印。但你到网上去看一看，很多共同体，community，是没有国界的，爱音乐的人、爱汽车的人、研究非洲历史的人等等，有各自的community。他们互相熟悉，超过了对邻居的熟悉。他们互相认同，超过了对同胞的认同。那么，以后我们的世界体育比赛，是不是一定按国别来组团？搞一个白领团队，同蓝领团队比一下，怎么样？搞一个同性恋团队，与异性恋团队比一比，行不行？这都需要我们的想象力，需要我们创造。比如，写一本没有民族和国家的幻想小说行不行？那时候，赛场上怎么升旗子？怎么排名次？这都是很有意思的，也是文学可以做的事情。

白池云：我也希望我们多有一些您说的文学想象力，能够打破挡在我们之间的许多障碍。您看，我们的访谈时间够长了，谢谢您。

（原载于《湖南文学》2012 年）